W0418677

10/18
12, AVENUE D'ITALIE. PARIS XIIIe

Sur l'auteur

Gyles Brandreth est un brillant touche-à-tout à l'excentricité *so british,* à la fois journaliste, producteur de théâtre, homme d'affaires, acteur... Inconditionnel d'Oscar Wilde, il a toujours vécu sous le signe du célèbre dandy. Grâce à sa connaissance profonde de l'œuvre et de la vie du poète, il a su restituer le génie du personnage, dont les enquêtes connaissent un franc succès dans le monde.

GYLES BRANDRETH

OSCAR WILDE
ET LES CRIMES DU VATICAN

Traduit de l'anglais
par Jean-Baptiste DUPIN

INÉDIT

10
18

Grands détectives

créé par Jean-Claude Zylberstein

Du même auteur
aux Éditions 10/18

OSCAR WILDE ET LE MEURTRE AUX CHANDELLES, n° 4194
OSCAR WILDE ET LE JEU DE LA MORT, n° 4309
OSCAR WILDE ET LE CADAVRE SOURIANT, n° 4412
OSCAR WILDE ET LE NID DE VIPÈRES, n° 4482

Titre original :
Oscar Wilde and the Vatican Murders

© Gyles Brandreth, 2011.
© Éditions 10/18, Département d'Univers Poche, 2012,
pour la traduction française.
ISBN 978-2-264-05125-7

Pour Michèle,
De la première à la dernière.

« Vous savez qu'un magicien perd tout son prestige dès qu'il explique ses tours. Si je vous révélais trop ma méthode, vous finiriez par trouver qu'après tout je suis quelqu'un de très ordinaire. »

Sherlock Holmes au Dr John Watson,
Une étude en rouge, 1887

Oscar Wilde
et les crimes du Vatican

Tiré des Mémoires inédits
de Sir Arthur Conan Doyle (1859-1930),
créateur de Sherlock Holmes
et ami d'Oscar Wilde.

ROME, 1892
N
W
E
S
MÈTRES
0
100
200
300
400
500
Place Saint-Pierre
Borgo Santo Spirito

PORTA DEL POPOLO
MARIA DEL POPOLO
PIAZZA DEL POPOLO
HÔTEL DE RUSSIE
MARIA DEI MIRACOLI
MARIA IN MONTESANTO
Via Babuino
Tibre
FONTANA DELLA BARCACCIA
PIAZZA DI SPAGNA
PIAZZA BARBERINI
PORTA SAN PAOLO
PIAZZA DI MONTECITORIO
PIAZZA DELLA ROTONDA

Principaux personnages de cette histoire

Oscar Wilde, poète et dramaturge irlandais

Dr Arthur Conan Doyle, médecin et écrivain écossais

Dr Axel Munthe, médecin et écrivain suédois

La communauté britannique à Rome

Révérend Martin English, aumônier anglican

Catherine English

James Rennell Rodd, premier secrétaire de l'ambassade britannique

Au Vatican

Cesare Verdi, sacristain de la chapelle Sixtine

Les chapelains résidents du pape, Sa Sainteté Léon XIII :

Son Éminence le cardinal Francesco Felici, maître des cérémonies pontificales

Père Joachim Bechetti

Son Éminence le cardinal Nicholas Breakspear SJ, grand pénitencier

Frère Matteo Gentili, frère capucin

Son Éminence le cardinal Luigi Tuminello, exorciste du Vatican

Préface

Rome, Italie, avril 1877

Lettre d'Oscar Wilde, vingt-deux ans, à sa mère

Hotel Inghilterra

Très chère Maman,

Me voici à Rome, patrie des saints et des martyrs !

Je reviens tout juste du cimetière protestant, où je me suis recueilli sur la tombe d'un « jeune poète anglais », John Keats. Il n'avait pas vingt-six ans lorsqu'il est mort ici, à Rome, martyr à sa manière, prêtre de la beauté trop tôt assassiné, délicat Sébastien tombé sous les flèches d'une langue mensongère et injuste. Je me suis étendu face contre terre, parmi les coquelicots, les violettes et les marguerites, et j'ai prié pour lui, qui fut arraché à la vie quand la vie et l'amour lui étaient encore nouveaux. (N'ayez crainte, Maman, le sol était assez sec et le soleil brillait. Je n'attraperai pas un rhume.)

La sépulture est des plus sobres : un tertre d'herbe verte, surmonté d'une simple pierre tombale portant l'épitaphe qu'il s'était lui-même composée : « Ici repose celui dont le nom était tracé dans l'eau[1]. » C'est pour moi l'endroit le plus sacré de Rome.

Et ceci, je l'affirme alors même que j'ai passé la matinée au Vatican ! Oui, Maman, plus tôt aujourd'hui, Oscar Fingal O'Flahertie Wills Wilde, votre fils, a eu le privilège de rencontrer Sa Sainteté le pape Pie IX. Ici, tout le monde l'appelle « Pio Nono » et considère qu'à l'exception du nom il a déjà tout d'un saint. Assurément, il sera bientôt parmi les anges. Il exerce son pontificat depuis plus de trente ans. Il en a quatre-vingt-cinq, et son temps en ce monde est compté. Il est si frêle. La dame anglaise qui se trouvait dans la queue derrière moi me disait que, dans sa robe blanche, le Saint-Père lui faisait penser à un bambin que l'on aurait tout juste lâché pour le laisser marcher seul. L'âge le rapetisse et il *titube*.

Nous étions peut-être une trentaine de visiteurs – des Irlandais, des Anglais, des Américains et des Français, en plus des Italiens. Ce genre d'audience se déroule dans une galerie grandiose, quelque part entre les appartements privés de Sa Sainteté et la chapelle Sixtine. Nous sommes arrivés à midi et nous avons attendu plus d'une heure l'apparition du Saint-Père. Je supposais qu'il était occupé à ses dévotions, mais ma voisine m'a assuré qu'il se consacrait à son bouillon de la mi-journée. « Son esprit

1. « *Here lies one whose name was writ in water.* » (Sauf mention contraire, toutes les notes sont du traducteur.)

n'est peut-être plus ce qu'il a été, m'a-t-elle dit, mais grâce à Dieu, son appétit demeure inchangé. » (Quoique de confession anglicane, cette dame vient voir Sa Sainteté aussi souvent qu'elle le peut. La communauté anglaise locale est *très* attachée au pape.)

Quand, enfin, le Saint-Père s'est présenté parmi nous, il était entouré d'une escorte tapageuse de prêtres et de suivants – des vieux, des jeunes, ils étaient au moins une demi-douzaine. Lentement, le cortège pontifical a remonté la file de pèlerins, Sa Sainteté accordant un instant à chacun. Avec certains, il se montrait plutôt bavard, portant sa main à son oreille pour entendre ce qu'on lui disait. Naturellement, son entourage riait à chacune de ses petites plaisanteries. Pio Nono a peut-être le corps usé, mais il garde l'œil vif et la voix ferme. À ma voisine, il a demandé : « *Inglese, no ?* », et ce fut tout. (« C'est ce qu'il me dit à chaque fois », m'a-t-elle confié plus tard avec fierté.) Quand il s'est présenté devant moi, je l'ai dévisagé sans détour, et j'en ai été profondément ému. Il n'a plus de dents et sa lèvre inférieure déborde, mais de son sourire émane une grande douceur. J'ai mis un genou à terre et lui ai baisé le majeur de la main droite. Il a posé sa main gauche sur ma tête et m'a accordé sa bénédiction.

J'étais quasi le dernier de la file. Derrière moi se trouvaient deux Italiens, un frère capucin et une jeune fille, de treize ou quatorze ans. Elle était, comme j'allais m'en apercevoir bientôt, d'une beauté extraordinaire. Elle avait les traits d'une madone de Botticelli, sa chevelure avait la couleur d'un rayon de lune et ses yeux des nuances de bleuet. Elle était vêtue d'une simple blouse blanche et elle est tombée à genoux à l'instant où Sa Sainteté a pénétré dans la galerie. De toute évidence, le Saint-Père la connaissait car, dès qu'il s'est retrouvé devant elle, il a soulevé le voile qui lui cachait le visage, lui a caressé les cheveux et lui a dit avec bienveillance : « *Dio ti benedica, figlia mia.* » Puis il a pris ses deux mains dans les siennes et l'a aidée à se relever. Elle lui a souri timidement. Alors il s'est tourné, rayonnant, vers sa suite et la file des pèlerins, et nous a déclaré, en italien : « Voyez cette enfant et témoignez votre gratitude. Elle est l'innocence pure. Elle est un agneau de Dieu, entouré des sept péchés capitaux. » Il lui a lâché la main et, avec un rire joyeux, s'est retiré.

Je n'oublierai jamais cette journée.

À jamais votre fils nouvellement bénit,

Oscar

1

Hombourg, Allemagne, juillet 1892

Extrait des Mémoires inédits de Sir Arthur Conan Doyle

Je suis un homme de détails. Je peux vous dire qu'en 1892, ma trente-troisième année, j'ai écrit un total de 214 000 mots, qui tous, dans leur excès, se rapportaient aux aventures de Mr Sherlock Holmes. Mes efforts ont été bien récompensés. Mes revenus, cette année-là, se sont élevés à 2 729 livres, somme substantielle, somme *scandaleuse*, pourriez-vous penser, à une époque où un instituteur gagne, au mieux, 150 livres par an et une domestique pas plus de 40.

Grâce à Sherlock Holmes, j'étais prospère. Grâce à Sherlock Holmes, j'étais célèbre. Grâce à Sherlock Holmes, j'étais épuisé. Le public n'était jamais rassasié du « plus grand détective consultant au monde » : jusqu'à son nom me fatiguait. Vers le milieu de l'année 1892, au début de juillet, après avoir produit sept histoires de Sherlock Holmes en six mois, et avoir installé ma femme et ma petite fille dans notre nouvelle maison de South Norwood, dans la banlieue de Londres, je décidai de faire une pause. Je voulais dix jours (pas plus) de repos et de répit. J'avais besoin, comme on dit aujourd'hui, de « changer d'air ». Je pris la direction de l'Allemagne et de la ville d'eau de Hombourg, sur les contreforts du Taunus. Je partais avec l'intention de m'y occuper d'une foule de paperasses en retard, sans personne pour me déranger. J'aspirais à la paix, à la tranquillité et à la solitude. Aussitôt arrivé à mon hôtel sur la Kaiser Friedrich Promenade, je tombai nez à nez avec Oscar Wilde.

Ne vous méprenez pas. Dans le tohu-bohu de la ville, au bar de l'opéra ou dans un salon de Mayfair, il n'y avait de meilleur compagnon qu'Oscar Wilde. Partout où il entrait, il provoquait l'effervescence. Jamais je n'ai rencontré un homme ayant autant d'esprit, et il était aussi sage qu'il était spirituel. Ses bons mots brillaient par leur élévation : ils n'étaient jamais méchants ou cruels, jamais dirigés contre une personne de moindre condition. Il était irlandais et il ne voulait pas – ne pouvait pas – s'arrêter de parler. Il possédait le don d'amuser, d'exciter, de ravir et de stimuler, pas celui d'apaiser. Il avait du génie et du charme et, durant les premières années où nous nous sommes connus, avant sa terrible disgrâce, il s'est toujours comporté, quelles que soient les circonstances, en parfait gentleman. Mais sa compagnie n'était pas de tout *repos*.

À peine avais-je franchi la porte de l'hôtel, avant même que le portier m'eût débarrassé de mes bagages, je reconnus la voix d'Oscar qui m'interpellait.

— Arthur ? Arthur Conan Doyle ! Est-ce bien vous ? Le Ciel soit loué. Dieu merci, vous voilà.

Mon ami accourait vers moi en bondissant. Il paraissait bouleversé. Ses yeux bleu pâle étaient rouges et pailletés de larmes. Ses traits comme travaillés au mastic étaient parsemés de perles de transpiration. Il n'avait pas l'air au mieux.

En guise de salutation, il se contenta de s'exclamer :

— Il me faut des cigarettes ! En auriez-vous, Arthur ? Turques, de préférence. Ou algériennes. Américaines, à la rigueur. N'importe lesquelles feront l'affaire.

Je le contemplai, interloqué.

— Des cigarettes ? Pour quoi faire ?

— Mais pour les fumer, pardi ! s'écria-t-il.

— Vous ne voyagez pourtant jamais sans vos cigarettes, Oscar.

— Je suis arrivé avec une douzaine de boîtes, gémit-il. Mais j'ai épuisé mes réserves et on ne trouve aucun débit de tabac dans ce trou perdu. Le bourgmestre les a interdits.

Je posai mes valises et tâtai les poches de mon manteau.

— Je dois avoir du tabac pour ma pipe, lui dis-je en riant.

Il m'arracha ma blague à tabac des mains et la baisa avec vénération.

— Vous êtes mon sauveur, Arthur. Il y a une bible luthérienne dans ma chambre. La traduction est médiocre, mais elle est imprimée sur un papier de riz des plus délicats. J'emploierai ses pages pour rouler mes propres cigarettes.

— C'est du tabac brut, l'avertis-je en m'excusant.

— Ça ne fait rien, c'est du tabac et je ne vais pas faire le difficile. Je commencerai par Osée et je m'en tiendrai strictement aux petits prophètes.

Il m'enveloppa de ses bras, à la manière d'un ours. C'était un homme imposant : il mesurait plus de six pieds.

— Merci, Arthur. Vous êtes un véritable ami. Bienvenue à Hombourg. Votre récompense sera d'accepter mon invitation à dîner.

Je parcourus du regard le triste hall de l'hôtel. Il n'y avait aucun tableau aux murs, aucune fleur dans le vase en étain posé sur le lourd buffet en chêne.

— Que diable faites-vous ici, Oscar ? lui demandai-je.

— Je souffre, soupira-t-il. Et, le plus souvent, en silence. Les autres pensionnaires sont allemands. La conversation est limitée. Il m'est tellement épuisant de ne pas parler.

Je ris.

— Êtes-vous ici en cure ?

— Oui, me répondit-il d'un ton maussade. Et ça me tue. Je me rends aux thermes chaque jour et je bois les eaux. Elles ont un goût absolument atroce. Il me faut une bouteille et demie du vin local pour m'en remettre. Je ne me suis jamais senti aussi mal.

Agitant la blague à tabac devant lui, il me sourit.

— Mais votre gris va me remettre d'aplomb, Arthur. Et au dîner, vous m'expliquerez la raison de votre présence ici.

— Je fuis Sherlock Holmes, lâchai-je.

— Vous n'y arriverez jamais, Arthur. Vous ne pouvez échapper à votre destin. Personne ne le peut. De plus, il est possible que nous ayons besoin de ses lumières pendant notre repas. Nous devons parler d'une pénible affaire : le meurtre du chef pâtissier.

Je demeurai abasourdi.

— Le chef pâtissier de l'hôtel a été assassiné ?

— Pas encore, répondit en souriant Oscar, qui avait pris la direction de l'escalier en brandissant la blague au-dessus de sa tête. Mais c'est quasi inévitable. Quand vous verrez le chariot des desserts tout à l'heure, vous comprendrez. *À tout à l'heure, mon ami**[1]. Rendez-vous dans la salle à manger à huit heures.

Je pris mes quartiers dans ma chambre, située au dernier étage mais sur l'arrière du bâtiment. Elle était basse de plafond, mal aérée et chichement meublée. Ma petite fenêtre donnait sur la cour des cuisines. Mon petit lit faisait face à un mur blanchi à la chaux où se trouvait le seul élément de décoration de la pièce : un lourd crucifix sculpté en chêne de la Forêt-Noire. Aussitôt que j'eus déballé mes bagages, je me changeai pour le dîner et m'étendis sur le lit, anéanti, contemplant alternativement le crucifix et ma montre de gousset, priant pour que s'écoulent les minutes. Tandis que je considérais l'austérité de tout ce qui m'entourait, la perspective d'un dîner avec Oscar m'apparaissait de plus en plus attrayante.

1. Les mots en italique suivis d'un astérisque sont en français dans le texte.

Je ne fus pas déçu. Sur le coup de huit heures, je pris le chemin de la salle à manger. Bien que remplie de clients, la pièce (lambrissée de chêne et éclairée à la bougie) paraissait déserte. À chaque table, des couples âgés se faisaient face, dans un silence que l'on devinait habituel.

— Remarquez, me souffla Oscar au moment où je m'asseyais devant lui, comment ils étudient leur assiette, leur verre d'eau, le vide qui se trouve juste derrière l'épaule droite ou gauche de leur conjoint. Serons-nous comme cela dans quelques années ?

— Non, répondis-je en souriant. Nous sommes l'un et l'autre heureux en ménage. Nous pouvons regarder nos épouses les yeux dans les yeux, la conscience tranquille. Nous ne leur cachons rien et elles ne nous cachent rien. Nous sommes bénis.

Je balayai la salle du regard comme le serveur déployait ma serviette et l'étendait d'une main maladroite sur mes genoux.

— Y a-t-il quelque chose de pire qu'un mariage sans amour ? m'interrogeai-je.

— Oh oui, répliqua Oscar. Un mariage dans lequel il y a de l'amour, mais d'un seul côté.

Malgré l'ambiance de Carême qui nous entourait, mon ami me divertit royalement ce soir-là. Oscar Wilde était, ainsi qu'un autre Irlandais l'a fait remarquer, le plus grand orateur de son temps – peut-être de tous les temps –, mais il n'était pas adepte des monologues. Son art était celui de la conversation : avant de parler, il écoutait attentivement. Il recevait autant qu'il donnait, et ce qu'il donnait était unique. Ses affirmations avaient une curieuse précision, son humour un goût délicat, et, pour en illustrer le sens, il accompagnait ses propos d'une panoplie de petits gestes qui n'appartenaient qu'à lui.

Nous nous étions connus trois ans auparavant, à Londres, lorsqu'un éditeur américain, qui souhaitait obtenir de chacun de nous une « intrigue criminelle » pour sa revue mensuelle, nous avait présentés l'un à l'autre. À cette demande, j'avais répondu par ma deuxième aventure de Sherlock Holmes. Oscar avait écrit *Le Portrait de Dorian Gray*. En tant qu'écrivains, nous étions très différents. En tant que personnes, nous n'avions également que peu en commun, ni l'âge (Oscar était de cinq ans mon aîné), ni l'apparence (il était plus grand, plus fort, et il n'avait pas le type à porter la moustache), ni l'allure (Oscar était un esthète ; j'étais médecin et militaire), mais, dès cette première rencontre, nous avions aussitôt sympathisé. En fin de compte, je pense que c'est une arrogance confinant à la folie qui a précipité sa chute, mais, aux grandes heures de notre amitié, Oscar comptait pour moi parmi les meilleurs des hommes. Je l'aimais et je l'admirais. Son extrême intelligence me stupéfiait, sa fascination pour la littérature criminelle m'intriguait, et son penchant à imiter Sherlock Holmes à la moindre occasion m'amusait.

Quand le serveur nous eut servi notre soupe de tortue, et eut rempli nos verres d'un excellent vin de Moselle, Oscar observa :

— J'ai de la peine pour ce garçon, pas vous ? Comme vous pouvez le constater, il souffre de déboires conjugaux et il doit être humiliant pour quelqu'un qui fut naguère un fier officier bavarois d'être tombé si bas.

— Êtes-vous en train de parler de notre serveur ?

— C'est exact.

Je souris.

— Vous a-t-il confié tout cela, Oscar, ou est-ce une de vos déductions ?

— Vous connaissez mes méthodes, Arthur, éluda mon ami en se tapotant le nez du bout de l'index. Nous pouvons affirmer qu'il n'est pas heureux en ménage car, bien qu'il porte une alliance, il manque un bouton à sa veste et son gilet est à la fois taché et mal repassé. Sa femme ne prend plus soin de lui. À son maintien, il est évident qu'il fut autrefois soldat. Il est raide et gauche. Et son accent nous révèle qu'il est originaire de Bavière.

— Mais quel détail nous révèle qu'il fut naguère « un fier officier » ?

— Ses boutons de manchette, et sa cicatrice à la joue gauche, héritée d'un duel. Ses boutons de manchette arborent le blason noir et jaune de l'armée impériale allemande. Quand il nous a servi notre vin, on pouvait distinctement en lire la devise sur la croix impériale : « *Gott mit uns* ».

— J'avais remarqué les boutons de manchette, mais pas la cicatrice.

— Il fait sombre ici. Ils entretiennent délibérément une clarté crépusculaire pour que l'on ne puisse voir trop précisément ce qu'on a dans son assiette.

Je ris et contemplai une fois encore la morne salle à manger.

— Que faites-vous donc ici, Oscar ?

— C'était une idée de ma tendre épouse. Constance souhaiterait me voir perdre du poids. J'ai pris deux livres en deux ans. Ici, à Hombourg, à ce que j'ai entendu dire, on peut les perdre en deux semaines.

Il expliquait cela la bouche pleine de pain et de beurre, tandis que nos assiettes à soupe nous étaient enlevées et qu'on nous présentait un plat de turbot à la sauce aux champignons. Suivraient des escalopes viennoises accompagnées de pommes de terre bouillies et de choucroute, puis du fromage, puis du blanc-manger, puis des fruits et des noix.

— Je suis un régime strict, déclara-t-il. Matin et après-midi, je traverse religieusement la rue pour me rendre à l'établissement de bains où je bois cette eau infecte. En fin de journée, un remarquable échantillon de l'espèce humaine dénommé Hans Schroeder vient dans ma chambre. Il a le corps d'un dieu grec et les mains d'un lutteur teutonique. C'est mon masseur attitré et il me connaît mieux que je ne me connais moi-même. Pendant une heure, chaque soir, il me bouscule, me martèle et me pulvérise impitoyablement. Il est sans merci, sans remords – et aux frais de l'hôtel. Ses bons soins me laissent si affaibli que je n'ai pas la force de m'aventurer à l'extérieur à la recherche d'un restaurant décent. Je suis contraint de faire de mon mieux pour reconstituer mes forces dans cette lugubre salle à manger.

Il vida son verre, secoua la tête, soupira et ferma les yeux.

— Le vin est très bon, remarquai-je.

Il rouvrit les yeux et sourit.

— Je suis d'accord. Il est exceptionnel. Je crois qu'il nous en faut une autre bouteille sur-le-champ.

Il agita la main en direction de notre serveur.

— Nous devons trinquer à votre arrivée, Arthur. Je vous ai conté ma triste histoire. À présent, c'est à vous. Qu'est-ce qui vous amène ici ? Vous n'avez pas besoin de perdre du poids.

— Je suis venu pour me vider l'esprit, expliquai-je. Et pour vider mon bureau.

Oscar leva un sourcil.

— Vous avez apporté votre *bureau* avec vous ?

— J'ai apporté une sacoche de paperasses, oui. Je croule sous le courrier, Oscar. Personne ne m'avait prévenu que c'était le lot des écrivains. J'ai des centaines de lettres en attente de réponse.

Mon ami parut alarmé.

— Ce sont des créanciers, Arthur ? Avez-vous des soucis ?

— Ce sont des lecteurs, Oscar.

— Vous recevez des *centaines* de lettres de lecteurs ?

Oscar s'adossa à sa chaise, les yeux écarquillés de stupéfaction, et, me sembla-t-il, d'un soupçon de jalousie.

— Non, le rassurai-je. Je n'en reçois qu'une poignée. Moins que vous, j'en suis certain. C'est à Sherlock Holmes que sont adressées ces centaines – ces milliers même – de lettres.

— Mais Holmes est un produit de votre imagination.

— Oui, mais pas ce courrier. Il n'est que trop réel et mes éditeurs insistent pour que je jette *au moins* un coup d'œil à chaque missive. La plupart du temps, une carte de remerciements imprimée suffit, bien entendu, mais ne serait-ce que les ouvrir, les parcourir et les classer prend un temps fou – qui empiète sur mon vrai travail.

— Votre femme ne peut-elle vous servir de secrétaire ?

— Ma précieuse Touie ne jouit pas de la meilleure santé, comme vous le savez, je crois. Elle a la poitrine fragile, une petite fille et une nouvelle maison. Elle est faible. Elle ne pourrait pas se charger d'une tâche supplémentaire. Non, je dois me débarrasser de cette correspondance qui s'est accumulée, puis ne plus me laisser déborder. Je devrais pouvoir y arriver.

— Et nous y arriverons ! s'exclama Oscar emphatiquement alors que le garçon se présentait avec une nouvelle bouteille de vin de Moselle. Je vous aiderai. Ne protestez pas. Nous nous y mettrons dès demain, aussitôt après le petit déjeuner. Je renonce à ma cure matinale pour me mettre à votre service.

Il leva la main et hocha la tête.

— Non, ne protestez pas, Arthur, répéta-t-il. J'insiste.

Je ne protestais pas. Je me contentais de sourire. J'étais habitué aux enthousiasmes soudains d'Oscar. Je ne doutais pas de la sincérité de sa proposition, mais je ne doutais pas non plus qu'une fois dissipé l'attrait de la nouveauté je me chargerais seul de la correspondance de Sherlock Holmes.

— Merci, fis-je. Et merci pour ce dîner. Ce vin est vraiment épatant et, pour un vieux soldat dont la chance a tourné, je dirais que notre serveur s'occupe plutôt bien de nous.

— C'est vrai, concéda mon ami avec un sourire, tout en sirotant son vin.

— Mais il y a un instant, Oscar, j'ai observé son visage avec attention, continuai-je. Et je n'y ai vu aucune cicatrice.

Oscar leva de nouveau son verre dans ma direction et plissa les paupières.

— Accordez quelque licence poétique à un confrère, Arthur.

Le lendemain matin, à dix heures, comme convenu, nous nous retrouvâmes dans le salon de l'hôtel pour nous atteler à la tâche. Lorsque j'arrivai, Oscar s'y trouvait déjà. Il se tenait, seul, à une table de bridge près de la fenêtre qui dominait la promenade. Massive et corpulente, sa silhouette suggérait une apathie grossière, mais sur cette encombrante charpente était posée une tête au large front si altier, aux profonds yeux bleu-gris si alertes, aux lèvres si pleines, au jeu d'expressions si subtil que, passé le premier coup d'œil, on oubliait le corps disgracieux et on ne retenait que la supériorité de l'esprit – et les tenues extravagantes. Il portait un costume en lin vert bouteille, une chemise gris clair et une cravate couleur jonquille au nœud compliqué exactement assortie à la pointe de ses bottines de cuir. Ses cheveux trop longs étaient ramenés sur l'arrière de son vaste crâne. Il était rasé de frais ; il avait les joues roses et ses yeux pétillaient.

— Votre petit déjeuner a été bon, on dirait, lui dis-je en guise de salutation.

— Je suis en train de le prendre, répliqua-t-il en désignant la petite cigarette artisanale qu'il tenait entre l'annulaire et le majeur de sa main gauche. Et il n'a jamais été meilleur. Et j'ai commandé une bouteille de champagne pour nous aider dans nos travaux : Perrier-Jouët 1886. J'adore les plaisirs simples, pas vous ? Ils sont le dernier refuge des êtres complexes.

— Avez-vous l'intention de dire des choses intelligentes toute la matinée ? lui demandai-je tout en ouvrant ma sacoche et en plaçant quatre liasses de lettres sur la table.

— Je l'espère, fit-il en attirant à lui l'une des piles. Nous les ouvrons au hasard ? Puis-je commencer ?

— Oui, et oui, répondis-je.

Comme je m'asseyais de l'autre côté de la table de bridge, face à Oscar, je regardai autour de moi le salon désert.

— Les autres pensionnaires sont tous allés prendre les eaux à l'établissement de bains, je suppose ?

— Oui, confirma-t-il en tirant langoureusement sur sa petite cigarette. Rien ne doit désormais nous troubler, sinon cette correspondance et nos consciences.

— Votre conscience vous trouble-t-elle, Oscar ? m'enquis-je en dénouant le paquet de lettres devant moi.

— Insuffisamment, je le crains. Le but de la vie, s'il y en a un, est de rechercher en permanence les tentations – et je trouve qu'elles sont loin d'être assez nombreuses. Il m'arrive parfois de passer une journée entière sans en apercevoir une seule. Cela m'inquiète beaucoup pour l'avenir.

Je souris.

— Vous êtes en forme, aujourd'hui, mon cher.

— J'ai faim d'émotions, rétorqua-t-il en agitant vers moi la première enveloppe ouverte.

Il parcourut le feuillet des yeux, puis soupira.

— Malheureusement, il semblerait que ce n'est pas ici que je trouverai de quoi me rassasier.

Il tira avec une impatience accrue sur sa cigarette.

— Écoutez ça : « Cher Mr Holmes, je suis la secrétaire de la Société d'horticulture de Godalming. Au cours des mois d'hiver, quand tout jardinage est impossible, nous organisons des conférences et nous comptons que vous accepterez notre invitation à vous exprimer devant nous, soit le 3 novembre, soit le 1er décembre prochains, à sept heures. Nos réunions ont lieu le premier jeudi de chaque mois. Nous attendons de votre part une intervention d'une durée de soixante minutes, suivie par une séance de questions du public. Nous ne sommes pas en mesure de vous offrir un dédommagement, mais nous prendrons à notre charge tous les frais raisonnables et un rafraîchissement vous sera servi sur place. Nous serions ravis de vous entendre sur certaines de vos enquêtes qui n'auraient pas encore été rapportées par le *Strand Magazine*. Ce que nous attendons de tous nos intervenants, c'est de *l'originalité*. J'espère avoir de vos nouvelles au plus tôt de vos possibilités. Votre très dévouée, Edith Laban (Miss). »

Oscar laissa la feuille glisser entre ses doigts.

— Même son nom est banal.

Je souris.

— Une carte avec « Mr Holmes regrette de ne pouvoir donner suite » suffira, Oscar.

Il ramassa la lettre.

— Elle a souligné le mot « originalité », Arthur. Quelle impertinence chez cette femme, quel toupet !...

— Contentez-vous de griffonner un mot de regret sur une carte, Oscar, voilà tout.

— Je ne suis pas sûr que nous devions même répondre – ou peut-être devrais-je lui répondre au nom de Holmes et lui expliquer qu'il n'est pas disponible mais que je me propose de venir à sa place. Oui, il me semble qu'Oscar Wilde devrait s'exprimer devant la Société d'horticulture de Godalming le 3 novembre. Je suis prêt à faire preuve d'une originalité absolue. J'ai des choses à dire que les membres de la Société d'horticulture de Godalming n'ont assurément jamais entendues !

J'éclatai de rire.

— Donnez-moi cette lettre, Oscar. Je vais m'en occuper.

Mon ami s'exécuta avec un grognement désespéré et entreprit d'examiner le restant de sa pile.

— Soyez prévenu, l'avertis-je. Pour la plupart, ce sont des demandes d'autographes, de photographies ou de la recette de la tarte aux pommes de Mrs Hudson.

— Ah ! s'écria Oscar en brandissant un petit paquet d'environ huit pouces sur quatre. Voici qui me paraît plus prometteur.

— Modérez votre enthousiasme. Il s'agit sans doute d'un recueil de poèmes sentimentaux, offert par son auteur. Sherlock Holmes a beaucoup d'admiratrices.

— Cela vient d'Italie, nota Oscar en examinant le colis de plus près.

Il étudia le timbre.

— De Rome. Et l'adresse est rédigée en majuscules. Il me paraît plus probable que l'expéditeur soit un homme. Ça n'a pas l'air d'être un livre. C'est plus mou. Des épreuves non reliées, peut-être.

Il déchira le papier d'emballage brun. À l'intérieur se trouvait une grande enveloppe décachetée. Oscar en déversa le contenu sur la table. Il en tomba ce qui nous apparut comme une main humaine, tranchée au niveau du poignet.

2

Une main qui en dit long

D'horreur, Oscar eut un mouvement de recul et écarta sa chaise de la table.

— C'est abominable ! s'écria-t-il.

— C'est pour le moins surprenant, concédai-je.

— N'y touchez pas, Arthur !

— Ce n'est qu'une main, le rassurai-je. Ça ne mord pas. Et nous avons connu pis. Si mes souvenirs sont exacts, lors de cette affaire du meurtre aux chandelles sur laquelle nous avons enquêté, une tête décapitée avait été livrée à votre porte.

— Je m'en souviens, fit-il, en tressaillant à cette évocation.

Je sortis de ma poche un mouchoir, avec lequel je ramassai le membre sectionné. Je le plaçai dans la lumière de la fenêtre pour l'examiner. La peau était foncée, la main petite ; un instant, je crus que nous avions affaire à la patte d'un gorille ou d'un orang-outan.

— Elle est humaine ? demanda Oscar comme s'il lisait dans mes pensées.

— Oui, affirmai-je en l'inspectant avec plus d'attention.

— Elle n'est pas en cire ou en caoutchouc ?

— Je crains qu'elle ne soit authentique, faite de chair et d'os. C'est une main droite, assez petite, assez douce, presque délicate. N'eût été la grossièreté de la coupure et la forme des ongles, j'aurais dit qu'elle appartenait à une femme. Voyez.

Je tendis le membre amputé à Oscar. Rassemblant son courage, et tout en gardant ses distances, mon ami l'étudia d'un œil attentif.

— Oui, murmura-t-il. Elle est assez fine, en effet.

— Et considérez le poignet. Regardez l'os, regardez le moignon. La coupe est franche, mais elle a été brutale. C'est plus l'œuvre d'un coutelas de boucher que d'un scalpel de chirurgien.

— Et ces marques noires sous les phalanges ? demanda Oscar, qui s'était approché.

— Des taches de vieillesse, à mon avis. Rien de plus. Et pourtant la paume est douce, presque sans rides. La main paraît jeune…

— Pas de maladie ?

— Je ne pense pas.

Oscar grimaça lorsque je portai l'organe à mes narines.

— Elle a été conservée dans du vinaigre, je crois, ou embaumée. Cela explique la pigmentation foncée de l'épiderme. Et le bon état de préservation. C'est une main morte, mais, hormis sa couleur, elle a tout l'air d'être vivante.

J'étais sur le point de reposer la chose sur la table quand une respiration lourde et des tintements de verres m'avertirent de l'arrivée de notre serveur bavarois. J'enveloppai précipitamment le membre dans mon mouchoir et le fourrai dans la poche de ma veste.

— *Guten Morgen, mein Herr !* lui lança Oscar avec un entrain quelque peu outré.

Avec gravité, et en silence, le garçon ouvrit le Perrier-Jouët et nous servit à chacun une flûte. S'accompagnant d'une citation de Goethe tout à fait hors de propos (il y était question d'un pays où fleurissaient les citronniers !), Oscar pressa un florin anglais dans la main de l'homme, puis lui expliqua que c'était la seule pièce qu'il avait sur lui, mais, puisqu'y figurait un portrait de la grand-mère de l'empereur Guillaume, la reine Victoria, il espérait que cela constituerait un gage modeste mais acceptable de notre gratitude. Le serveur ne dit rien. Lorsqu'il se fut éloigné, Oscar leva son verre et le vida d'un trait. Il se resservit, puis déclara calmement :

— Arthur, vous avez la main d'un mort dans votre poche. Qu'est-ce que cela signifie ? Pourquoi vous a-t-on envoyé cela ?

— Ce n'est pas à moi qu'elle était destinée, mais à Sherlock Holmes.

— Aux bons soins de votre éditeur.

— Non, regardez l'étiquette sur l'emballage. Elle a été adressée à Holmes, 221b, Baker Street, Londres. Évidemment, cela n'existe pas. La numérotation de Baker Street s'arrête à 100. Le bureau de poste du quartier de Marylebone a l'amabilité de rassembler les lettres et de les transmettre à mon éditeur.

Oscar examina le papier d'emballage. J'étudiai pour ma part l'enveloppe qui avait directement contenu la main.

— Elle est solide, observai-je. Et le papier est de bonne qualité.

— Y a-t-il un filigrane ?

Je levai l'enveloppe devant la fenêtre.

— Non, pas que je puisse voir. Le papier est épais. C'est presque du carton. Le genre d'enveloppes qu'utilisent les notaires pour conserver les titres ou les testaments.

— Il n'y a rien d'écrit dessus ?

— Non.

— Pas de mot à l'intérieur ? Aucun message d'aucune sorte ?

Je plongeai mon regard à l'intérieur de l'enveloppe.

— Non, il n'y a rien.

Je la reposai et pris une gorgée de champagne glacé. Je trouvais curieux d'en boire si tôt dans la journée.

— Rien du tout.

— La main est elle-même le message, fit-il, songeur, sans cesser d'inspecter le papier brun. Mais que signifie-t-il ? Est-ce un appel au secours ?

— Ou un avertissement ?

— Ou une menace ?

— Ou un acte de démence ?

Je reposai ma flûte et souris.

— Ce pourrait être une simple plaisanterie. Holmes a déjà reçu un corbeau mort de la part d'un admirateur anglais d'Edgar Allan Poe.

Oscar me regarda et retroussa les lèvres.

— Oui, certes, nous savons que pour les Anglais un seau d'eau en équilibre sur une porte entrebâillée est la manifestation d'un esprit vif – mais ce n'est pas l'œuvre d'un Anglais. Cette main provient d'Italie.

— L'écriture sur l'étiquette est italienne ?

— Impossible de le dire.

Oscar reporta une fois encore son attention sur l'emballage.

— Mais le timbre l'est. Le cachet de la poste aussi. « *Roma, 8 marzo 1892.* »

— *Marzo*, c'est-à-dire mars, Oscar. Nous sommes à présent en juillet. Ce paquet a été expédié il y a quatre mois.

— Est-ce important ?

— Peut-être. S'il s'agissait d'un appel au secours, et si personne n'y a répondu, d'autres pourraient l'avoir suivi, plus désespérés encore.

Je me tournai vers la sacoche posée sur le sol à côté de ma chaise et en tirai quatre autres liasses de courrier.

— J'ai bien peur qu'il ne nous faille passer tout cela en revue. Chaque lettre.

— De quand datent les plus anciennes ? demanda Oscar, qui, écartant son verre et son cendrier, me prit une pile des mains.

— Du début de l'année. Je les ai laissées s'accumuler depuis Noël. Elles me sont si pénibles que j'ai préféré les ignorer. Je suis médecin, Oscar. Je suis écrivain. Je ne tiens certainement pas à devenir le secrétaire d'un détective imaginaire. Cela ne m'intéresse pas. Je n'ai pas le temps.

— Calmez-vous, Arthur, intervint mon ami d'un ton apaisant. Ce courrier est la rançon de votre succès. Vous devriez être fier d'avoir créé un personnage si vivant, si réel, si *tangible*, que des inconnus se tournent vers lui au moment où ils ont besoin d'aide.

Oscar parcourait maintenant une substantielle liasse d'enveloppes, dont il vérifiait une à une le cachet postal.

— Londres, Londres, Londres, Chester, Plymouth, Londres, Glasgow, New York, Babbacombe, Leeds, Londres, Milwaukee, Moscou, île de Wight…

Il s'interrompit et leva les yeux vers moi.

— Holmes a conquis le *monde entier*, Arthur. Réjouissez-vous.

— J'ai la main d'un mort dans la poche, Oscar, grinçai-je.

— Et entre mon pouce et mon index, je tiens une autre lettre de Rome ! s'écria triomphalement mon compère en exhibant une petite enveloppe de couleur crème qu'il m'agita sous le nez. Regardez ! « *Roma, 22 gennaio 1892.* »

— Janvier. Ouvrez, ouvrez vite !

Oscar déchira l'enveloppe et regarda à l'intérieur.

— De quoi s'agit-il ? Y a-t-il un mot cette fois ?

— Non. C'est une mèche de cheveux.

Oscar fit tomber le contenu de l'enveloppe dans la paume de sa main. Il s'agissait en effet d'une mèche de cheveux, une épaisse boucle d'environ un pouce d'épaisseur et deux pouces de longueur.

— Ils ont la couleur du miel, dit-il en contemplant les cheveux.

— Ils sont jaune crasseux, Oscar.

— Ils sont dorés, insista-t-il. Ils ont la teinte des feuilles à l'orée de l'automne. Ils sont magnifiques. Regardez cette forme. Ce pourrait être un accroche-cœur prélevé au front d'un jeune garçon.

Je mis la mèche dans le creux de ma main. Elle était étrangement rêche.

— Ou un frison tiré de la perruque d'une vieille dame, suggérai-je. Le poil me paraît très dru.

Je l'approchai de mon nez.

— Ça sent le renfermé. La pomme blette.

— Vous voyez, fit Oscar en levant son verre à ma santé. Leur parfum lui-même évoque la saison des brumes et de la douce maturité de Keats.

Je ris aux éclats.

— Trois verres de champagne au petit déjeuner, Oscar, et vous dites n'importe quoi.

— Mais n'est-ce pas une possibilité ? demanda-t-il avec sincérité, reposant sa flûte et se penchant vers moi par-dessus la table. Cette boucle de cheveux, cette main tranchée dans votre poche : elles pourraient toutes deux provenir du corps martyrisé de quelque infortuné jeune Italien…

— Oui, reconnus-je. Mais les cheveux peuvent aussi avoir été prélevés sur une perruque – c'est la sensation qu'ils donnent – et la main sur un cadavre autorisé, dans la salle de dissection d'un hôpital ou dans un respectable établissement mortuaire.

— Dans ce cas, pourquoi les avoir envoyés à Sherlock Holmes ?

— Un canular ? Une plaisanterie de mauvais goût ?

— Ou parce qu'ils constituent les indices d'un crime terrible. Vous devez au moins m'en concéder la possibilité, Arthur.

D'un geste rapide, il alluma une autre de ses cigarettes maison, puis, tout en tirant avidement dessus pour en aspirer la fumée, il poursuivit son examen des piles de courrier disposées sur la table. Je m'associai à la tâche.

— Vous devez regarder chaque enveloppe, me rappela-t-il. Il y en a peut-être d'autres en provenance de Rome.

C'était le cas. Dans la dernière série de lettres que nous examinâmes – celle dans laquelle se trouvait à l'origine la main coupée –, je rencontrai une troisième et dernière enveloppe affranchie en Italie. « *Roma, 15 maggio 1892* », indiquait le tampon.

Oscar leva son verre à mon intention, comme pour saluer une victoire.

— L'écriture est-elle la même que sur les autres ? demanda-t-il.

— À première vue, oui. Avec les majuscules, c'est difficile à dire. Mais l'adresse est rédigée à l'encre noire, comme précédemment, et d'une main ferme. L'enveloppe est différente, plus grande que la première, plus petite que la seconde. Mais il est évident qu'elle provient de la même personne.

— Ouvrez-la, ordonna Oscar. Qu'allons-nous découvrir, cette fois ?

— Une photographie de l'expéditeur, j'espère, accompagnée d'une lettre d'explication détaillée – de préférence en anglais.

J'ouvris le pli. Il ne contenait pas de lettre. J'en fis rouler le contenu sur la table en désordre ; j'avais aussitôt vu ce dont il s'agissait.

— Ah ! s'exclama Oscar en plissant les yeux. Exactement ce dont je rêvais : un petit cigare.

— Je ne crois pas, Oscar. Vous avez vraiment trop bu. Regardez de plus près, mon cher. C'est un doigt, un doigt humain. Un index, selon moi. Tranché au niveau de la jointure.

Oscar considéra la table d'un regard suspicieux.

— Pour ma part, je trouve que ça ressemble à un petit havane. Regardez, il y a même la bague.

— C'est un anneau, Oscar.

Je secouai la tête et soupirai, incapable de décider si mon ami se montrait taquin ou pervers.

— Puis-je vous emprunter votre mouchoir ? lui demandai-je.

— S'il le faut, soupira-t-il avant de plonger la main dans la poche supérieure gauche de son pardessus et de me tendre un carré de soie abricot.

Avec précaution, je déposai le doigt sur le mouchoir d'Oscar. De ma propre poche, je tirai la main coupée et la plaçai à côté, paume vers le bas.

— Qu'en dites-vous ?

— Que les membres de la Société d'horticulture de Godalming seraient aux anges si quelqu'un venait leur présenter de telles pièces.

— Vous ne voyez pas, Oscar ? fis-je avec quelque impatience. Concentrez-vous, s'il vous plaît. Cessez de vous dissiper.

— Qu'y a-t-il que je ne vois pas ? demanda-t-il en se resservant de champagne. C'est hélas assez simple : je vois la main d'un mort et le doigt d'un autre.

— Sauf que ce n'est pas ce que vous voyez. Ou, du moins, pas nécessairement. Qui vous dit que ces restes appartiennent à un mort ?

— Appartiennent-ils à une bête ? protesta-t-il d'un ton mélodramatique.

— Non, mais à une morte, peut-être. La main est petite et douce. Ce pourrait être celle d'une femme. Nous ne devons préjuger de rien, Oscar. Nous devons nous en tenir aux éléments dont nous disposons.

Mon compagnon sirotait son vin, l'œil fixé sur la main et le doigt posés sur la table devant lui. Quand je sentis que j'avais de nouveau toute son attention, je repris :

— Ces organes ne proviennent pas de la même personne, Oscar.

— Vraiment ? Comment pouvez-vous l'affirmer ? Ils ont la même couleur.

— On a utilisé un procédé identique pour les conserver, ils ont été plongés dans la même solution. Mais observez la main : c'est une main droite complète. À présent, voyez le doigt. À la forme de la jointure et à la courbure de l'ongle et de son extrémité, vous pouvez constater qu'il provient lui aussi d'une main droite, du reste plus grande que celle-ci. La main et le doigt ont été prélevés sur des corps différents.

— Grand Dieu, murmura Oscar, en reposant son verre. Un double meurtre.

Je ris.

— Ou pas de meurtre du tout. Il pourrait simplement s'agir de deux personnes décédées de causes naturelles. Ou encore de deux personnes encore vivantes.

— C'est possible ?

— Tout à fait possible. Avez-vous entendu parler de la Mafia ?

— C'est un restaurant ?

— C'est une organisation criminelle d'origine sicilienne, Oscar. Les membres de la Mafia sont des bandits aux méthodes sophistiquées dont l'influence grandit de jour en jour. Leur emprise s'étend bien au-delà de la botte de l'Italie. Ils sont violents et ils sont impitoyables. Trompez-les, trahissez-les, et ils exerceront leur vengeance de façon barbare.

Oscar contemplait avec de grands yeux les deux membres posés sur le mouchoir devant lui.

— Je commence à me sentir prêt pour la Société d'horticulture de Godalming. L'amputation n'est pas une pratique quotidienne dans le Surrey.

— Mais, bien entendu, ajoutai-je, cette abomination n'a peut-être rien à voir du tout avec la Mafia. J'y ai seulement pensé parce que j'avais envisagé de m'en servir dans une histoire de Sherlock Holmes.

— En aviez-vous parlé à quelqu'un ?

— Personne. Absolument personne. C'est ce qui rend tout ceci si étrange.

Je coulai un regard vers la bouteille de Perrier-Jouët.

— Il en reste ? Je crois que je suis mûr pour un autre verre à présent.

— Je vais en commander une autre ! s'écria Oscar tout en versant le restant de champagne dans ma flûte.

— C'est inutile, merci. Ça suffira. Il nous faut garder les idées claires. Il nous faut réfléchir. Et réfléchir calmement.

— Non, Arthur. Il nous faut agir. Et agir hardiment. Nous devons faire nos valises. Nous devons prendre nos billets. Nous devons nous mettre en route.

— Qu'entendez-vous par « en route » ? Je viens tout juste d'arriver.

— Oui, mais vous avez déjà hâte de partir et moi aussi.

Il parcourut du regard le salon désert. Au dehors, le soleil brillait ; dans la pièce, régnait une obscurité immuable.

— Nous n'avons rien à faire ici, Arthur. Cet endroit morbide est réservé aux vieux et aux infirmes…

— Certains pensionnaires sont plus jeunes que vous, Oscar.

— D'esprit, ils sont tous plus âgés. Ils ne boivent pas, ils ne fument pas, ils ne parlent pas. Pourquoi se soucient-ils de respirer ?

Il rejeta la tête en arrière, bomba le torse, redressa ses larges épaules et tira profondément sur sa petite cigarette. Pivotant vers la fenêtre, il contempla la route qui menait aux bains.

— Regardez ces pauvres gens, avec leurs visages ennuyeux et leurs ridicules culottes de peau. Ils « font une cure », ils « prennent les eaux ». Ils ne vivent pas. Ils existent. Et puis ils meurent.

Il se retourna vers moi. Il avait les yeux embués de larmes. Il saisit son verre et le choqua délicatement contre le mien.

— Ce n'est pas nous, Arthur. Peu importe notre âge, nous devons être jeunes. À nous ! À la vie !

— À vous, Oscar, dis-je, étrangement ému par son soudain emportement.

Il avait trente-sept ans, mais, à la vérité, avec sa corpulence et ses dents inégales, son teint brouillé et ses yeux rougis, il paraissait plus âgé.

— Où voulez-vous que nous allions, mon ami ? lui demandai-je.

— N'est-ce pas évident ?

— Trouver la police, je suppose. C'est ce que nous devrions faire. Oui, sans aucun doute. Mais que ferait la police ? Va-t-elle parcourir Rome en tous sens pour retrouver un homme à qui il manque un doigt et une femme à qui il manque une main ? Pourquoi ferait-elle une chose pareille ?

— Ce n'est pas à la police que nous allons aller, Arthur. Vous avez raison : cela ne servirait à rien. Mais à Rome, dès cet après-midi. Il le faut. Nous allons résoudre cette énigme, vous et moi.

— Pourquoi ?

— Parce que cela nous fera du bien ! Ce sera une aventure, et c'est la seule « cure » dont nous avons besoin.

Il baissa les yeux vers la table en désordre, et effleura le papier d'emballage et les enveloppes qui avaient contenu l'organe et l'appendice amputés ainsi que la boucle de cheveux.

— Et puis, quelque chose a poussé quelqu'un à vouloir entrer en contact avec Sherlock Holmes.

Holmes est votre création, Arthur. Il vous appartient de découvrir de quoi il retourne.

— Je dois être à Londres dans dix jours.

— Vous y serez, je vous le promets, et, quand vous rentrerez, quelle histoire vous aurez à raconter ! Et si vous ne le pouviez pas, si la Mafia vous en empêchait, quelle fin ! Les rubriques nécrologiques s'en donneraient à cœur joie.

— Oscar, vous avez trop bu.

— Pas assez, au contraire.

Il repoussa sa chaise et m'adressa un sourire radieux.

— Je vois d'ici les titres : « Un écrivain écossais fauché en pleine jeunesse. Le créateur de Sherlock Holmes assassiné par des bandits siciliens ».

— Oscar, vous êtes ivre et vous dites n'importe quoi.

— Il n'empêche que je vous emmène à Rome pour élucider ce mystère et démasquer le meurtrier !

Il tapa dans ses mains d'allégresse.

— Qui a dit qu'il y avait eu un meurtre, Oscar ?

Mon ami considéra la table et indiqua la main et le doigt qui gisaient devant nous.

— Cela me paraît clair, Arthur. Et même plus d'un, à ce que nous pouvons constater.

— Ce ne sont pas des preuves suffisantes, Oscar.

— Elles indiquent du moins qu'il y a eu mutilation.

Il écarta un peu plus son siège de la table et se leva.

— Emballez soigneusement ces indices. Puisque c'est vous le médecin, je vous en laisse le soin. Faites particulièrement attention au doigt et à la mèche de cheveux. Je vais m'occuper du train. Remontez faire vos bagages. Rome nous appelle.

À contrecœur, je me mis en mouvement.

— C'est une quête sans espoir, Oscar.

— Et une fois là-bas, nous aurons à chercher une aiguille dans une botte de foin. Je sais, Arthur. Mais grâce à l'anneau, nous avons au moins un point de départ.

— Grâce à l'anneau ? répétai-je.

— Ah, fit-il avec une moue ironique. Se pourrait-il qu'Oscar Wilde, pourtant gris, ait remarqué l'indice capital que le créateur de Sherlock Holmes lui-même, pourtant tout à fait sobre, a ignoré ? Examinez-le, Arthur.

Oscar avait ôté la bague du doigt. Il me la tendit.

— C'est un simple anneau en or, constatai-je.

— En or rose, précisa Oscar. La couleur est caractéristique.

— En or rose, concédai-je. Mais hormis cela, il n'a rien de particulier.

Je fis rouler le bijou dans la paume de ma main.

— Il est un peu éraflé à l'intérieur, peut-être.

— Observez ces éraflures de plus près, Arthur.

Je scrutai attentivement l'anneau.

— C'est maintenant que j'aurais besoin de la loupe de Sherlock Holmes, observai-je.

— Ou de l'œil de lynx d'Oscar Wilde, renchérit mon ami. Ne voyez-vous pas une forme se dessiner sous les marques ?

Plissant les yeux, je distinguai quelque chose.

— La forme d'une clé ? suggérai-je.

— Exactement.

— Deux clés, en réalité, posées l'une sur l'autre, entrecroisées.

— En sautoir, précisa Oscar. À mon avis, ce sont les clés de saint Pierre. Le symbole de la papauté. Une fois à Rome, Arthur, nous commencerons nos investigations au Vatican. Nous attaquerons par la basilique Saint-Pierre. Ces clés sont aussi celles du mystère. La partie est lancée, mon ami.

3

Le train de Rome

— Née vieille, l'âme rajeunit. C'est la comédie de l'existence. Né jeune, le corps vieillit. C'est sa tragédie.

À bord du petit train de desserte locale qui nous conduisit de Hombourg à Mayence, Oscar se montra d'humeur philosophique. Il résista à toutes mes tentatives d'aborder sérieusement les aspects pratiques de la mission que nous nous étions assignée. Au lieu de cela, tout en regardant défiler d'un œil rêveur le paysage montagneux par la fenêtre, il lâchait épigramme sur épigramme – certaines de son cru, cela ne faisait aucun doute, d'autres, je le soupçonne, empruntées à Montaigne ou à Mark Twain. (Oscar soutenait qu'il avait conclu un accord avec ce dernier : de son propre côté de l'Atlantique, chacun d'eux pouvait s'approprier les bons mots de l'autre, en toute impunité et sans qu'il fût nécessaire de le remercier. Oscar se plaisait à dire que le plagiat est le privilège de l'homme de goût.)

À la gare de Mayence, mon ami acheta des cigarettes, du saucisson, du pain, du fromage et un petit cruchon de vin. Pour quelqu'un qui plaçait la jeunesse et la beauté au-dessus de toutes choses, il ne traitait assurément pas son propre corps comme un temple. De Mayence à Zurich, nous n'eûmes pas d'autre choix que de voyager en troisième classe, inconfortablement installés côte à côte sur un banc de bois, dans le coin d'un compartiment bondé et étouffant, avec pour consolation notre pique-nique et des cigarettes, et conversant à voix basse. Il était fort probable qu'aucun de nos compagnons (six ouvriers à la mine patibulaire) ne parlait l'anglais, mais les propos d'Oscar me mettaient néanmoins mal à l'aise. De la philosophie, il était passé à la religion.

— C'est étrange combien l'amour de Dieu peut conduire à des actes d'une indicible cruauté, observa-t-il tout en mâchonnant un morceau de fromage. Vous avez été élevé par les jésuites, Arthur. Étaient-ils indiciblement cruels ?

— J'ai été élevé par ma mère, Oscar, mais j'ai fait mes études dans une école dirigée par les jésuites, en effet. C'était un pensionnat et le régime y était spartiate. Tout, absolument tout, y était d'une sobriété qui confinait à l'austérité. Du pain sec et du lait généreusement allongé d'eau, tel était notre petit déjeuner. La vie était dure, mais les prêtres jamais cruels.

— Ils vous corrigeaient ?

— Sans arrêt.

Le souvenir me fit rire.

— Et plus souvent qu'à mon tour, ajoutai-je. À Stonyhurst, les châtiments corporels étaient sévères, vous pouvez me croire.

Je lançai à Oscar un regard de biais. Il m'étudiait avec une intensité déconcertante.

— Continuez, dit-il.

— Ils étaient particuliers, aussi. On les administrait avec un instrument de torture importé de Hollande, si ma mémoire est bonne.

— Un instrument de torture, répéta-t-il.

Je baissai encore davantage la voix.

— On l'appelait le « *tolley* », j'ignore pourquoi. C'était un morceau de caoutchouc de la taille et de la forme d'une grosse semelle. S'il était frappé avec conviction, un coup de ce « *tolley* » suffisait à faire enfler et changer de couleur la paume de votre main. Neuf coups sur chaque main, c'était la punition ordinaire, et une fois que vous l'aviez reçue, vous n'étiez plus capable de tourner la poignée de la porte de la pièce pour en sortir. Quand on en prenait deux fois neuf un jour de grand froid, on n'était pas loin d'atteindre les limites de la résistance humaine.

— Et pourquoi vous, Arthur Conan Doyle, étiez-vous puni plus souvent que la plupart de vos camarades ?

— Parce que j'étais un chenapan. Parce que j'enfreignais délibérément les règles. Parce que je voulais leur montrer qu'ils ne parviendraient pas à me dompter.

— Bravo, Arthur !

Je rendis son regard à Oscar.

— En fin de compte, je crois que ces châtiments avaient du bon, car c'était devenu un point d'honneur entre tous les garçons de montrer qu'ils ne nous affectaient pas. Et c'est un entraînement utile aux rigueurs de l'existence.

Oscar avala une gorgée de vin rouge. Il me dévisageait à présent d'un air gentiment moqueur.

— Ainsi, vous êtes sorti de Stonyhurst fier et indompté, meurtri mais entier.

Je souris.

— J'aime le croire.

— Et convenablement instruit ?

— Le programme d'études, comme l'établissement, était moyenâgeux mais solide.

— Et chaste ?

— Voilà une curieuse question, Oscar.

— C'est que je suis quelqu'un de curieux, Arthur.

Je répondis d'une voix plus étouffée encore.

— Si vous voulez savoir, la réponse est « oui ». Les jésuites n'ont aucune confiance dans la nature humaine. Peut-être n'ont-ils pas tout à fait tort. À Stonyhurst, on ne nous laissait jamais seuls un instant, et j'ai tendance à croire qu'en conséquence l'immoralité, si courante dans les autres écoles, y était au plus bas. Des prêtres participaient à tous nos jeux, à toutes nos promenades, et un surveillant déambulait dans les dortoirs toute la nuit. Il est possible qu'un tel système nuise à l'esprit d'indépendance et à l'estime de soi, mais, au moins, il minimise la tentation et le scandale.

Oscar exhala une mince volute de fumée de cigarette bleu-vert.

— Quel est l'intérêt d'une existence dépourvue de tentation et de scandale ?

À Zurich, nous changeâmes de nouveau de train. Pour l'avant-dernière étape de notre périple – un trajet nocturne qui nous conduirait jusqu'à Milan par le tunnel ferroviaire du Saint-Gothard –, Oscar avait réussi à nous obtenir des couchettes en seconde classe. Pour la première fois depuis notre départ de Hombourg, nous eûmes droit à un peu d'intimité. À minuit, au moment du départ du train et alors que nous nous tenions dans l'étroit couloir devant notre compartiment, Oscar proposa que nous « examinions les indices » une nouvelle fois avant de nous coucher. J'avais gardé sur moi la main et le doigt, respectivement emballés dans leurs linceuls blanc et abricot. Oscar avait placé l'enveloppe qui contenait la mèche de cheveux dans son portefeuille. Nous étalâmes les pièces sur la couchette supérieure, immédiatement sous la lampe à gaz Pintsch, et, debout, épaule contre épaule, nous les contemplâmes.

— Qu'en dites-vous ? demanda Oscar.

— Que nous nous sommes bel et bien embarqués dans une quête sans espoir, maugréai-je. Je ne sais pas ce qui m'a pris de vous laisser m'entraîner là-dedans.

Oscar se frotta le menton avec le poing.

— Un assassin aurait-il envoyé cela à Holmes en manière de défi ? s'interrogea-t-il.

— Si c'était le cas, ce serait un geste d'un orgueil démesuré.

— Ou est-ce un témoin du meurtre qui les a envoyés ? Cela paraît plus probable.

Je hochai la tête.

— Je pense que c'est l'œuvre d'un auteur concurrent qui cherche à me distraire de mon véritable travail.

Oscar rit.

— Vos rivaux doivent être excessivement jaloux pour tant s'ingénier à vous éloigner de votre bureau, Arthur. Il s'agit d'une main humaine, d'un doigt humain, de cheveux humains.

— Quant à moi, je ne trouve pas que les cheveux aient l'air réels.

— Et que faites-vous de l'anneau ? Vous m'accorderez qu'il n'est pas anodin.

Je m'aidai du mouchoir d'Oscar pour soulever le doigt et examiner une nouvelle fois la bague. Je la touchai du bout de mon propre doigt. Elle bougeait sans difficulté.

— Il est trop grand, remarquai-je.

— Enlevez-le, me commanda Oscar.

J'obéis et lui tendis le bijou d'or rose. Il le saisit entre le pouce et l'index et l'approcha de la lampe à gaz pour l'examiner.

— Ce sont les clés en sautoir de saint Pierre, cela ne fait aucun doute, mais il n'y a rien d'autre. Aucune inscription, aucune autre marque.

— Le doigt n'en porte pas non plus, ajoutai-je tout en scrutant le membre plus attentivement maintenant qu'il avait été débarrassé de son ornement. Il n'y a pas de renfoncement là où se trouvait la bague. On dirait qu'ils ne vont pas ensemble.

— L'anneau a été placé sur le doigt après que celui-ci a été tranché ?

— Et après son embaumement. Observez sa couleur : elle est uniforme sur toute la longueur.

— Cette bague est une indication ! s'écria Oscar. Et c'est ce qu'on voulait qu'elle fût. Nécessairement.

— C'est en effet la seule piste que nous ayons, mais si le pape avait été assassiné, je crois que nous en aurions entendu parler, pas vous ?

— Le sarcasme ne vous sied pas, Arthur, répliqua sèchement Oscar. Je sais parfaitement qu'il ne s'agit pas de l'anneau pontifical. L'anneau pontifical montre saint Pierre en pêcheur jetant ses filets sur le lac de Tibériade. Je l'ai embrassé. Je n'ignore pas à quoi il ressemble.

— Je sais. Vous me l'avez assez souvent raconté.

— En revanche, les clés de saint Pierre figurent sur cette bague. On ne l'a pas envoyée par hasard et, vous pouvez en rire, Arthur, mais des papes ont bel et bien *été* assassinés. Empoisonnés, étranglés, *mutilés*... Léon XIII n'est pas aussi aimé que l'était Pio Nono. Il court peut-être un danger mortel.

— Ne soyez pas ridicule, Oscar. Cela fait mille ans qu'un pape n'a pas été assassiné. Dormons plutôt. Nous sommes l'un et l'autre épuisés.

Je remballai les organes amputés et les rangeai dans ma poche. Oscar glissa l'anneau et la mèche de cheveux dans son portefeuille. Nous dégrafâmes nos cols et ôtâmes nos bottines, puis nous éteignîmes le gaz et nous hissâmes sur nos couchettes. Étendu au-dessus de moi, Oscar respirait lourdement dans l'obscurité. Je savais qu'il ne dormait pas. Finalement, dans un chuchotement étouffé, il déclara :

— Oui, le meurtre de Jean XII remonte à neuf cents ans. Comme vous le savez, c'était un débauché notoire, qui fut victime d'un mari jaloux. Mais, quoique cela fasse encore débat, je suis à peu près certain que Benoît XI a été empoisonné par un rival beaucoup plus récemment. En 1304.

Je ris.

— Bonne nuit, Oscar. Je pense que nous avons eu assez d'émotions pour aujourd'hui.

Il demeura silencieux une minute ou deux, puis sa voix résonna de nouveau dans le noir :

— Avez-vous envoyé à Touie un télégramme de Zurich ?

— Oui.

— Et que lui avez-vous dit ?

— La vérité.

— Oh, Arthur, quelle erreur ! Quand un mari commence à dire la vérité à sa femme, c'est la fin du mariage. Tout le mystère s'est dissipé.

— Bonne nuit, Oscar.

— Bonne nuit, Arthur.

Il se fit de nouveau silencieux, mais pas pour longtemps.

— Comment appeliez-vous cet instrument de torture, déjà ? Un « *tolley* », c'est ça ?

Je ne répondis pas.

Il poursuivit :

— Il n'y a jamais eu de pape jésuite, le saviez-vous ?

Je me taisais. Les minutes passèrent. J'écoutais sa respiration. Elle s'apaisait peu à peu ; finalement, elle ralentit. Bercés par le roulis régulier du wagon, nous dormîmes tous deux jusqu'à l'aube.

À Milan, nous changeâmes une dernière fois de train. À l'hôtel de la gare, nous pûmes faire notre toilette, nous raser, nous changer et nous restaurer. Nous avions chacun acheté un journal pour accompagner notre café et nos brioches.

— Je constate que le pape est vivant et en parfaite santé, fis-je avec malice en levant les yeux de ma lecture. Il y a là une photographie de Sa Sainteté qui semble dans une forme étonnante pour un homme de quatre-vingt-deux ans.

— Je suis ravi de l'apprendre, rétorqua laconiquement Oscar. Votre journal est, à l'évidence, plus divertissant que le mien.

Je poussai mon avantage.

— Il semble que le Saint-Père soit en route pour sa résidence d'été.

J'absorbai une gorgée de café, et marmottai :

— Dites-moi, Oscar : pouvez-vous me rappeler pourquoi nous allons à Rome ?

Mon compagnon abaissa son journal et me transperça du regard.

— Vous n'obtiendrez pas de moi que je m'avoue vaincu, Arthur. Je ne sais pas pourquoi nous allons à Rome, mais, ce que je sais, c'est que tous les chemins y mènent et qu'à l'angle de la Piazza del Popolo se trouve le plus merveilleux des bureaux de tabac. Il propose des cigarettes des quatre continents, alors qu'à Hombourg on n'en vend pas du tout.

Il reposa sa tasse de façon si théâtrale qu'elle tournoya dans la soucoupe.

— Nous allons à Rome pour échapper à Hombourg, la ville la plus ennuyeuse de toute la chrétienté. Les Allemands eux-mêmes la trouvent rasoir. Nous allons à Rome pour rencontrer l'aventure et fuir la monotonie. Pourrait-il exister une meilleure raison ?

D'un geste, il réclama l'addition au serveur.

— L'ennui, c'est le sérieux au stade adulte. Il est de notre devoir de nous en garder. Envoyez promener votre journal, Arthur, comme j'envoie promener le mien. Tout y est barbant, barbant, barbant.

Il jeta son quotidien au pied de la table.

— Même sa typographie est barbante. Quand je serai rédacteur en chef du *Times*, les virgules seront des tournesols et les points-virgules, des grenades.

Il débordait soudainement d'énergie. Il régla la note (en argent anglais, mais d'une façon si charmante que le jeune garçon ne parut pas du tout s'en formaliser) ; il me confisqua mon journal (et l'envoya rejoindre le sien sur le sol) ; il passa son bras dans le mien et m'entraîna en direction du hall de la gare.

— Nous devons trouver notre train, et si notre porteur a égaré nos bagages, tant mieux. Cela nous permettra à chacun de refaire notre garde-robe chez les tailleurs de la Via del Corso. C'est là que s'habillait John Keats, vous savez.

Il m'inspecta de la tête aux pieds et grimaça.

— Vous portez du *tweed*, Arthur. En juillet. En Italie. Pas étonnant que le pape ait quitté la ville.

Une fois parvenus à notre voiture – Oscar nous avait retenu deux places en première classe sur le *Milano-Roma diretto* de dix heures –, nous constatâmes que nous n'y étions pas seuls. Déjà confortablement installés face à face contre la fenêtre, avec chapeaux, canne et ombrelle, et leurs sacs et leurs valises posés sur les sièges à côté d'eux, se trouvaient un homme d'une quarantaine d'années et une jeune femme, qui devait avoir une douzaine d'années de moins que lui. Je devinai aussitôt qu'ils étaient anglais et je remarquai tout aussi vite qu'elle était très jolie. Comme nous pénétrions dans le compartiment, elle leva les yeux et me sourit. Elle avait des yeux bruns tout ronds, un petit nez pointu, une petite bouche rieuse, et l'ombre d'une fossette au menton. Son visage avait des tournures d'adolescent, mais pas sa silhouette. Vêtue d'une jupe plissée couleur bleuet et d'un chemisier de soie blanche, elle était merveilleusement attirante. Quand son regard rencontra le mien, elle me tendit la main.

— Catherine English, se présenta-t-elle.

— Arthur Conan Doyle.

Tandis que nous nous serrions la main, et que je décelais un accent de muguet dans son parfum, son livre glissa de ses genoux et tomba sur le sol. Je me baissai pour le ramasser.

— Ah, fis-je en retournant l'ouvrage, les *Chants de l'Ancienne Rome*[1]. Je ne les ai jamais lus.

Oscar se pencha par-dessus mon épaule.

— Un classique est un livre que tout le monde veut avoir lu mais que personne ne veut lire.

— Celui-ci me plaît, repartit la jeune femme en souriant. Beaucoup.

Oscar hissa ma malle dans le filet à bagages au-dessus de nous et se mit à déclamer :

1. Titre de 1842 de Thomas Babington Macaulay (1800-1859).

Alors Horace s'exprima,
Brave capitaine du guet :
Tôt ou tard, chacun ici-bas
À une mort certaine est voué,
Et quelle plus noble destinée
Que périr face au danger
Pour les cendres de ses aïeux
Et le temple de ses Dieux.

Il baissa les yeux et tendit la main à nos compagnons de voyage.

— Oscar Fingal O'Flahertie Wills Wilde. Au service du Dr Conan Doyle.

— Mais pas du tout ! protestai-je, embarrassé. Oscar est…

— Je sais qui vous êtes l'un et l'autre, coupa Catherine English dans un éclat de rire. Vous êtes célèbres. Mr Doyle est le créateur de Sherlock Holmes, et Mr Wilde est poète – et supérieur à Lord Macaulay, à mon avis.

Elle tapota délicatement la couverture de ses *Chants de l'Ancienne Rome* et les glissa sous le chapeau de paille qui se trouvait sur le siège à côté d'elle.

— De toutes les espèces, l'homme est la seule qui rougisse ou qui en éprouve le besoin, badina Oscar en s'inclinant devant la jeune femme.

Le monsieur qui lui faisait face abaissa son journal et nous adressa à chacun un bref signe de tête.

— Martin English, fit-il laconiquement, et ce furent ses seules paroles.

Il était plus grand, plus mince, plus brun que sa compagne. Il avait de grands yeux noisette, comme elle, les cheveux bouclés, et n'était pas aussi vieux que je l'avais d'abord cru. Il pouvait avoir trente-sept ans, peut-être, mais ses traits avaient un caractère de lassitude, d'insatisfaction, qui ajoutait à son âge. En dehors d'une chemise crème et de souliers marron, il était entièrement vêtu de noir.

— Martin est réservé, plaida la jeune femme. Ce n'est pas intentionnel s'il se comporte comme un mufle. Il est comme ça, c'est tout.

L'homme grimaça, grogna, et disparut de nouveau derrière son journal.

— Je comprends tout à fait, déclara Oscar. À cet égard, je rejoins complètement Mr English.

Mon ami s'installa au coin du compartiment, près de la porte, et me fit signe de prendre place face à lui.

— Asseyons-nous, Arthur, et faisons silence.

Il se tourna vers la jeune femme.

— Vous avez un livre à lire et moi, un sonnet à composer. Chut à présent. Pas un mot avant Bologne.

Il ferma les yeux et reposa sa nuque sur l'appui-tête.

— Nous allons à Bologne ? demandai-je en m'installant avec un léger soupir.

Le train se mouvait maintenant et le soleil entrait à flots dans notre compartiment. Il me semblait qu'une aimable conversation avec Catherine English pourrait rendre plus agréable la dernière étape de notre long périple.

— Chut, Arthur. Pas un mot avant Florence, alors. Pas un mot.

— C'est absurde, messieurs. Ne faites pas attention à Martin. C'est un vieil ours. Nous pouvons parler, bien entendu. Je suis si excitée de vous rencontrer l'un et l'autre. Je veux tout savoir sur vous. Qu'est-ce qui vous amène en Italie ? Pour quelle raison êtes-vous ici ? Où allez-vous ?

Elle se tourna vers moi et tendit la main par-dessus son chapeau, son livre, ses sacs et ses affaires qui encombraient le siège à côté d'elle.

— Qu'êtes-vous en train d'écrire, Mr Doyle ? Êtes-vous venu faire des recherches ? Je suis certaine que c'est ça. Dites-moi.

— Eh bien..., hésitai-je. Oui et non.

— C'est *Dr* Conan Doyle, précisa Oscar, ouvrant un œil et se tournant vers notre voisine. En général, il se montre assez sourcilleux là-dessus. Il est médecin autant qu'écrivain.

— Oh, fit Catherine English, qui rougit délicieusement. Je ne savais pas.

Elle me dévisagea avec de grands yeux.

— Vous allez sans doute me trouver très bête, Dr Doyle, mais, j'ignore pourquoi, je vous croyais détective.

Ce fut à mon tour de grogner.

— Les gens le pensent souvent, observai-je. Le risque du métier, j'imagine.

Je débarrassai mon pantalon de miettes imaginaires.

— C'est Sherlock Holmes, le détective, repris-je. Mais c'est un personnage de fiction, naturellement.

— Il est si réel que je m'imaginais que ce devait être aussi votre profession.

— Non, tout est inventé.

Je me tournai vers Oscar dans l'espoir de le voir me venir en aide.

— Mon ami Wilde, ici présent, est beaucoup plus détective que moi.

— Vraiment ? fit-il, un œil entrouvert et de façon peu coopérative.

— Mais oui. Vous le savez fort bien. Vous êtes observateur. Et bien que d'ordinaire vous ne cessiez de parler, vous savez écouter, également. Vos parents vous l'ont appris. C'est une excellente discipline. Et vous êtes poète, aussi êtes-vous capable d'avoir un élan d'imagination quand cela est nécessaire.

— Un « élan d'imagination », répéta Oscar, qui avait désormais les deux yeux ouverts. Ça me plaît.

— Vous voyez ce que je veux dire, Oscar. Vous osez envisager des choses auxquelles Lestrade et tous les empotés de Scotland Yard ne penseraient même pas. Et, à votre manière, vous êtes un gentleman, ce qui vous permet de vous mêler à toute sorte de société. Les enquêteurs ordinaires doivent en général emprunter la porte de service, mais vous, vous pouvez vous présenter à la porte d'entrée.

— Ainsi, c'est vous le détective, Mr Wilde, fit Catherine English en se tournant vers Oscar. Comme c'est merveilleux !

Elle se pencha en avant avec avidité.

— Dites-moi, que votre œil d'expert vous apprend-il sur moi ?

Oscar se redressa.

— Que vous êtes jeune, jolie, très intelligente et merveilleusement cultivée.

— J'aurais pu en dire autant, m'insurgeai-je. N'importe qui l'aurait pu.

Oscar m'ignora et continua à regarder fixement notre délicieuse voyageuse.

— Que voulez-vous savoir de plus ?

— Tout ce qui vous viendra à l'esprit, Mr Wilde. C'est follement amusant.

— Eh bien, je peux vous affirmer que vous aimez être amusée, que vous avez des secrets et que vous êtes extraordinairement protectrice de votre frère aîné.

— Des secrets, Mr Wilde ?

— Nous en avons tous, fit Oscar.

Je m'adressai à Catherine English :

— Vous avez un frère ?

Oscar intervint.

— Le gentleman qui occupe le siège en face de Miss English est son frère. Nos compagnons de voyage sont unis par des liens fraternels, Arthur, pas par ceux du mariage.

— Ah bon ? m'étonnai-je, embarrassé.

La jeune femme opina du chef avec un sourire.

— Je croyais…

— Ne jamais préjuger de rien, Arthur. C'est la règle d'or.

Je me retournai vers Oscar.

— Frère et sœur. Comment diable l'avez-vous su ?

— À vrai dire, Arthur, c'était assez évident, avant même d'apprendre leurs noms. Ils étaient en couple, l'un en face de l'autre. Ils auraient pu être mariés, mais Miss English ne porte pas d'alliance. Ils auraient pu être un couple d'amoureux, auquel cas, néanmoins, il eût été probable qu'ils se fussent installés côte à côte. Quand nous avons appris qu'ils partageaient le même patronyme, j'ai un instant envisagé qu'ils pussent être cousins, mais la familiarité sans façon de Miss English envers Mr English – une familiarité qui frisait l'impertinence quand elle l'a qualifié de « mufle » et de « vieil ours » – suggérait une parenté beaucoup plus proche. Leur différence d'âge ne leur permettant pas d'être père et fille, ils ne pouvaient par conséquent qu'être frère et sœur.

— Bravo, Mr Wilde.

— Oui, Oscar. Félicitations. Un tour de force.

— Et, tant que j'y suis, je hasarderai deux autres hypothèses : Miss English et son frère sont orphelins, et Mr English n'est pas exactement tel qu'il paraît.

4

Les souliers marron

Martin English abaissa son journal et tourna vers Oscar un regard froid et dépourvu d'humour. Il parla à voix basse, détachant et appuyant chaque mot.

— Et comment, monsieur, savez-vous que je ne suis pas exactement tel que je parais ?

— À cause de vos souliers marron, monsieur, répondit Oscar d'un ton badin.

English baissa les yeux sur ses pieds élégamment chaussés. Il portait des bottines bicolores noisette et tabac.

— Y a-t-il quelque chose qui ne va pas avec mes « souliers marron » ?

De nouveau, il avait formulé cette question d'une voix mesurée, ferme et ne trahissant aucune émotion.

— Non, se défendit vivement Oscar. Rien du tout. Bien au contraire. J'en possède une paire identique, que j'ai achetée – comme vous-même, sans doute – chez John Lobb sur St James's Street.

Il y eut un silence gêné.

— Oui, concéda finalement English, qui s'arracha à la contemplation de ses chaussures et rendit à Oscar son regard. Et alors ?

— Ce sont de très beaux souliers marron, Mr English, répondit Oscar avec douceur. Mais il m'est impossible de ne pas remarquer que vous les portez avec des chaussettes noires.

— Ah, maugréa English en repliant son journal, qu'il déposa avec précaution sur le siège à côté de lui. Je vois. Un *faux pas**. Littéralement.

Il ne souriait pas. Il croisa les bras et étudia Oscar.

— J'ai lu ce qu'on dit de vous, Mr Wilde, reprit-il. Je sais que vous êtes un arbitre de l'élégance, un « esthète » reconnu. Je vous prie d'excuser mon relâchement vestimentaire. Mais expliquez-moi, s'il vous plaît, en quoi il vous permet de croire que je ne suis pas tel que je parais.

— Ce ne sont pas seulement vos chaussettes et vos chaussures, Mr English. Votre fine chemise de soie crème est pareillement en désaccord avec votre costume de serge noire. Vous arborez la chemise *de luxe** et les souliers raffinés d'un homme du monde, d'un dandy. Mais, par ailleurs, vous portez la tenue intemporelle et austère d'un clergyman. C'est ce que vous êtes, n'est-ce pas ?

— C'est exact, admit-il sèchement.

— Formidable, Mr Wilde ! s'exclama Catherine English en battant des mains avec ravissement.

— Cette déduction était loin d'être miraculeuse, mademoiselle. Depuis que nous sommes montés dans ce train, et jusqu'à il y a un instant, Mr English est resté tapi derrière son exemplaire du

Church Times. J'ai suivi son regard pendant qu'il le lisait. Il l'a parcouru colonne après colonne, page après page, avec la plus grande assiduité. Ce que seul ferait un ecclésiastique.

Martin English demeura silencieux. Sa sœur se pencha en avant et lui toucha le genou avec espièglerie.

— Tu vois, mon cher frère, Mr Wilde t'a démasqué. Tu ne devrais pas essayer de cacher ce que tu es, même en vacances.

— Oh, de cela, je n'en suis pas sûr, dit Oscar avec entrain. J'adore jouer un rôle. On y est tellement plus vrai que dans la vie.

Mr English lui décocha un regard glacial. Miss English rit et lui tapota la cuisse avec un air de reproche. Elle jeta un coup d'œil dans ma direction et me sourit, puis s'adressa de nouveau à Oscar :

— Et comment savez-vous que nous sommes orphelins, Mr Wilde ? Vous avez raison, naturellement. Nos parents sont décédés il y a des années.

— Je suis désolé de l'apprendre, fit Oscar. J'en ai eu l'intuition, voilà tout. Ce n'était qu'une supposition.

— Un « élan d'imagination », suggéra-t-elle.

— Si vous voulez.

Je suivis les yeux de mon ami qui allaient et venaient entre le frère et la sœur, l'un si froid et hostile, l'autre si chaleureuse et amicale.

— Pardonnez mon impertinence, Miss English, mais j'ai perçu l'isolement que vous partagez, expliqua audacieusement Oscar. J'ai eu la sensation que vous étiez, l'un et l'autre, seuls face au reste du monde.

Le sourire de la jeune femme se fit plus tendre.

— Il n'y a là aucune impertinence, Mr Wilde. C'est moi qui vous ai invité à nous dire ce que votre œil de détective était capable de discerner. J'avoue que je suis quelque peu stupéfaite que vous ayez pu découvrir tant de choses en si peu de temps.

Elle poussa un discret soupir et baissa les yeux sur ses mains délicates, qu'elle tenait désormais repliées sur ses genoux.

— Martin est l'aumônier anglican de Rome. Il a été nommé il y a peu. Cela fait trois mois qu'il est en poste. Ce n'est pas très facile.

— Le changement ne l'est jamais, compatit Oscar. Et peut-être Mr English apprécie-t-il plus l'encens que certaines de ses ouailles ?

— Comment savez-vous tout cela, Mr Wilde ?

— Je poursuis mon « élan d'imagination », Miss English. Le *Church Times* est un journal anglo-catholique. J'imagine que les paroissiens de votre frère, pour la plupart des expatriés, sont attachés à l'anglicanisme « thé et muffins » traditionnel. Il doit y avoir des tensions.

— Il y en a, Mr Wilde.

English, qui regardait défiler le paysage par la fenêtre, se retourna vers Oscar.

— N'écoutez pas ma sœur, dit-il calmement. Je suis tout à fait satisfait de mon sort.

— J'en suis ravi, affirma Oscar.

— Mais Mr Wilde a raison, protesta Catherine avec douceur.

Elle reporta de nouveau son attention vers Oscar.

— Le prédécesseur de mon frère a occupé la place durant de nombreuses années. Il était très aimé.

— Sur le plan spirituel, il était creux, lâcha English d'un ton acerbe.

— Il n'empêche qu'on l'appréciait beaucoup.

— Mais pas moi.

— On te respecte, Martin. J'en suis certaine. Quant à l'affection, elle viendra avec le temps.

— Les Écritures nous enseignent que nous devons aimer Dieu, mais je ne sais pas où, dans les Évangiles, notre Seigneur nous enjoint d'aimer notre clergé. Et je ne sais pas non plus s'il est convenable d'ennuyer des inconnus avec les petites difficultés de l'aumônerie anglicane de Rome.

— Vous avez raison, mon frère. Ça ne l'est pas.

Catherine English se renfonça dans son siège et arrangea les plis de sa jupe. Elle ne paraissait pas vexée outre mesure par les remontrances de son frère. Au bout de quelques instants de silence, elle releva les yeux et sourit.

— Assez parlé de nous, déclara-t-elle. Intéressons-nous à vous à présent.

Ses dents minuscules étaient d'une blancheur de perle et il y avait dans l'éclat de ses yeux quelque chose de délicieusement mutin. Elle se tourna vers moi.

— Vous venez donc à Rome pour y effectuer des recherches, avez-vous dit ?

Alors que j'étais encore en train d'élaborer ma réponse, j'entendis la voix tonitruante d'Oscar.

— Oui ! Oui, absolument. Conan Doyle travaille à une nouvelle histoire. Son titre est intrigant : *Sherlock Holmes et les crimes du Vatican*.

— Oh ! s'exclama Miss English avec délice. Les meurtres ? Y en aura-t-il donc plusieurs ?

— Oh oui. C'est ce qu'attendent ses lecteurs américains. C'est ce que réclame son éditeur américain. Il est presque payé au cadavre maintenant, vous savez.

Je m'interposai.

— Ce sont des balivernes, Miss English. S'il vous plaît, ignorez ce que raconte mon ami, quoique, à certains égards, il n'ait pas tout à fait tort. Nous nous sommes lancés dans une sorte de recherche, et nous allons à Rome, et, une fois là-bas, nous comptons visiter le Vatican, et…

Mon flot de paroles se tarit soudain lorsque me vint à l'esprit l'image du doigt et de la main amputés, et de la mèche de cheveux envoyés à l'intention de Sherlock Holmes.

Oscar vola à mon secours.

— Je suis déjà allé à Rome, remarqua-t-il à propos. C'était il y a quinze ans, en des temps plus jeunes et plus heureux. Je n'avais que vingt-deux ans, et j'ai eu les honneurs d'une audience privée avec le pape Pie IX, Pio Nono.

— Comme c'est merveilleux, Mr Wilde ! fit Catherine English avec chaleur. Comment était-il ?

— Très vieux. Très frêle. On dit qu'il était épileptique, mais je n'ai rien vu qui pût le confirmer. C'était l'année avant sa mort. Il m'a accordé sa bénédiction, chose que je chérirai toujours. Et j'ai senti sa bonté. Il avait le plus doux des sourires.

— On se souvient encore de lui avec émotion. Apparemment, les jours de grosse chaleur, il envoyait chercher des glaces pour les cardinaux.

Martin English s'agita sur son siège.

— Je gage qu'il aurait préféré qu'on se souvînt de lui pour avoir proclamé le dogme de l'Immaculée Conception de la bienheureuse Vierge Marie.

— C'est fort probable, approuva Oscar, mais personne parmi nous ne peut, hélas, choisir ce que l'histoire retiendra de lui.

— Quelle opinion a-t-on de Léon XIII ? demandai-je, reprenant mes esprits.

— On le trouve plus austère, répondit Martin English, qui pour la première fois me regarda en face. Plus rigoureux. On le dit plus intellectuel, quoiqu'il soit presque aussi dévoué à la cause mariale que son prédécesseur.

— Nous n'avons pas encore eu les faveurs d'une audience, ajouta sa sœur. Nous espérons en obtenir une d'ici à la fin de l'année, mais ce n'est pas chose facile, comme vous le savez, Mr Wilde.

— Si mes souvenirs sont exacts, cela dépend de qui l'on connaît ou de combien l'on est prêt à débourser. J'avais la chance de posséder un ami catholique qui avait les relations qu'il fallait.

— Nous faisons de notre mieux pour les entretenir, souligna Miss English avec un sourire espiègle. Nous organisons demain soir à All Saints notre fête de bienfaisance estivale. Nous avons proposé au maître des cérémonies pontificales d'en être l'invité d'honneur, et il a accepté.

— Nous avons une nouvelle église anglicane à Rome, expliqua Martin English. Cela fait dix ans qu'elle est en construction.

Il soupira avant de grommeler, avec une pointe d'amertume :

— Nous passons notre temps à collecter des fonds.

— C'est nécessaire, Martin, tu le sais, et ce sera une soirée agréable. Elle le serait pour toi aussi si tu y venais dans de meilleures dispositions.

La jeune femme se tourna vers nous.

— Vous plairait-il d'y assister, messieurs ? Je suis sûre que oui. Il y aura du sherry et du fromage italien.

— La chose se passera dans l'église elle-même ? m'enquis-je.

— Dans la nef. Il faut que vous veniez.

— Dans la nef ? répéta Oscar. Voilà qui est hardi.

— L'édifice est tout récent, précisa Martin English. Il n'a pas encore été consacré.

Catherine English nous regarda en tendant des mains implorantes.

— Vous viendrez, n'est-ce pas ?

Elle se tourna vers son frère.

— Nous serions très heureux s'ils venaient, n'est-ce pas, Martin ?

Le révérend Martin English ferma à demi les paupières et inclina la tête de côté.

— Certains viennent à l'église pour y trouver des nourritures spirituelles, d'autres pour le sherry et les fromages italiens. Quoi qu'il en soit, soyez des nôtres, messieurs. À ce qu'en dit ma sœur, il y aura tout le monde, aussi je suis certain que vous vous sentirez presque chez vous. Étant donné les circonstances, j'aurais préféré tout annuler, mais Catherine refusait d'en entendre parler.

— Étant donné les circonstances ? répéta Oscar d'un ton interrogateur.

— L'un des charpentiers est mort alors qu'il posait des chevrons au-dessus de la nef.

— C'était un accident, Martin. Et il date d'il y a plusieurs mois.

— Oui. Il était originaire d'Afrique du Nord. Et puis le malheureux buvait, à ce qu'on dit.

— C'était un regrettable accident.

— Il se trouvait seul sur le toit. Il s'est tranché la main et il est tombé de l'échafaudage sur le dallage de marbre, quarante pieds plus bas. Il a perdu conscience et il est mort en se vidant de son sang à l'endroit même où demain soir nous nous partagerons du sherry et du fromage.

— La vie continue, constata simplement Catherine English. Il le faut.

— Ah, c'est vrai, fit le clergyman. « En pleine vie, nous sommes déjà morts. » Peut-être est-ce ce que je devrais dire au moment d'accueillir nos invités demain soir. Connaissez-vous la suite ?

— Oui, répondit Oscar. « Auprès de qui pouvons-nous chercher secours, sinon auprès de Toi, Ô Seigneur, qui as de justes raisons d'être mécontent de nos péchés ? »

— Nous n'attendons pas une homélie de ta part, Martin. Seulement quelques mots de bienvenue.

English ignora sa sœur et, levant les yeux, comme pour regarder le ciel, il poursuivit d'une voix vibrante : « Ô Seigneur Dieu, Ô Seigneur tout-puissant, Ô Sauveur béni et miséricordieux, délivre-nous des tourments de la mort éternelle. »

— Ça suffit, Martin. Arrête maintenant.

Catherine English se pencha vers son frère et pressa ses mains sur les siennes, qu'il tenait posées sur ses genoux. Elle demeura ainsi tandis qu'elle se retournait vers nous et nous déclarait, avec autant d'entrain qu'elle le pouvait :

— Nous pouvons donc compter sur vous demain soir ? Et une fois que Martin aura accueilli nos hôtes, vous voudrez bien nous lire chacun quelque chose ? Ce serait pour tout le monde une formidable surprise. Dr Doyle, nous conterez-vous l'une de vos histoires ? Mr Wilde, pourrez-vous nous réciter quelques vers ?

J'hésitai, mais Oscar avait déjà pris son parti.

— Nous serions honorés, Miss English, accepta-t-il immédiatement. À quelle heure souhaitez-vous notre intervention ?

— À huit heures, à All Saints, sur la Via del Babuino.

— Je connais cette rue, releva joyeusement Oscar. Notre hôtel s'y trouve. C'était prédestiné. Et n'ayez crainte, chère mademoiselle, je choisirai l'un de mes poèmes les plus courts.

Elle rit et se tourna vers moi, apparemment surprise de découvrir que je ne partageais pas son hilarité.

— Vous n'avez pas bonne mine, Dr Doyle. Vous ne vous sentez pas bien ?

— Je vais très bien, merci, répondis-je d'un ton qui manquait quelque peu de conviction.

Tout en parlant, je suivais du bout des doigts les contours de la main amputée enveloppée dans mon mouchoir et cachée dans la poche de ma veste.

Oscar vint de nouveau à ma rescousse.

— Mon ami a l'âme sensible, Miss English, ce que ne laissent pas supposer sa féroce poignée de main et sa moustache fournie. Je gagerais que la raison de la pâleur du Dr Doyle est qu'il pense encore à la mort de cet infortuné ouvrier, tombé d'un échafaudage pour s'être malencontreusement coupé la main. N'ai-je pas raison, Arthur ?

— C'est exact.

— Voyez-vous, le Dr Conan Doyle a suivi des études de chirurgie. Et, comme il aime à le rappeler, il est un homme de détails. Aussi je suis certain qu'il se demande quelle main le malheureux s'est tranchée.

— Il me semble que c'était la droite, précisa Martin English.

— La main droite, répéta Oscar. En êtes-vous certain ?

— Je crois. Je ne m'en souviens pas exactement. On ne l'a jamais retrouvée, à vrai dire, malgré de nombreuses recherches. Elle a disparu. Très curieux. Peut-être qu'elle réapparaîtra demain soir, entre le sherry et les fromages italiens. Si tel était le cas, cela jetterait un froid sur notre raout, vous ne croyez pas ?

5

Via del Babuino

Le trajet en train jusqu'à Rome dura plus de sept heures. Nous passâmes le temps sans difficulté, à parler, fumer, lire nos livres, somnoler, ou contempler par la fenêtre la campagne toscane baignée de soleil.

Nous n'étions pas encore arrivés à Bologne qu'Oscar était parvenu à lier conversation avec le révérend English. Je n'écoutais pas précisément ce qu'ils disaient (je réservais mon attention à Miss English), mais je saisis, en passant, un échange animé au sujet des visions de sainte Thérèse d'Ávila et les noms de Thomas d'Aquin, Augustin d'Hippone et Martin Luther, ainsi que ceux d'Apollon, d'Aphrodite, d'Artémis et de tout un assortiment de papes, de Pie Ier à Léon XII.

À Florence, où le train s'arrêta vingt minutes, Oscar et English allèrent ensemble chercher du pain et du jambon de Parme, des fruits frais et secs, et quelques bouteilles de vin et d'eau. Au moment où ils remontaient à bord avec leurs provisions, l'aumônier déclara :

— Quelle journée magnifique, vous ne trouvez pas, Mr Wilde ?

À quoi Oscar répondit :

— Chaque fois que quelqu'un me parle du temps, je suis à peu près sûr qu'il a une autre idée en tête.

Nous rîmes tous de bon cœur.

Les nombreux attraits de Catherine English me firent vite oublier l'horreur d'avoir une main coupée au fond de ma poche. Bien entendu, la beauté simple et sans afféterie de la jeune femme constituait en soi une délicieuse distraction, mais ce qui me plaisait véritablement chez elle, c'était sa personnalité chaleureuse. Elle était d'un naturel insouciant et d'un esprit généreux. Elle possédait également une vive intelligence et une grande culture. Que demander de mieux chez une compagne de voyage ? Tandis qu'Oscar et Martin English débattaient de théologie et de théosophie, je lui racontais mes péripéties d'étudiant à Édimbourg, mes expéditions en Afrique de l'Ouest et mon épopée de pêcheur de baleine dans l'Arctique. Elle me parla pour sa part de son « existence banale », occupée à tenir le foyer de son frère, et de ses passions jumelles pour la poésie et la peinture. Elle savait par cœur quantité de poèmes. Alors que notre train approchait de Rome, elle m'en récita trois parmi ses préférés de Mrs Browning. À bord du *Milano-Roma diretto*, en cette longue et chaude journée de la fin de juillet 1892, j'eus la sensation d'avoir trouvé une amie pour la vie.

Nous arrivâmes enfin à Rome tôt dans la soirée. La ville était sèche et poussiéreuse, les rues encombrées de charrettes et d'attelages, de vaches et de bœufs, de chevaux, de mules et d'ânes. Nous partageâmes avec nos amis une voiture qui nous conduisit de la gare à la Via del Babuino. En chemin, nous passâmes devant l'antique Colisée et Oscar demanda à notre cocher de s'arrêter pour nous laisser le temps de nous émerveiller devant ce « vaste et superbe monument ».

— Une ruine ! s'exclama Oscar. Mais quelle ruine !

— Les gladiateurs s'y battaient jusqu'à la mort, observa le révérend English. Et à la fin de la journée, ceux qui n'avaient pas montré suffisamment de courage avaient les mains tranchées.

— Quelle horreur ! s'écria sa sœur. Est-ce possible ?

— C'était le prix à payer pour avoir manqué de bravoure.

S'abritant les yeux, Oscar scrutait les murs de pierre du vieil amphithéâtre.

— Cet endroit a changé depuis la dernière fois, marmonna-t-il. Toute verdure a disparu. Les mousses, les fleurs, les herbes, les buissons qui ornaient ces ruines… On les a enlevés. La nature a été dépossédée. Cet édifice a été « restauré ». Et cette populace, là-bas, n'est pas quelque assemblée bigarrée de mendiants, comme je le croyais. Ce sont des touristes !

Il se renfonça dans son siège et soupira avec désespoir.

— J'ai bien raison quand je dis que ce siècle connaît le prix de chaque chose et la valeur d'aucune. *Avanti ! Forza !* Roulez !

La Via del Babuino était une longue voie étroite située au cœur du quartier anglais et artistique de la Ville éternelle. Elle était pavée et ombragée, et notablement plus fraîche et moins sale que les rues et places alentour. Elle affichait une distinction surprenante et pouvait se prévaloir d'un excellent pedigree. Rubens était venu y mourir. Poussin y avait peint en sa jeunesse, dans un atelier qui offrait désormais un vaste appartement au *chargé d'affaires** britannique. Outre des résidences pour diplomates et des studios pour artistes plus chanceux, la rue accueillait deux grands hôtels, un certain nombre de *pensione*, un salon de thé anglais, une variété de *caffè* et de restaurants, l'échoppe d'un photographe, un assortiment de boutiques qui vendaient des confiseries, de la papeterie, des articles de peinture et des vêtements pour dames, auxquels s'ajoutaient deux églises : l'une, catholique, avait été bâtie à la fin du XVIe siècle pour la communauté grecque de Rome ; l'autre, à dix numéros de là, exactement au milieu de la rue, était la nouvelle église anglicane d'All Saints.

— Ah ! s'écria Oscar au moment où notre attelage s'arrêtait devant cette dernière. Un parfum de Saint-Pancras à deux pas de Saint-Pierre. J'adore la brique rouge.

— L'intérieur est superbe, affirma Catherine English. Laissez-nous vous le montrer.

— Non, chère mademoiselle, pas ce soir. Nous sommes tous épuisés.

Tandis que j'aidais Miss English à descendre de voiture, son frère prêtait son bras à Oscar.

— Voyager est peut-être profitable à l'esprit, mais c'est une épreuve pour le corps, remarqua celui-ci. J'ai besoin d'un brandy, d'un bain et d'un lit.

— Votre hôtel se trouve au bout de la rue, précisa Martin English tout en nous tendant à chacun une main cordiale. C'est à cent yards tout au plus.

— Je sais, répliqua Oscar. Et ces garçons vont nous porter nos bagages.

Il donna une poignée de menue monnaie et quelques fruits secs à deux gamins aux pieds nus qui rôdaient autour de nous. Les deux drôles empochèrent l'obole et le saluèrent avec grâce.

— Lequel de vous est Romulus, et lequel est Remus ?

Les deux garçons levèrent vers Oscar leur visage crasseux et lui sourirent sans comprendre. Je leur tendis nos valises pendant qu'Oscar et English réglaient notre cocher.

Je saluai Catherine English, et, quand elle me serra la main, je sentis – ou crus sentir – une pression particulière de ses doigts.

— Bonsoir, Dr Conan Doyle, dit-elle. À demain soir, huit heures, donc. Et j'insiste : vous devez nous lire l'une de vos histoires.

Je m'inclinai et claquai des talons tandis que les English, s'apprêtant à prendre congé de nous, se dirigeaient déjà vers l'entrée de l'église.

— Nous disposons de quelques pièces derrière la sacristie, expliqua le clergyman en déverrouillant la porte. On finira par nous fournir un véritable logement, du moins je l'espère. Bonsoir, messieurs.

— Bonsoir.

Une fois qu'ils eurent disparu, nous tournâmes les talons et entreprîmes de descendre la rue, suivis de nos porteurs dépenaillés.

Oscar, qui était si fourbu lorsqu'il était descendu de notre voiture quelques minutes auparavant, paraissait désormais débordant d'énergie.

— Qu'avez-vous pensé de nos compagnons de voyage ? me demanda-t-il, allumant une cigarette et me coulant de biais un regard malicieux.

— Miss English est ravissante.

— Elle vous a ravi, en tout cas.

Il rit.

— Elle vous a immédiatement ensorcelé. J'ai trouvé qu'elle en faisait un peu trop en citant Mrs Browning dès la première rencontre, mais peu importe. Elle connaît son affaire.

J'allais protester, mais Oscar poursuivit :

— Et le frère, Arthur ? Qu'en dites-vous ?

— À première vue, il ne m'intéresse pas beaucoup. C'est une énigme.

— Un masque en dit beaucoup plus long qu'un visage, philosopha Oscar en posant sa main sur mon épaule (c'était l'une de ses maximes favorites). Problème à trois pipes que tout cela, Arthur, ne vous y trompez pas.

Il marqua une pause.

— Hello !

Il avait levé le bras droit et lançait un vibrant salut en travers de la rue.

— Hello !

— À qui vous adressez-vous ? demandai-je.

— À l'homme au chapeau de paille, je le connais.

Comme je me retournais, un attelage passa au trot devant nous. Lorsqu'il se fut éloigné, il n'y avait plus sur le trottoir d'en face que deux prêtres au teint pâle sous leur barrette et une jeune lingère qui portait son panier sur la tête.

— Il a disparu, marmonna Oscar, déconcerté. Je me suis peut-être trompé.

— De qui s'agissait-il ?

— Un ami d'Oxford. Je suis sûr qu'il m'a vu.

— Et il est parti ?

— S'il a jamais été là.

Oscar demeura un moment à contempler la rue tout en tirant sur sa cigarette.

— Ce n'était peut-être qu'une vision, conclut-il.

— C'était un homme avec un chapeau de paille, Oscar, pas la Vierge Marie.

— Les voies du Seigneur sont impénétrables, Arthur. Et nous sommes à Rome…

Il jeta sa cigarette dans le caniveau.

— Mais vous avez raison, mon ami. J'ai des hallucinations. C'est la chaleur.

Il sortit un fruit sec du sachet en papier qui se trouvait dans sa poche, le partagea en deux, et fourra un morceau dans la bouche avide de chacun de nos jeunes porteurs.

— Et nous manquons de défaillir de faim. Nous devons trouver un endroit où nous restaurer.

— Nous devons trouver notre hôtel, rappelai-je.

— Eh bien, ce n'est pas par ici ! s'exclama Oscar. Nous sommes partis dans l'autre sens.

Nous étions parvenus à l'extrémité de la Via del Babuino, mais du mauvais côté. L'étroite rue que nous avions descendue débouchait soudain sur une vaste place que dominait une étrange fontaine qui avait la forme d'une embarcation en train de prendre l'eau.

— C'est la Piazza di Spagna ! s'écria Oscar, qui leva les bras au ciel comme en signe de triomphe.

Il s'arrêta net et se retourna vers moi pour m'adresser un sourire. Constatant son enthousiasme, les deux gamins déposèrent nos bagages et se mirent à l'applaudir et à le congratuler.

— Ne devrions-nous pas rebrousser chemin ? suggérai-je, étonné par cet accès d'excitation inattendu.

— Non, Arthur. Il ne faut jamais revenir en arrière, mais toujours aller de l'avant. C'est la règle.

— Mais notre hôtel ne se trouve-t-il pas à l'autre bout de la rue ?

— Il s'y trouve. Il s'y trouvait. Nous n'y allons plus.

— Mais où allons-nous loger alors ?

— Ici.

Il fit volte-face et, dans un geste théâtral, tendit le doigt vers l'autre côté de la place.

— Regardez, derrière la fontaine, près des marches, après le marchand de fleurs, la maison rose…

Il s'engagea sur la place d'un pas décidé. Les garçons ramassèrent nos sacs et lui emboîtèrent le pas en courant. Je suivis, étouffant dans mon costume en tweed, fatigué au point d'en devenir irritable.

— Mais pourquoi, Oscar, alors que nous avons réservé ailleurs ?

Nous étions parvenus au bâtiment rose. Je m'arrêtai et, avec un soupir de lassitude, levai les yeux pour le contempler. C'était une élégante maison à quatre étages, construite, je suppose, au milieu du siècle précédent. Çà et là, le crépi s'écaillait, mais les volets paraissaient repeints de frais et des pots de géraniums rouges étaient joliment disposés sur chaque rebord de fenêtre. L'endroit avait tout l'air d'un établissement tranquille et respectable.

— C'est ici que John Keats a passé les trois derniers mois de sa brève existence, expliqua Oscar tout en frappant bruyamment à la porte d'entrée. Tant que durera notre séjour à Rome, nous ne devons pas résider ailleurs.

— Est-ce une *pensione* ?

— Ça l'était du temps de Keats. Ça l'est encore. Ici, rien ne change. Nous sommes dans la Ville éternelle.

Il toqua de nouveau, puis chercha une sonnette du regard avant de s'adresser à moi avec un sourire radieux.

— Cela fait longtemps que je veux visiter cette maison, Arthur. C'est un signe du destin.

Il recula d'un pas et contempla le bâtiment.

— Avons-nous des cailloux que nous pourrions lancer contre les vitres ?

Il rassembla ses mains en porte-voix autour de sa bouche et lança :

— *Hello !* Il y a quelqu'un ?

Les deux garçons se débarrassèrent de leur fardeau et commencèrent eux aussi à crier.

— C'est de la folie, Oscar.

— Et pourquoi pas ? « Il n'y a rien de permanent en ce monde », Arthur. « Le tumulte est pour vous la seule musique[1]. »

Il s'approcha de nouveau de la porte et, tandis qu'il levait le poing pour y frapper une fois encore, nous entendîmes à l'intérieur le cliquetis étouffé d'une chaîne, puis le claquement sec d'une clé que l'on tournait dans la serrure.

La porte s'ouvrit sur un homme brun, au teint olivâtre, qui pouvait avoir dans les trente-cinq ans. Il portait un costume de toile blanc, une chemise blanche et une cravate noire lâchement nouée autour du cou. Il avait les cheveux coupés court, une barbe et une moustache entretenues avec soin, et il dévisageait Oscar à travers une paire d'épaisses lunettes rondes cerclées de métal. Il avait tout l'air d'un professeur dérangé en plein travail.

— *Sì ?* fit-il avec impatience.

— *Buonasera, signore,* salua Oscar d'une voix onctueuse (il parlait très bien italien). Mon nom est Oscar Wilde. Je suis un pauvre poète irlandais tout dévoué à la mémoire du grand John Keats. Mon compagnon et moi-même venons d'arriver à Rome, et nous sommes à la recherche d'un hébergement. Pour une semaine, pas plus. Deux chambres seraient préférables, mais une seule suffira. Mon ami dormira sur le canapé, s'il le faut. Nous réglons en espèces, naturellement.

1. John Keats (1795-1821), lettre à George et Thomas Keats, janvier 1818.

— Ce n'est pas un hôtel ici, répliqua l'homme que le soleil tombant faisait ciller. Je suis médecin. Êtes-vous malade ?

Il parlait un anglais parfait, teinté cependant d'une pointe d'accent que je pris pour allemand ou suisse, mais qui se révéla être suédois.

— Mon cœur est malade, répondit Oscar avec une effusion grandiloquente. N'est-ce pas notre lot à tous ?

La nouvelle que l'endroit ne fût en définitive pas une *pensione* ne semblait absolument pas l'émouvoir. Il se tourna vers moi et me fit signe de le suivre.

— Même s'il nous sera peut-être impossible de demeurer sous ce toit, pouvons-nous néanmoins abuser un instant de votre hospitalité ? Vous voyez, la coïncidence est extraordinaire : mon ami est lui-même médecin.

Il tendit le bras gauche dans ma direction et le droit vers la silhouette abasourdie qui se tenait sur le pas de la porte.

— Puis-je vous présenter le Dr Arthur Conan Doyle ? Vous avez peut-être entendu parler de lui.

Mon confrère barbu tourna la tête vers moi et plissa les yeux.

— J'en ai entendu parler, confirma-t-il. Je sais très bien qui il est.

6

Le Dr Mort

Le Dr Axel Munthe était un médecin suédois établi à Rome. Il était, ainsi que nous le découvrîmes rapidement, le généraliste le plus prisé de la haute société romaine. Il comptait parmi ses patients des membres de la famille royale, des cardinaux, de riches et éminentes personnalités, des hommes de lettres et des femmes désœuvrées – et beaucoup plus de celles-ci que de ceux-là, nous expliqua-t-il, car le désœuvrement est l'ennemi de la santé.

— Nous avons besoin de travailler. Il nous faut un but. Trop de mes patientes sont des femmes intelligentes, prisonnières de mariages sans amour, et qui vivent des existences inutiles. Elles restent couchées toute la journée, mangent trop ou trop peu, se trouvent mal portantes, se lamentent sur leur sort, et elles ignorent pourquoi. Je les soigne en leur suggérant de reprendre une saine activité et de faire de longues promenades. Ce n'est pas une forme de médecine très sophistiquée, mais je la trouve gratifiante.

Jamais le Dr Munthe ne présentait de facture à ceux qui venaient le consulter. Il les autorisait à le payer selon leur volonté et leurs moyens. Un patient reconnaissant lui avait offert un yacht, un autre une sculpture de Canova. Des plus démunis, il n'attendait rien, et, parmi les personnes qui sollicitaient son aide, il y en avait beaucoup plus de pauvres que de riches. Il passait le plus clair de son temps dans les recoins les plus sordides des quartiers les plus misérables de Rome.

— Ma spécialité, ce sont les affections des riches oisifs et des pauvres indigents, disait-il.

Son premier titre de gloire avait été la publication du compte rendu du travail qu'il avait accompli dans les rues de Naples lors de la terrible épidémie de choléra de 1884.

— Il y a eu quatorze mille victimes, et j'errais désespérément parmi elles, faisant le peu qui était en mon pouvoir, nous raconta-t-il.

Il était médecin, mais aussi écrivain, et c'était pour cette raison qu'il me connaissait. Lorsqu'il s'avança sur le seuil du 26, Piazza di Spagna pour venir me serrer la main, il me sourit et déclara :

— Nous sommes des voisins littéraires, Dr Conan Doyle. Nous avons figuré ensemble, côte à côte, dans les pages du *Blackwood's Magazine*. J'ai oublié quelle était ma nouvelle, mais je me souviens fort bien de la vôtre : elle s'intitulait *La Femme du physiologiste* et avait pour thème le conflit entre passion et raison. C'était une belle histoire, joliment racontée. Elle m'a énormément plu. Je suis très honoré de vous rencontrer.

Qu'il ne fît aucune allusion à Sherlock Holmes me charma au plus haut point. Et qu'il nous invitât aussitôt à entrer pour voir la chambre où Keats était mort charma tout autant Oscar. Il nous suggéra de laisser là nos bagages, sous la garde des deux garçons – « Je les connais, nous dit-il. On peut se fier à eux, d'une certaine façon » –, et nous invita à le suivre. Tandis que nous gravissions un étroit escalier en bois qui nous menait au deuxième étage, il lança à Oscar par-dessus son épaule :

— N'ayez crainte, Mr Wilde, je connais aussi votre nom, quoique, je l'avoue, je n'aie pas lu vos œuvres.

— C'est inutile, répondit Oscar, qui s'arrêta pour reprendre son souffle.

— Peut-être, en effet, repartit le médecin suédois. Je sens que je saisis déjà votre style.

La chambre de Keats était située sur l'avant de la maison, d'où elle donnait sur la place. C'était une petite pièce rectangulaire, chichement meublée, au sol couvert de carreaux rouges et aux murs nus blanchis à la chaux. Un simple lit en métal faisait face à la fenêtre.

— C'est ici qu'il est mort, déclara le Dr Munthe. Et c'est ici que je couche. Je dors bien. C'est un endroit tranquille, un bon endroit pour mourir.

Oscar ne dit rien.

— La mort vous intéresse ? demandai-je au docteur tandis que nous sortions de la chambre pour gagner ce qui semblait être son cabinet de travail et de consultation.

C'était une pièce beaucoup plus vaste, dépourvue de fenêtre et éclairée à la bougie, sur les murs de laquelle s'alignaient des rayonnages surchargés. Le sol disparaissait sous des tapis persans et des piles de livres et de papiers. Au-dessus de la cheminée, au centre du manteau, encadré par deux bougies couleur d'ambre, trônait un crâne humain. Un autre était perché au sommet d'une commode. Un troisième servait de presse-papiers sur le bureau.

— La mort est inévitable, constata le médecin en souriant. Elle me fascine, c'est évident. Mais je l'ai tellement fréquentée qu'elle ne m'effraie plus. Parfois, elle est mon ennemie ; parfois, mon alliée.

Dans un mince plateau métallique sur la commode, à côté du crâne, il prit une petite seringue qu'il porta tout près de son visage.

— Ce matin, par exemple, je l'ai accueillie avec soulagement. Mon malade souffrait trop, et inutilement.

— Vous aidez vos patients à mourir ?

— Parfois. Quand cela se justifie. Je sais que ce n'est pas dans vos principes, docteur, mais c'est le mien. Je n'en fais pas mystère. C'est pourquoi, à ce qu'on m'a rapporté, on me connaît dans certains milieux sous le surnom de « Dr Mort ».

— Vous ne récusez pas ce titre ?

— Au contraire ! se défendit-il en reposant la seringue sur le plateau. Je m'en honore.

Oscar nous avait suivis dans la pièce et se tenait à présent à l'une des extrémités de la cheminée, examinant ce qui apparaissait comme le squelette d'une main humaine. Elle était posée paume vers le ciel, les doigts dressés.

— Ceci fait-il office de cendrier ? interrogea Oscar.

— Oui, acquiesça Munthe avec un sourire espiègle. Vous pouvez l'utiliser à votre guise, Mr Wilde.

— C'est la main d'un défunt, soulignai-je, quelque peu choqué.

— D'une défunte pour être précis, docteur. Elle me sert à ne jamais oublier ce qui se trouve sous une douce caresse.

Tandis qu'il disait cela et qu'Oscar, tout en allumant une cigarette, commençait à rire, nous entendîmes non loin un bruit étouffé de récipients et de casseroles qui chutaient sur le carrelage. Nous tournâmes tous deux nos regards vers le coin d'où semblait provenir le bruit, et nous constatâmes qu'un lourd rideau de brocart séparait le bureau d'une autre pièce, sans doute la cuisine. L'étoffe frémit, puis recouvra son immobilité.

— Je ne vis pas seul, expliqua le Dr Munthe. Vous ferez sa connaissance une autre fois.

— J'en serai enchanté, fis-je.

Il y eut un nouveau fracas de vaisselle. Le Dr Munthe sourit avec embarras.

— Je crains qu'il n'y ait eu quelque abus d'alcool.

— Si votre dîner ici est compromis, peut-être accepterez-vous de vous joindre à nous ? proposa Oscar en tirant une bouffée de sa cigarette.

— Avec grand plaisir. Cela me fera du bien de sortir un moment de cette maison. Merci.

Accolant les mains, il nous salua à l'orientale.

— Où logez-vous, messieurs ? Vous avez certainement un hôtel. Puis-je vous y retrouver dans une heure ?

Nos fidèles porteurs des rues nous attendaient près du navire de marbre de la fontaine. Nous les entraînâmes de nouveau Via del Babuino, où nous dépassâmes l'ancienne église Sant'Atanasio dei Greci, puis l'édifice flambant neuf d'All Saints, avant de parvenir enfin à l'*Hôtel de Russie*, tout au bout de la rue, à l'angle de la Piazza del Popolo. Oscar récompensa les gamins de toute la monnaie qu'il avait en poche et des fruits secs qu'il lui restait. Je lui fis remarquer qu'il se montrait par trop généreux et que nous aurions désormais jour et nuit ces garçons sur nos talons.

— Je l'espère, répliqua-t-il. Nous pourrions avoir besoin d'eux. Ils seront nos « Infidèles de Rome » !

À l'hôtel, où nous étions attendus, nous fûmes accueillis avec une accablante obséquiosité. Le directeur de l'établissement se révéla un admirateur de ma saga de Baker Street et il lui fut quasi impossible de lâcher la main qui avait tenu le stylo qui avait écrit *Il Segno dei quattro*. Finalement, après nous avoir comblés de champagne français et de pailles au fromage de Toscane, il nous montra nos chambres – les meilleures de Rome, nous assura-t-il – et, non sans avoir supervisé personnellement l'ouverture de nos bagages, il nous laissa enfin en paix, nous permettant de nous baigner, de nous raser et de nous changer pour le dîner.

— Je suis trop fatigué pour envoyer un câble à Touie ce soir, Oscar, lançai-je à mon compagnon à travers la porte ouverte entre nos deux chambres. Rappelez-moi de le faire demain matin, voulez-vous ? Je ne dois pas oublier.

— Je n'y manquerai pas, promit-il. Et comptez-vous continuer à lui dire toute la vérité ? ajouta-t-il en riant.

Il était d'excellente humeur ce soir-là.

Quand nous fûmes tous deux habillés, il vint dans ma chambre et m'inspecta de pied en cap avec un air approbateur.

— Et le doigt ? Et la main coupée ? demanda-t-il, le sourcil levé. Les avez-vous transférés d'une tenue à l'autre ?

Je tapotai la poche de ma veste.

— En effet.

— Bien. Nous devons garder nos « indices » sur nous en permanence. Laissez traîner un membre épars dans votre chambre et, en moins de temps qu'il n'en faut pour le dire, le directeur aura dérobé ce souvenir sherlockien.

Il était un peu plus de neuf heures lorsque nous pénétrâmes dans la salle à manger. Le Dr Munthe était déjà attablé. Il ne s'était pas changé. Tandis que nous nous approchions, il s'aperçut que je l'avais remarqué, et, au moment où je m'asseyais, il me toucha légèrement le bras et me dit :

— J'espère que mon costume de ville ne vous choque pas, docteur. Je vis selon mes propres règles. Arrogance, individualisme, un peu des deux peut-être, qui sait ? Je suis tel que je suis. Je ne crois pas que je changerai.

— Vous pouvez en être certain, docteur, repartit Oscar avec légèreté. L'expérience m'a appris qu'au cours de sa vie personne ne change jamais. On ne fait que tourner en rond dans les limites du cercle de sa personnalité.

Munthe leva son verre en direction d'Oscar.

— Je vous salue, Mr Wilde.

Puis il se tourna vers moi.

— Et vous aussi, cher docteur. Je suis si heureux d'avoir fait votre connaissance.

Le sommelier nous frôlait de sa carafe à décanter.

— J'ai pris la liberté de commander le vin, nous informa Munthe avec un sourire. Encore un impair, je le crains.

Oscar considéra la carafe avec consternation.

— Il est rouge, soupira-t-il.

— C'est du vin du Piémont, précisa Munthe. Son prix est dérisoire, mais il est extraordinaire. Goûtez-le, je vous en prie.

Le sommelier en servit une petite quantité à Oscar qui le renifla, l'air soupçonneux.

— Je suppose que l'intérêt réside pour moitié dans le danger, murmura-t-il.

Il en absorba une goutte, puis une pleine gorgée, et enfin vida son verre.

— C'est un crépuscule rouge sang changé en vin, s'émerveilla-t-il. Commandons-en immédiatement une deuxième bouteille.

Je ris.

— Et si nous buvions à la mémoire de John Keats ? suggéra le Dr Munthe. Mr Wilde, porterez-vous le toast ?

— Avec plaisir… et le cœur brisé.

Le serveur remplit nos verres et Oscar leva le sien en direction du médecin suédois.

— Docteur, vous dormez dans la pièce où est mort cet enfant divin, le véritable Adonis de notre temps. Buvons maintenant à lui, qui savait déchiffrer les messages aux pieds d'argent de la lune et le secret des matins, qui avait entendu dans la vallée d'Hypérion l'ample parole des premiers dieux, et des sylves de hêtres la dryade aux ailes légères, qui avait vu Madeleine à la fenêtre peinte, et Lamia dans la maison de Corinthe, et Endymion du muguet jusqu'aux chevilles, qui avait corrigé le fils du boucher pour s'être comporté en butor, et qui avait bu à la ruine d'Isaac Newton pour avoir analysé l'arc-en-ciel. Dans mon panthéon, il marche pour l'éternité aux côtés de Shakespeare et des Grecs, et un jour, peut-être, de ce vin aux reflets d'ambre il fera jaillir ses boucles nuptiales, et viendra de ses lèvres d'ambroisie me baiser le front, pressant dans la mienne la main du noble amour.

— Tout doux, mon cher. Ce n'est qu'un toast.

Il me sourit et reposa son verre. Il avait les larmes aux yeux.

— Vous avez une certaine aisance avec les mots, observa le Dr Munthe.

— Et vous avec les gens, docteur, nota Oscar en s'essuyant les paupières de son mouchoir avant de s'emparer du menu. Et ce sont eux qui comptent. Ainsi que Keats nous l'a enseigné, « le décor, c'est bien, mais la nature humaine, c'est mieux ». Une fois que nous aurons commandé, vous nous raconterez votre histoire. Quant à moi, je me tais. J'ai assez parlé.

— Au contraire, Mr Wilde, il me semble que vous commencez à peine. Et je voudrais m'entretenir avec le Dr Conan Doyle au sujet de son œuvre.

— La nourriture d'abord ! s'écria Oscar. J'insiste.

— Et quand vous insistez, vous parvenez à vos fins ? interrogea le médecin.

— Invariablement.

— Et pourtant vous n'êtes jamais satisfait ? Chaque présent, aussi magnifique soit-il, est une légère déception. Un jouet cassé supplémentaire au pied de l'arbre de Noël flétri du plus gâté des enfants de la Nature.

— Vous êtes très perspicace, docteur, apprécia Oscar en souriant. Et moi, je suis affamé.

Il leva la main pour héler un serveur.

— Je crois que je vais prendre l'espadon, la soupe de tortue et le cochon de lait. Je laisse le choix des vins au Dr Munthe.

Nous mangeâmes excellemment et bûmes généreusement. Et, pendant ce temps, Oscar respecta presque à la lettre sa parole : il parla très peu. Le Dr Munthe me questionna sur mon travail, tant d'écrivain que de recherche sur mon sujet de prédilection, l'ophtalmologie. Lui-même souffrait d'une mauvaise vue.

— Mon âme apprécie le soleil, pas mes yeux, résuma-t-il.

Il nous détailla quelque peu son parcours – son enfance en Suède, ses études à Paris (où il suivit l'enseignement du célèbre professeur Charcot à la Salpêtrière[1]), son voyage vers le sud, d'abord à Naples puis sur l'île de Capri.

— Capri est mon paradis sur terre, dit-il. Ceci, je l'affirme bien que j'y aie vécu avec ma première épouse et que notre ménage n'ait pas été des plus heureux. Notre mariage n'a pas duré. Nous nous sommes séparés il y a quatre ans.

1. Pour connaître mes propres relations avec le professeur Charcot, voir *Oscar Wilde et le nid de vipères.* (*N.d.A.*)

— J'en suis désolé, fis-je.

— Il n'y a pas lieu de l'être. Je n'aurais jamais dû l'épouser. Dès l'origine, on pouvait en pressentir la destinée. Elle s'appelait Ultima.

Oscar sourit.

— *Nomen est omen*, déclama-t-il. Tout est dans le nom.

— Tout à fait, Mr Wilde. Et comment se prénomme votre épouse ?

— Constance.

— Félicitations, fit Munthe, amusé. Je gage que vous comptez vos bénédictions, monsieur. C'est ce que je fais, et être libéré d'Ultima en est une. Et connaître Capri, une autre. J'y retournerai un jour, une fois ma fortune faite. En attendant, je vis ici, à Rome, où le travail ne manque pas et où je connais tout le monde. J'apprécie de fréquenter la meilleure société.

Il leva une nouvelle fois son verre à notre intention.

— Maintenant, je peux même me vanter de compter Oscar Wilde et le Dr Arthur Conan Doyle parmi mes relations.

Vers la fin de notre repas, tandis que nous nous attardions autour du fromage et d'un verre de vin, la conversation retomba. Je profitai d'un silence pour examiner la pièce autour de nous : le restaurant s'était vidé et seuls deux serveurs n'étaient pas encore rentrés chez eux. Je cherchai ma pipe. Alors que je m'agitais, Oscar s'ébroua lui aussi et se pencha par-dessus la table pour allumer une cigarette à la bougie dégoulinante qui en occupait le centre. Il en profita pour me jeter un regard et ses yeux aux nuances d'huître brillèrent dans la lueur de la flamme.

— Le Dr Munthe vous inspire confiance, me glissa-t-il. Je le vois bien. Montrez-lui ce que vous avez dans votre poche.

— Que voulez-vous dire ? lui demandai-je, un instant déconcerté.

— Montrez-lui nos « indices », Arthur. Faites-lui voir ce qui nous a amenés à Rome.

J'hésitai, mais Oscar se montra insistant. Je posai ma pipe et, d'un geste mal assuré, tout en surveillant d'un œil furtif les alentours, je sortis de ma poche le paquet emballé dans mon mouchoir, puis, écartant assiettes et couverts, je le plaçai prudemment sur la table.

Lentement, je le dénouai.

— Grand Dieu ! s'exclama le Dr Munthe en contemplant la main tranchée étendue devant lui. Qu'est-ce que c'est que ça ?

— C'est la question à laquelle nous espérions que vous sauriez répondre, docteur, dit calmement Oscar.

Le médecin suédois se tourna vers moi.

— C'est à vous, docteur ? Cela provient de votre salle de dissection ? Ou s'agit-il de quelque affreux trophée rapporté de vos voyages en Afrique ?

— C'est à moi, confirmai-je. Dans la mesure où on me l'a envoyé, ou plutôt où l'on m'a *chargé* de le remettre à son destinataire, Mr Sherlock Holmes. Mais pour quelle raison, et par qui, je n'en ai aucune idée.

— C'est arrivé par la poste ? Dans un colis ?

— Oui.

— Comme c'est étrange…

Munthe plissa les yeux et approcha son visage de la main.

— Je peux la toucher ?

Je glissai un regard vers les serveurs qui se tenaient désœuvrés à l'entrée du restaurant. Ils étaient en grande conversation.

— Je vous en prie.

Le Dr Munthe souleva la main morte, la renifla, la retourna, et, la tenant à un ou deux pouces à peine de son nez et de ses lunettes, l'examina avec minutie. Il étudia longuement les ongles, puis le moignon.

Il reposa le membre sur la table.

— Que voulez-vous savoir que vous ne sachiez déjà ? Je dirais qu'il s'agit d'une main droite d'homme, et qu'elle a été tranchée d'un seul coup mais sans habileté. Ce n'est pas l'œuvre d'un médecin ou d'un chirurgien.

— De la Mafia peut-être ? suggéra Oscar.

Munthe ricana.

— Oui, j'ai moi aussi lu ces histoires, Mr Wilde. À ce qu'on raconte, ces gens seraient des adeptes de l'amputation. Il est possible qu'ils envoient une main coupée en signe de menace ou d'avertissement, mais je doute qu'ils se donnent la peine de l'embaumer avant.

Il considéra celle qui gisait devant nous.

— Comme vous pouvez le constater, celle-ci est momifiée. Elle a été conservée dans du formol et coupée post mortem. Cette dernière opération a été brutale, mais l'embaumement semble quant à lui avoir été réalisé par un expert. Ce n'est pas le genre de la Mafia – du moins, pas à ce que j'ai pu comprendre. On vous l'a envoyée de Sicile ?

— Non, répondis-je. De Rome.

— Et elle n'était accompagnée d'aucun message ? Il n'y avait rien d'autre dans le paquet ?

— Rien du tout, précisa Oscar. Mais il y a eu d'autres envois, apparemment de la même provenance. Et au contenu presque aussi surprenant.

Oscar sortit son portefeuille de sa poche et l'ouvrit. Il me regarda.

— Arthur, montrez le doigt au docteur.

— Le doigt ! s'écria Munthe en hochant la tête avec une stupéfaction amusée. Mais c'est la Chambre des horreurs de Mme Tussaud !

— Vous avez raison, docteur, déclara Oscar tout en posant précautionneusement la mèche de cheveux et la bague à côté de la main. Tout cela est fort spectaculaire.

Je pris le mouchoir abricot dans ma poche et j'en dégageai le doigt.

— Tout est là, dit Oscar, qui se renversa sur sa chaise et tira une bouffée de sa cigarette. Une main, un doigt, une mèche de cheveux, une bague gravée : voilà tous nos indices.

Le Dr Munthe balaya la table du regard.

— Mais ils sont en nombre suffisant, remarqua-t-il.

— Que voulez-vous dire par « en nombre suffisant » ? demandai-je.

— Ils ont rempli leur fonction. Ils vous ont amenés à Rome – où vous allez faire ce que la police d'ici n'aurait jamais fait : enquêter.

Le Dr Munthe m'adressa un sourire.

— Dans ce pays, personne ne fait confiance à la police. Absolument personne. Les membres de la maréchaussée locale, les *vigili*, sont des imbéciles, jusqu'au dernier. Et tous peuvent être achetés.

— Et les *carabinieri* ? demanda Oscar. Ils sont splendides dans leur uniforme.

Munthe éclata de rire.

— Et magnifiques lorsqu'ils sont à cheval. Ils assurent la protection du roi, et la leur. Ils sont peut-être plus malins que les *vigili*, mais ils sont tout aussi corrompus, et beaucoup plus chers ! Dans ce pays, la police ne combat pas le crime : elle en fait la promotion. Je peux parfaitement comprendre que quelqu'un connaissant l'existence de Sherlock Holmes ait pu, de désespoir, s'adresser à lui.

— Et ces « indices », reprit Oscar en faisant tournoyer sa cigarette au-dessus de la table à la façon d'une sorcière conjurant les esprits dans un chaudron, ont-ils eux aussi le parfum du désespoir ?

— Je trouve.

— Et que nous disent-ils ?

— Je ne sais pas, avoua Munthe en contemplant la table. Il est évident que le doigt appartient à une autre main, et à une autre personne.

— Et les cheveux ? Qu'en dites-vous ?

Munthe ramassa la boucle et l'approcha de ses yeux. Il la fit rouler entre ses doigts, la porta à son nez.

— Ce ne sont pas des cheveux humains, conclut-il. C'est de la laine d'agneau.

— Vous en êtes sûr ? demanda Oscar, qui s'avança et lâcha son mégot dans son verre d'eau.

Je ris.

— Oscar croyait qu'il s'agissait d'un accroche-cœur prélevé sur le front d'un jeune garçon blond.

— C'est de la laine, répéta le Dr Munthe, qui me tendit la boucle pour que je l'examine. Touchez.

— Et l'anneau ? fit Oscar. Ne me dites pas que ce n'est rien de plus qu'une babiole sortie d'un des pétards de Noël de Mr Tom Smith.

Le Dr Munthe prit l'anneau et le scruta de près. Il le manipula avec prudence, le mordit doucement. Il le déposa au creux de sa main et nous le présenta pour que nous l'ayons bien en vue.

— Il est en or, c'est certain. Et vous avez sans doute noté comme moi les clés de saint Pierre gravées à l'intérieur.

— Quelle conclusion en tirez-vous, docteur ? Cet anneau nous dit-il quelque chose ?

— Je ne suis pas sûr qu'il nous dise quoi que ce soit, mais je l'ai déjà vu. C'était il y a un an ou deux, sur la table de chevet d'une femme sur le point de mourir.

— Il lui appartenait ?

— Non. Il appartenait au prêtre qui était venu lui administrer les derniers sacrements. À l'époque, je me suis demandé s'il ne l'avait pas assassinée.

7

La pyramide de Cestius

— L'avait-il tuée ? demanda Oscar.

Munthe ne répondit pas immédiatement. Tout en parlant, il avait approché la bague de la flamme de la bougie et il l'étudiait d'un regard intense.

— Il était son amant, bien entendu. Cela, je le sais.

— Pourquoi dites-vous « bien entendu » ? m'étonnai-je. C'était un prêtre.

— Ce sont des choses qui arrivent, Dr Conan Doyle. Tout le temps.

— Mais comment le saviez-vous ?

— Elle me l'avait dit et je la croyais. Elle était en train de mourir de la tuberculose. Elle n'avait aucune raison de me mentir. Ils avaient une liaison, et elle était enceinte de lui.

— Ah, murmura Oscar.

— Oui, il avait le mobile, le moyen et l'occasion. Il se trouvait tout seul avec elle à la fin. Elle était très faible. Il peut l'avoir tuée simplement en lui maintenant un oreiller sur le visage.

— Mais pourquoi aurait-il fait une chose pareille si elle était déjà mourante ? demandai-je.

— Parce qu'il craignait les confidences qu'elle aurait pu faire sur son lit de mort. Elle portait son enfant et son secret. Tant qu'elle possédait un souffle de vie, elle était susceptible de le révéler.

— Et cette idée qu'il ait pu l'avoir tuée, quand vous est-elle venue ?

— Au moment où je suis entré dans la chambre. Il m'avait fait demander. Dans son message, il disait qu'elle était en train de partir et que je devais me dépêcher. Lorsque je suis arrivé, j'ai tout de suite vu qu'elle était morte. Elle était morte, et lui se tenait agenouillé au pied de son lit, en prières.

— Il était prêtre, soulignai-je.

— Mais aussi son amant. Je me serais attendu à le trouver tout auprès d'elle.

— L'image était trop parfaite, observa Oscar.

— Exactement, Mr Wilde. Elle reposait paisiblement, les bras croisés sur la poitrine et les yeux clos. Il priait en silence à ses pieds. La scène était étudiée.

— Et l'anneau ? demanda Oscar, qui le prit des doigts de Munthe et l'approcha de la bougie.

— Je l'ai vu sur la table de nuit, à côté du chapelet de la défunte.

— Et alors ?

Le Dr Munthe se tourna vers moi et me sourit.

— Pourquoi l'avoir ôté, Dr Conan Doyle ?

Ce fut Oscar qui répondit :

— Parce que c'était sa bague de prêtre, le symbole de son sacerdoce. Il l'a enlevée pour commettre un péché mortel : un meurtre.

— Exactement, Mr Wilde. Quand je suis entré dans la pièce, je me suis avancé vers le lit, et c'est alors que je l'ai remarquée. Ce sont sa couleur d'or rose et sa taille qui ont attiré mon regard. Il s'agissait manifestement d'un bijou masculin. Quelques instants plus tard, l'anneau avait disparu. Lorsque je l'ai revu, il était à la main du prêtre. Pendant que j'examinais ma patiente, il l'avait récupéré et remis à son doigt.

Je tirai sur ma moustache.

— L'histoire est intéressante, appréciai-je.

— Vous devriez la mettre par écrit, docteur. Elle plairait aux lecteurs du *Blackwood's Magazine*.

— Et maintenant, vous êtes toujours convaincu que votre prêtre est un assassin ? demanda Oscar.

— Non, lâcha Munthe, qui se renfonça sur son siège et entreprit de plier avec soin sa serviette.

— Pourquoi, alors que vous venez de me convaincre du contraire ? interrogea Oscar en riant.

— À cause de son comportement depuis lors.

— Il a changé ?

— Non, pas du tout. Je le connais assez bien. C'est aussi un de mes patients. Et depuis la mort de la jeune femme, il m'est apparu exactement tel qu'il était auparavant. On s'attendrait à ce que le meurtre laisse son empreinte sur un homme, vous ne croyez pas ?

— Pas si l'homme en question est un habitué du crime, objecta Oscar. Non.

— À présent, qui se laisse emporter par son imagination ? demandai-je.

Oscar rit et laissa retomber l'anneau au creux du mouchoir abricot qui était étendu devant lui.

— Messieurs, le moment ne serait-il pas venu d'un verre de grappa ?

Nous rangeâmes les « indices » (ainsi qu'Oscar les appelait) et nous nous transportâmes vers un coin reculé du salon de l'hôtel éclairé à la bougie. Un des serveurs nous y apporta nos digestifs et, installés dans la pénombre, nous devisâmes sur la mort jusque tard dans la nuit. Le Dr Munthe en parlait avec une fascination qui confinait à la vénération.

— La mort n'est pas un dieu, observa Oscar. Elle n'est que la servante des dieux.

— En tant que simples spectateurs, que pouvons-nous savoir de la mort ? interrogea Munthe. Comme le disait Keats, votre idole, « rien ne devient véritablement réel avant d'avoir été expérimenté ».

Il était plus de trois heures du matin lorsque nous raccompagnâmes notre nouvel ami jusque dans la Via del Babuino. La rue était déserte, l'air immobile et tiède. Dans le ciel, on discernait déjà les signes de l'aube. Lorsqu'il nous serra la main pour prendre congé, le Dr Munthe s'inclina devant chacun de nous avec une politesse compassée.

— J'ai passé une soirée des plus inoubliables, messieurs, dit-il. Merci.

— Nous nous reverrons très bientôt, je l'espère, fit Oscar. Et il faut que vous nous présentiez à votre ami, le prêtre à l'anneau.

— C'est plus un patient qu'un ami, et il n'a rien d'un prêtre ordinaire. Mais je verrai ce que je peux faire. Je tiens à ce que le Dr Conan Doyle écrive cette histoire pour le *Blackwood's Magazine*.

Oscar et moi-même nous retirâmes aussitôt dans nos chambres et je dormis plus profondément que je ne l'avais fait depuis des mois. Il était une heure de l'après-midi lorsque je m'éveillai. En ouvrant les yeux, je découvris Oscar debout à mon chevet en train de m'observer. Son énorme tête était plus léonine que jamais : il avait les cheveux propres, les joues roses et l'œil pétillant.

— Nous avons manqué le petit déjeuner, persifla-t-il. Et à présent, nous sommes en train de manquer le déjeuner !

Il était tout de noir vêtu et une épingle sertie d'un diamant maintenait sa cravate de soie noire.

— Que se passe-t-il ? demandai-je, encore à moitié endormi.

— Vous envoyez votre télégramme et nous nous retrouvons sur la piazza dans une demi-heure.

— Vous êtes en tenue de deuil, constatai-je en m'asseyant dans mon lit.

— Nous allons rendre visite aux morts, répliqua-t-il.

Il avait ouvert les rideaux et un chaud soleil inondait la chambre. Je rejetai mes draps et m'habillai à la hâte tout en composant dans ma tête le câble que j'allais adresser à mon épouse. Je me limitai à vingt mots. Je voulais m'en tenir à un message simple. « DÉSORMAIS À ROME AVEC OSCAR WILDE. CHERCHONS HISTOIRE POUR BLACKWOOD'S. TOUT VA BIEN. TOI ET NOTRE TRÉSOR ME MANQUEZ. ACD. »

Une demi-heure plus tard, je rejoignais mon ami sur la Piazza del Popolo. Je le trouvai devant une file de fiacres, en pleine conversation avec les deux gamins que nous avions rencontrés la veille.

— Je vous avais prévenu, Oscar.

— Ces garçons sont des philosophes-nés, Arthur, rétorqua-t-il. Ils savent que la générosité est l'essence de l'amitié.

— Je vois ce que vous leur donnez, fis-je en hochant la tête tandis qu'Oscar tendait à chacun des chenapans une pièce d'argent supplémentaire. Mais eux, que vous donnent-ils ?

— De la dévotion ! s'exclama-t-il avec un accent de triomphe. Je ne demande rien de plus.

— Ou de moins, grinçai-je aimablement comme nous prenions place à bord d'une *carrozza*. Où allons-nous ?

— Aux portes de Rome. À la Porta San Paolo. Nous faisons un pèlerinage au cimetière protestant.

— Vos disciples nous accompagnent ?

— Ils habitent dans les environs, apparemment.

Le trajet dura une demi-heure. Pieds et torse nus, les deux garçons aux dents cassées et au teint basané suivirent en courant notre attelage tout au long du chemin qui nous mena par de petites rues secondaires, des places grandes ouvertes et des voies poussiéreuses jusqu'à la limite sud de la ville. Au début, ils discutaient entre eux et interpellaient Oscar, mais, à mesure que le rythme devenait plus soutenu, ils se turent et se concentrèrent sur leur effort.

Oscar les couva d'un regard attendri.

— Quelle existence merveilleuse que la leur !

— Vous trouvez ?

— Ils savent ce qu'est la liberté, Arthur.

— Ils savent ce qu'est la pauvreté, Oscar. Le soleil et leur jeunesse en atténuent peut-être les pires effets, mais ils n'en sont pas moins vêtus de haillons. Ce sont des mendiants.

— Mendier est plus sûr que prendre, mais prendre est plus beau que mendier, affirma-t-il avec grandiloquence tout en chassant de la main les moucherons de son visage. Vous n'êtes pas d'accord ?

— C'est trop profond pour moi, mon ami. Je ne suis qu'un médecin généraliste de South Norwood.

— Vous êtes l'homme qui a inventé Sherlock Holmes ! s'écria-t-il. Vous avez votre place parmi les immortels !

Alors qu'il prononçait ces paroles, notre voiture prit un virage serré et, au terme d'une embardée, s'offrit à nous une vision des plus insolites : une imposante pyramide posée tout au bord de la route. Oscar héla notre cocher :

— *Basta ! Basta !* Whoa !

Du bras, il me retint, m'évitant de basculer en avant tandis que notre *carrozza* s'immobilisait brutalement.

— C'est extraordinaire, balbutiai-je.

— C'est le tombeau de Caius Cestius, précisa Oscar. Lui aussi compte parmi les immortels. Grâce à cela.

La pyramide mesurait au moins une centaine de pieds de hauteur. Elle était recouverte de marbre gris pâle, mais le soleil du début de l'après-midi s'y réfléchissait si intensément que sa surface scintillait comme de l'or. Nous descendîmes de voiture et demeurâmes à contempler l'antique monument de l'autre côté de la route.

— Caius Cestius.

Je répétai le nom. Il ne me disait rien.

— Qui était-ce ?

— Un Romain, qui a vécu peu de temps avant l'époque du Christ. Un tribun du peuple. Pour autant que je me souvienne de ce qui est inscrit sur sa tombe, il appartenait à un collège de prêtres, les *septemviri epulones*. Ils organisaient les grandes cérémonies religieuses, les jours de fête, les banquets publics, ce genre de choses. Cestius était un impresario. Il avait du flair comme vous le montre cet édifice. Il l'avait fait construire en prévision de sa fin. En seulement trois cent trente jours, ce dont il était très fier.

— Et à quoi doit-il sa célébrité ?

— À sa pyramide, et rien d'autre. Mais c'est suffisant, vous ne trouvez pas ?

Émerveillé par la taille et la grandeur de la pyramide, je m'interrogeais néanmoins sur la vanité d'un homme qui avait pu créer un tel monument à sa propre gloire.

— Et nos jeunes Remus et Romulus vivent dans les parages. C'est du moins ce qu'ils affirment…

Les deux gamins se tenaient au bout de la route, au pied de la pyramide. Ils haletaient d'avoir couru et leurs poitrines luisaient de transpiration. Constatant que nous les regardions, ils nous adressèrent de grands signes, nous invitant à les rejoindre.

— Allons inspecter leurs pénates, proposa Oscar. Nous verrons s'ils sont aussi pauvres que vous le dites.

— N'étions-nous pas sur le chemin du cimetière protestant ?

— Il n'est qu'à une centaine de yards dans cette direction. Suivons les garçons un moment puisque nous sommes venus jusqu'ici.

Oscar donna pour instruction à notre cocher de nous attendre, puis, m'enjoignant de « cesser de traînasser » et de le suivre, il traversa la route d'un pas décidé vers nos lascars.

— Les promenades bucoliques ne sont pourtant pas votre genre.

Il ignora ma remarque.

— La jeunesse est la seule chose qui mérite qu'on la possède, dit-il, le regard fixé sur les deux gamins des rues. La jeunesse est tout.

Les garçons couraient devant nous, longeant la face orientale de la pyramide en direction d'un mur de pierre qui jouxtait le monument et séparait l'accotement de la route du champ et des bois qui se trouvaient au-delà. Nous les suivîmes.

— C'est l'ancien mur d'enceinte de la ville, expliqua Oscar. Il y a des marches. Ou ce qui en tient lieu.

Nos guides escaladèrent prestement les pierres mal équarries qui saillaient hors de la muraille et disparurent au sommet. Laborieusement, transpirant nous aussi abondamment à présent, nous les imitâmes.

— Où allons-nous ?

— Je n'en ai aucune idée, me répondit Oscar, haletant. Mais c'est une aventure, c'est incontestable.

S'éloignant de la pyramide et quittant la lumière du soleil, les garçons se dirigeaient maintenant par une étroite étendue de lande vers un bouquet d'arbres à la lisière de la forêt. Une fois qu'ils y furent parvenus, ils s'arrêtèrent et se retournèrent vers nous, souriants, bras étendus.

Lorsque nous fûmes assez près, la scène nous apparut moins charmante, sinon sinistre.

Aussitôt sous les arbres, dans l'ombre où se tenaient les enfants, se trouvait une cabane de bois, d'environ quinze pieds de longueur sur dix de largeur, mais haute de six pieds tout au plus. C'était une construction de bric et de broc, branlante, délabrée, ouverte aux intempéries, avec un toit en pente et un mur sur l'arrière, mais dépourvue de façade, de côtés et de plancher. Elle aurait pu servir de refuge à des moutons ou des cochons. Le sol de l'abri était jonché pêle-mêle de matelas élimés, de couvertures dégoûtantes, de draps déchirés, de piles de journaux et de chiffons, et des reliefs d'une vie de misère : bouteilles cassées, vieux emballages et restes de nourriture glanée dans les poubelles. Tout au fond de ce taudis, près d'un petit feu à la maigre flamme, il y avait un tas d'ossements et, à côté, couché sur le sol, la silhouette recroquevillée d'un vieillard. Il était roulé dans une couverture. Son visage, nettement visible, respirait la méchanceté. Il avait le teint bilieux et le nez en forme de bec d'un cadavre, et j'aurais pu le croire mort, n'eussent été ses yeux perçants et aux aguets.

Oscar parut ne rien voir de tout cela. Il regardait fixement les deux garçons qui se tenaient souriants devant nous.

— Que Dieu nous vienne en aide, murmura-t-il. Je pressens quelque spectacle.

— Que voulez-vous dire ?

— J'entrevois comme un regard d'invite lubrique.

Les garçons nous dévisagèrent, se mirent à rire et, baissant leurs pantalons rapiécés, nous révélèrent leur nudité.

8

All Saints

Nous prîmes nos jambes à notre cou.

— Ce n'est pas ce à quoi je m'attendais, murmura Oscar tandis que nous filions à travers la lande en direction de la pyramide.

— C'est révoltant ! m'insurgeai-je. C'est de la perversion, c'est contre nature.

— C'est inattendu, assurément, estima-t-il en riant. Votre costume de tweed, votre moustache, votre allure militaire : tout cela semble susciter un genre d'intérêt particulier sous ces latitudes méridionales.

J'ignorai sa plaisanterie.

— J'imagine que le vieux grabataire est leur maître. Ces pauvres gamins sont obligés de faire ce qu'il leur ordonne.

— Ces « pauvres gamins », comme vous dites, m'ont paru assez heureux, et même désireux, d'obéir.

— C'est un commerce immonde.

— Et ce n'est pas le seul qu'ils pratiquent. Vous avez vu la pile d'ossements à côté du vieillard ?

— Oui. Mais vendre de vieux os pour en faire de la colle est une chose. Vendre des corps juvéniles comme objet d'un vil plaisir en est une autre. C'est immoral. C'est un *péché*.

— Est-ce une chose si terrible que d'être en état de péché, Arthur ? me demanda-t-il en me regardant par-dessus son épaule tandis qu'il gravissait avec précaution les inégales marches de pierre qui saillaient du mur d'enceinte. Le corps commet une fois le péché et il en a terminé avec lui, car l'action est une forme de purification. Il n'en demeure plus alors que le souvenir d'une satisfaction, ou le luxe d'un regret.

— Je ne crois pas que vous ayez conscience de ce que vous dites, Oscar, répliquai-je.

Il m'arrivait d'avoir le sentiment que, chez lui, le verbiage l'emportait parfois sur le bon sens.

Nous rejoignîmes la route, où nous retrouvâmes notre voiture qui nous attendait là où nous l'avions laissée. Coiffé d'un chapeau de paille cabossé et suçotant une petite pipe en terre cuite, le cocher nous toisa avec un mépris mal dissimulé. Je devinai qu'un mot cinglant se formait sur les lèvres d'Oscar. J'intervins pour le faire taire, l'invitant à la prudence et à monter à bord.

— Cet homme ne parle pas anglais, Arthur. Et puis je suppose qu'il sait très bien ce qui se passe derrière la pyramide. Il est probable qu'il conduit régulièrement des milords britanniques jusqu'ici. Il me répugne de songer au montant du pourboire qu'escomptera ce coquin.

— L'inversion est une maladie, Oscar, grondai-je d'une voix étouffée. Ce n'est pas un sujet de plaisanterie, ajoutai-je en le fixant sans détour.

Il me rendit mon regard avec un sourire dans les yeux.

— « Dans nos rires les plus sincères, il est toujours quelque détresse ; et nos chants sont plus beaux qui parlent de tristesse. »

— Keats ?

— Shelley. Lui aussi est venu ici. Pour voir la pyramide et se recueillir sur la tombe de Keats.

Oscar interpella sèchement le cocher :

— *Cimitero, avanti !*

— Ne devrions-nous pas plutôt retourner à l'hôtel ?

La chaleur de l'après-midi était sèche mais néanmoins étouffante. Je n'avais pas de chapeau et ma tenue était tout à fait hors de saison. Les efforts que nous avions fournis m'avaient trempé de sueur.

— Nous allons d'abord au cimetière. Nous sommes tout près. C'est un très bel endroit. Vous y aurez moins chaud.

Il avait raison. Doublement. Située à quelques centaines de yards seulement après la pyramide et discrètement blottie contre l'antique muraille, c'était une oasis à la fraîcheur merveilleuse, entourée de pins et ombragée par de hauts cyprès. Au moment où nous en franchissions le portail en fer forgé, Oscar déclara :

— Lorsque Shelley est venu ici pour la première fois, il a eu cette parole : « Penser que quelqu'un puisse être enterré dans un lieu si agréable vous ferait tomber amoureux de la mort. »

Je ne fis aucun commentaire. Je me demandai si Shelley était réellement l'auteur de ce mot, ou si Oscar venait tout juste de l'inventer.

— Le cœur de Shelley repose ici, continua-t-il. Son corps a été incinéré sur une plage à l'embouchure de l'Arno, non loin de l'endroit où il s'est noyé. Sa dépouille a été brûlée sur place, là où la mer l'a rejetée – à cause des lois sur la quarantaine en vigueur à l'époque. Mais son cœur, le « cœur de tous les cœurs », est ici.

Comme nous nous tenions face à la plaque érigée en mémoire du poète, Oscar se tourna vers moi.

— Les ossements que nous avons vus de l'autre côté de la pyramide, étaient-ils humains ?

— Non, le rassurai-je. C'étaient des os de moutons et de vaches, je pense. D'ânes et de mules, également.

Je lui retournai son regard.

— Mais, un instant, je me suis aussi posé la question.

Nous rendîmes hommage au cœur de Shelley – il était enterré à la base d'une tour du mur extérieur du cimetière –, puis nous nous dirigeâmes vers la tombe de Keats. J'avais craint que mon ami ne se prosternât dans l'herbe ou ne se laissât aller à des sanglots hystériques. En fait, il demeura plutôt calme : plus Holmes, moins Wilde. Tandis que nous contemplions la sobre pierre tombale du poète, il remarqua :

— Keats était fasciné par le fait que des hommes pussent aller jusqu'au martyre pour leur religion, et puis il a découvert l'amour, et il a admis que, lui aussi, en serait capable. « L'amour est ma religion, disait-il. Je pourrais mourir pour lui. »

Oscar posa une main légère sur mon épaule.

— L'amour est au cœur de cette histoire de meurtre, Arthur. Je crois que nous pouvons en être certains.

— Vous êtes donc convaincu que l'énigme qui nous occupe implique un *meurtre* ?

— Oh oui ! Un crime des plus abjects. Et je suis également convaincu que le patient du Dr Munthe, ce prêtre « pas ordinaire », détient les clés de cette affaire. Il nous faut le rencontrer au plus vite.

Nous fîmes sa connaissance le soir même.

Nous ne nous attardâmes pas parmi les tombes et rien de notable ne se produisit lors de notre retour à l'hôtel. Lorsque nous passâmes de nouveau devant la pyramide de Cestius, nous scrutâmes la lande au-delà. Il n'y avait aucune trace des deux misérables gamins que nous y avions laissés, et leur cabane à l'orée du bois nous était cachée de la route par un vieux berger et son troupeau dispersé.

— Notre mystérieuse touffe de poils provient peut-être d'un de ces moutons, fit Oscar, songeur.

— Ce sont des chèvres, Oscar, répliquai-je.

De retour à l'*Hôtel de Russie*, nous prîmes le thé (un thé de Ceylan accompagné d'une tranche de quatre-quarts) en devisant sur Keats et Shelley (Oscar devisait ; je l'écoutais), puis nous regagnâmes nos chambres pour prendre un bain et nous changer. Pendant qu'Oscar somnolait sur son lit, je passai presque une heure à puiser dans ma sacoche semblait-il sans fond des lettres d'admirateurs de Sherlock Holmes. À sept heures et demie, Oscar se réveilla. À huit heures précises, nous prîmes à pied le court chemin qui, par la Via del Babuino, nous séparait de la nouvelle église anglicane. Quand nous arrivâmes à All Saints, nous y trouvâmes le Dr Axel Munthe – toujours vêtu, semblait-il, du même costume que la veille au soir – en train d'aider un ecclésiastique massif et hésitant à gravir le perron de l'édifice. Nous les rejoignîmes au moment où ils marquaient une pause devant la porte.

Munthe sourit.

— Voici l'illustre personnage dont je vous parlais hier soir, dit-il.

Je hochai la tête en guise de salut. Oscar s'inclina profondément et baisa l'anneau de l'ecclésiastique.

— Vous me flattez, protesta celui-ci en riant.

Il avait la voix sonore, riche et ample. Il s'exprimait dans un bon anglais teinté d'un fort accent italien.

— Mais vous êtes superbe, Éminence, souffla Oscar avec onctuosité.

Le dignitaire, une montagne d'homme, était sanglé dans une impressionnante soutane noire, aux parements de soie pourpre assortis à la large ceinture drapée autour de sa prodigieuse taille. Il avait une face lourde et épaisse de crapaud, et des lèvres sensuelles. Son crâne était chauve. Ses yeux globuleux luisaient. Lorsqu'il parlait, ses bajoues tressautaient.

— Vous êtes Oscar Wilde, je suppose, gronda-t-il.

Ses lèvres se mouillèrent quand il prononça ces mots, mais son attitude était parfaitement cordiale. Il se tourna vers moi et ses yeux exorbités s'agrandirent encore.

— Et vous devez être Arthur Conan Doyle. Munthe venait tout juste de me parler de vous, mais c'était inutile, car je savais déjà tout.

— Permettez-moi de vous présenter Son Éminence le cardinal Francesco Felici, *maestro delle celebrazioni liturgiche pontificie*, intervint Axel Munthe.

— Maître des cérémonies pontificales ! Voilà qui est merveilleux ! s'enthousiasma Oscar.

Le cardinal haussa les épaules avec une modestie outrancière.

— Nous faisons tous humblement de notre mieux.

— Et pourtant vous êtes ici, parmi des anglicans, poursuivit Oscar.

— Œuvre de mission, expliqua le prélat avec un gloussement rauque. Le Saint-Père est dans sa résidence d'été, aussi ai-je permission de quitter l'enceinte de Saint-Pierre. Je viens ici avec l'espoir de faire quelques convertis, et aussi pour voir mes amis britanniques.

— Votre anglais est remarquable, Éminence, observai-je.

— J'apprends. Nous avons un petit *circolo inglese* au Vatican. Et nous utilisons vos œuvres pour nous familiariser avec votre langue, Mr Conan Doyle. Nous nous les lisons mutuellement, à haute voix, après la messe, dans la sacristie attenante à la chapelle Sixtine.

— Dieu du ciel, murmurai-je.

— Nous sommes tous de fervents admirateurs du grand Sherlock Holmes.

— Le Dr Conan Doyle va nous faire une lecture ce soir, précisa Oscar.

— Une nouvelle aventure de Holmes ? s'enquit le cardinal avec excitation.

— Non, répondis-je, un tout petit peu trop sèchement.

L'imposant ecclésiastique en parut plutôt surpris. Je baissai les yeux.

— Je regrette de vous décevoir.

— Vous ne nous décevrez pas, Dr Doyle, fit une douce voix à mon épaule. J'en suis sûre.

Je me retournai. C'était Catherine English. Elle paraissait beaucoup plus jeune que la veille – moins fatiguée par le voyage et plus reposée, j'imagine.

— Je suis persuadée que, quoi que vous ayez choisi de nous lire, cela nous procurera un immense plaisir, renchérit-elle. Nous sommes tout simplement enchantés de vous avoir parmi nous. Et reconnaissants. Merci.

Elle parcourut du regard notre petit groupe assemblé au seuil du bâtiment.

— Soyez les bienvenus, messieurs. Éminence, Dr Munthe, Mr Wilde. Bienvenue.

Elle esquissa une révérence devant le cardinal, puis serra la main à Oscar et à Axel Munthe. Elle me toucha le coude et nous entraîna à l'intérieur.

— Je crains qu'il n'y ait beaucoup de monde. Nous risquons de manquer de rafraîchissements et l'étrange acoustique de cet endroit oblige à parler aussi fort que possible.

— Nous sommes en retard ? demanda le Dr Munthe.

— Non, ce sont les autres qui étaient en avance. Il arrive des dames anglaises depuis sept heures.

Nous avions traversé un étroit vestibule et étions à présent à l'entrée de l'église, tout au bout d'une allée latérale et face à une mer de têtes en mouvement. Quelques-unes étaient masculines (en général, grisonnantes et dégarnies), mais la plupart étaient féminines et arboraient une extraordinaire variété de couvre-chefs : des chapeaux petits et grands, à plumes et à voilette, des foulards, des toques, des bonnets, des bérets et des casquettes écossaises. Une centaine de femmes, au moins, devaient se presser dans la nef sonore d'All Saints.

— C'est aussi bruyant que le pavillon des singes d'un zoo, remarqua en riant Catherine English.

— Toutes les Anglaises de Rome doivent être ici, observa le cardinal Felici.

— Passé un certain âge, compléta Axel Munthe.

Tête haute, Oscar étudiait la scène.

— Ne faites jamais confiance à une femme qui porte du mauve, quel que soit son âge, ni à une femme qui, à plus de trente-cinq ans, montre un faible pour les rubans roses. Vous pouvez être sûr qu'elles ont un passé.

— Très spirituel, Mr Wilde, apprécia le prélat. Mais je pense que vous trouverez ici des dames d'un autre genre. Elles s'habillent en marron et en gris quand ce n'est pas en noir, et elles parlent d'« espoir » plutôt que de « passé ». Même les plus jeunes sont déjà mûres.

— Mais elles apprécient la présence d'un homme d'Église, nota Oscar, amusé.

— Fût-il catholique, ajouta le cardinal.

— *Particulièrement* s'il est catholique. Elles le savent dangereux et, pourtant, avec lui, elles se sentent en sûreté.

— Dans ce cas, je me dois d'aller les retrouver. Venez, Munthe, allons nous mêler aux Anglaises de Rome. J'imagine que la plupart sont déjà vos patientes, et que les autres ne tarderont pas à l'être.

— À tout à l'heure, fit Oscar.

— Bien sûr, répondit le cardinal. Il faut que je vous présente à tous les deux le père Joachim Bechetti. Sa santé est très fragile, mais il sera ici ce soir. C'est un ardent anglophile, et il parle votre langue à la perfection. Quand il parle. Il tiendra à vous rencontrer, j'en suis sûr. Nous nous reverrons très vite, et il faudra que vous veniez au Vatican. Nous prenons le thé comme des Anglais dans la sacristie, vous savez, avec des sandwichs au concombre.

Prenant congé de nous avec un sourire bienveillant, le cardinal Felici et le Dr Munthe se dirigèrent vers la nef pour se joindre à la foule compacte.

— Je dois trouver Martin, nous informa Catherine English. Il se cache probablement dans la sacristie.

Elle nous posa délicatement une main sur le bras.

— Attendez-moi ici, voulez-vous ? Je ne veux pas vous perdre. Je pense qu'il vaut mieux avancer les lectures que les retarder. Vous lirez le premier, Mr Wilde. De la chaire. Je me suis dit que ça ne vous dérangerait pas.

— Quand je suis en chaire, je me sens comme chez moi, déclara Oscar.

— Il faut aussi que je vous trouve du sherry. S'il en reste.

— Et du fromage italien, j'espère, ajouta Oscar.

Miss English embrassa l'église du regard et hocha la tête.

— Tout ceci nous a un peu dépassés. Nous avons invité tout le monde et tout le monde est venu.

Elle rit et nous quitta en levant les yeux au ciel. Tandis qu'elle s'éloignait, elle se retourna et nous salua d'un geste des doigts.

— Elle est folle de vous, Arthur, me glissa Oscar avec un sourire diabolique. Félicitations, mon cher.

— Ne soyez pas absurde, Oscar.

— Et vous êtes vous-même un peu épris. Ne le niez pas.

— Je le nie, vigoureusement.

— Quand on est amoureux, on commence par se tromper soi-même. Et on finit par tromper les autres.

— Ce n'est pas mon genre, Oscar, protestai-je. Je suis envers mon épouse d'une absolue fidélité et vous le savez.

— Je le déplore, Arthur. La fidélité est à la vie sentimentale ce que la cohérence est à la vie intellectuelle : tout simplement, un aveu d'échec.

— Vous êtes ridicule.

— Je suis sincère.

— Dans ce cas, je n'aime pas votre philosophie. Et, plus sûrement encore, je ne la partage pas.

Oscar sourit et considéra l'édifice bondé. Il était bien éclairé, à la fois par des bougies et des lampes électriques.

— Partagez-vous mon sentiment concernant l'ami de Munthe, le prélat débonnaire ?

— Qu'il n'a rien d'un assassin ?

— Il est trop pataud pour être un assassin. Mais il détient les clés de cette affaire, n'êtes-vous pas d'accord ? Il porte l'anneau d'or rose.

— Oui, je l'ai vu à son doigt. Mais s'il le *porte*, ça ne peut pas être celui que l'on a adressé à Sherlock Holmes. Celui-là se trouve dans votre portefeuille, Oscar.

— C'est exactement le même.

— Il peut exister quantité d'anneaux similaires.

— Peut-être, mais j'en doute. Mon petit doigt me dit que le maître des cérémonies de Sa Sainteté sera celui qui nous guidera jusqu'au cœur de ce mystère.

— Je l'espère, affirmai-je en touchant la poche de ma veste. Cette main coupée me pèse lourdement.

Oscar sourit de nouveau.

— Je suis heureux que vous la gardiez toujours sur vous, Arthur. C'est une sage précaution.

Il fouilla à l'intérieur de sa propre veste.

— Puisqu'on sert du sherry dans cette église, pensez-vous qu'il soit mal vu d'y fumer ?

— Très certainement.

— On mange du fromage dans le transept et je suis sûr d'avoir senti une odeur d'encens en train de brûler quelque part, dit-il en regardant autour de lui tout en produisant un étui à cigarettes en argent.

— Rangez cela, Oscar, lui ordonnai-je avec fermeté. Souvenez-vous où vous êtes.

— Vous savez, j'ai fumé une cigarette sur la scène du St James's à la première de *L'Éventail de Lady Windermere*.

— Lors de votre discours de remerciement… Vous me l'avez raconté. Vous portiez un œillet vert à la boutonnière et teniez une cigarette entre les doigts de vos gants mauves. Je m'en souviens.

— Mes ennemis n'avaient pas apprécié.

Ce fut à mon tour de sourire.

— Vous avez des ennemis, Oscar ?

— Oui, dit-il en faisant claquer son étui à cigarettes et en le rangeant dans sa poche. Et je viens tout juste d'apercevoir l'un d'entre eux de l'autre côté de la nef.

Je me retournai vivement pour regarder dans la direction indiquée par mon ami, mais je ne reconnus personne, excepté le révérend Martin English qui se frayait un passage dans la foule.

— Toutes mes excuses, nous lança-t-il en s'approchant. Je suis un hôte déplorable.

— Vous vous devez à vos ouailles, répliqua Oscar d'un ton badin. Elles ont besoin de distraction.

— Elles se distraient elles-mêmes. Écoutez-les. La maison de Dieu est devenue le temple du cancan. Avec ce raffut, je ne m'entends même plus penser. Il n'y a plus de sherry.

— Et le fromage ? s'inquiéta Oscar.

— Elles ont tout dévoré.

Le clergyman hocha la tête, dépité.

— Le moment est venu d'entrer en scène, messieurs. Si vous en avez le courage.

— Nous sommes à votre service, déclara Oscar.

— Pour vous, Mr Wilde, un de vos poèmes ? Et une de vos histoires de Sherlock Holmes, Dr Doyle ? C'est cela ?

— J'avais envisagé autre chose, fis-je d'un ton sec.

— Oh ! Peu importe. Nous vous sommes très reconnaissants. Par ici, s'il vous plaît.

Il nous conduisit depuis l'allée latérale jusqu'à l'escalier de la chaire.

— Je vais dire quelques mots – vraiment quelques mots –, puis je vous présenterai comme nos invités surprises.

Il nous adressa à tous deux un regard embarrassé.

— Ce n'est pas facile pour moi, reprit-il. Je vous remercie d'avoir accepté, messieurs. Je vous dois beaucoup. Ce soir, ces dames parleront de vous, et non de moi. Ce sera une nouveauté agréable.

Il nous serra la main avec nervosité. Je tenais dans la mienne le manuscrit de l'histoire que je comptais lire : il s'agissait d'une nouvelle inédite qui se déroulait dans les Highlands.

— Je me demandais si ce n'était pas trop long.

— S'il y était question de Sherlock Holmes, ils trouveraient tous cela bien trop court, rétorqua Oscar sur le ton de la plaisanterie.

— Avez-vous votre poème, Mr Wilde ? demanda Martin English.

— Je le connais par cœur. Il est de John Keats.

— Ah, fit le révérend en ouvrant de grands yeux. Parfait.

Il prit une longue et profonde inspiration.

— Allons accomplir notre devoir.

Il se retourna, se signa, et d'un pas résolu gravit l'étroit escalier de pierre qui menait à la chaire. Tandis que nous le regardions, Oscar désigna d'un doigt approbateur ses bottines noires impeccablement cirées.

— Votre amie s'occupe bien de son frère, me chuchota-t-il.

De la chaire, le pasteur invita l'assemblée au calme.

— Bonsoir, mesdames et messieurs. Puis-je avoir un instant d'attention ?

L'individu hésitant et nerveux qui nous avait quittés une seconde auparavant paraissait désormais en pleine maîtrise de ses moyens et de son auditoire. Il parlait d'une voix claire et vibrante. Les gens se turent presque aussitôt. De notre position privilégiée derrière la chaire, nous pouvions voir la moitié de la nef.

— Que nous révèlent ces visages ? demanda Oscar.

— C'est difficile à dire, estimai-je.

— Exactement. Ils ne savent pas quoi penser de l'orateur, et nous non plus.

La seule mine réjouie que je parvenais à distinguer appartenait à Son Éminence le cardinal Felici. Il se tenait à moins de dix pieds de nous, en vedette au premier rang, cerné par un essaim de vieilles Anglaises. Les yeux levés vers le pasteur anglican d'All Saints, le maître des cérémonies pontificales arborait un sourire béat.

— Il transpire la suffisance des vertueux, vous ne trouvez pas ? murmura Oscar. Comme j'envie sa certitude.

Le Dr Munthe se trouvait à la droite du prélat, à la gauche duquel se tenait un prêtre d'un certain âge, portant manteau et barrette noirs. Il était grand et mince, mais son visage blafard était flétri et sa silhouette ployait comme un saule. Il portait des lunettes rondes aux verres fumés.

— Serait-ce le père Bechetti ? m'interrogeai-je.

— Il est aveugle ? demanda Oscar.

Le vénérable prêtre s'appuyait d'une main sur le bras du cardinal. De l'autre, il brandissait son verre de sherry, comme s'il était sur le point de proposer un toast.

— Il est gâteux ? continuai-je.

— Est-il notre assassin ? ajouta Oscar en riant sous cape. Regardez ses doigts, Arthur. Regardez-les attentivement.

— Je ne vois rien.

— Moi non plus. Le père Bechetti ne porte pas d'anneau.

— Au nom du Père, du Fils et du Saint-Esprit ! proclama le révérend English de la chaire. Soyez les bienvenus dans cette église d'All Saints, qui sera bientôt consacrée et deviendra notre belle et nouvelle paroisse anglicane, ici même, au cœur de Rome, la Ville éternelle. De cet endroit où nous nous tenons, tournons-nous humblement vers Dieu et, tête basse dans la prière, remémorons-nous les vérités éternelles.

English s'exprimait avec une autorité naturelle et l'assemblée suivit son commandement. La brève prière terminée, il remercia toutes les personnes présentes de leur empressement et de leur générosité, « qui, pour partie, s'est déjà manifestée, et, pour beaucoup, demeure ardemment espérée ». (Cette remarque fut accueillie en silence par l'assemblée qui fixait English avec une certaine impassibilité.) Quand il poursuivit en souhaitant la bienvenue à « nos invités d'honneur », en particulier le premier secrétaire de l'ambassade britannique, représentant Son Excellence l'ambassadeur, ainsi que « nos amis et voisins » du Vatican, il y eut un murmure d'approbation manifeste, mais la nouvelle de « la présence inattendue de l'une des plus brillantes personnalités littéraires de notre époque, Mr Oscar Wilde », ne suscita aucune réaction.

Il s'établit un silence pesant tandis que le pasteur descendait de la chaire et qu'Oscar, lentement, montait y prendre place. Je souffris pour mon ami en contemplant l'océan de visages renfrognés qui se tournèrent alors vers lui.

— On m'a demandé de vous dire ce soir un poème, commença-t-il d'un ton léger. C'est pour moi un honneur. Il s'agit de quelques-uns des plus beaux vers jamais écrits, quoique, vous serez peut-être surpris de l'apprendre, ils ne soient pas de moi.

Le Dr Munthe sourit. Le cardinal Felici s'esclaffa. J'entendis une voix anglaise non loin de la chaire persifler : « Pour qui il se prend, celui-là ! »

Oscar jeta un regard dans son dos et sourit.

— Quoi qu'il en soit, voici ce poème… Il s'intitule *La Veille de la Sainte-Agnès*[1].

1. John Keats, 1820. Traduction de la duchesse de Clermont-Tonnerre.

La veille de la Sainte-Agnès, ah ! comme le froid était âpre !
Le hibou, malgré toutes ses plumes, était perclus.
Le lièvre boitait, tout tremblant, par l'herbe glacée
Et silencieux était le troupeau dans son bercail laineux.
Gourds étaient les doigts du diseur de chapelets
Tandis qu'il égrenait son rosaire et que son souffle glacé
Comme pieux encens montant d'un encensoir antique
Semblait, avant la mort, s'envoler vers le ciel,
Et passait devant l'image de la douce Vierge cependant
qu'il disait sa prière.

Il récita magnifiquement, d'une voix mélodieuse, et les mots sortaient de lui comme la musique d'un violoncelle. Il n'avait pas dit quatre vers qu'il tenait déjà l'assistance sous son emprise. Je jetai un regard au gras cardinal : il le fixait avec un sourire admiratif.

Mais alors qu'Oscar achevait le premier vers de la seconde strophe – « Il dit sa prière, ce patient, ce saint homme » –, le vieux prêtre qui se tenait à côté du prélat bascula tout à coup en avant et jeta son verre de sherry qui se brisa violemment sur le sol. Puis il s'écria : « Non, non ! », comme s'il était pris de violentes douleurs, et il s'effondra misérablement et vint former un petit tas sur les dalles de marbre de l'église.

9

L'effet Wilde

— C'est ce que j'appelle « l'effet Oscar Wilde ». Cet homme exerce une influence néfaste sur tous ceux qui l'approchent de trop près.

— S'agit-il d'une plaisanterie, monsieur ? murmurai-je entre mes dents serrées.

— C'est la vérité, monsieur. Du moins, cela reflète mon expérience de Mr Wilde.

Le vieux curé avait été transporté par quatre personnes depuis le pied de la chaire jusqu'à la ténébreuse sacristie d'All Saints. J'étais l'une d'entre elles, les autres étant Martin English, Axel Munthe, et le gentleman qui avait proféré cette perfidie gratuite à l'encontre de mon ami Wilde.

— Qui êtes-vous, monsieur ? demandai-je avec colère.

— Mr Rennell Rodd est le premier secrétaire de l'ambassade britannique, intervint le révérend English. Et à ce titre, notre principal invité d'honneur ce soir.

— Sa remarque n'ajoute pas à la dignité de sa fonction, rétorquai-je.

— Messieurs, s'il vous plaît ! s'écria Axel Munthe. Il suffit ! J'ai un homme à soigner.

— Je vous prie de m'excuser, fis-je, sans conviction, tandis que nous déposions le frêle corps sur un divan en cuir sous la fenêtre de la sacristie.

Le vieillard était vivant. Son visage était aussi blanc qu'un surplis, sa bouche édentée pendait, béante, sa langue grise ballottait sans force sur sa lèvre inférieure.

— Je m'excuse également, fit le secrétaire d'ambassade, qui s'était redressé et hochait la tête dans ma direction.

Âgé d'à peine plus de trente ans, grand et svelte, vêtu d'un costume immaculé (il portait une cravate du Balliol College d'Oxford), impeccablement rasé et coiffé, avec une épaisse chevelure auburn ramenée en arrière d'un front large et lisse, et une luxuriante moustache aux pointes pommadées, il me frappa aussitôt par son allure trop parfaite pour être authentique, mais il avait aussi les pommettes hautes, le nez distingué (dans la tradition de Wellington) et l'œil bleu et perçant. Il était d'une indéniable beauté.

— Dans le feu de l'action, mes mots ont dépassé ma pensée, se justifia-t-il.

— S'il vous plaît, insista le Dr Munthe. Taisez-vous.

Il souleva le bras droit de son patient, lui saisit le poignet et y chercha son pouls. Il posa ensuite sa tempe sur sa poitrine et colla son oreille contre son cœur.

— Doyle, me commanda-t-il. Dégrafez-lui son col et redressez-lui la tête.

Je m'exécutai, et le vieux prêtre se mit alors à respirer bruyamment, d'abord en hoquetant, puis en mugissant comme le soufflet d'un orgue d'église.

— C'est un râle d'agonie ? demanda avec inquiétude le révérend English.

Munthe releva la tête et se mit à rire.

— Non, c'est le ronflement d'un vieil homme. Vous pouvez nous laisser avec lui, messieurs. Retournez auprès de vos fidèles, mon père. J'imagine que ces dames doivent être dans tous leurs états. Vous pouvez les rassurer. Tout va bien.

L'ecclésiastique et le secrétaire s'apprêtèrent à partir.

— Je crains que nous ne devions remettre votre lecture, Dr Doyle, déclara Martin English. Cette soirée ne s'est pas déroulée comme prévu.

— Bonsoir, messieurs, fit Rennell Rodd.

Il s'inclina devant nous et entraîna le pasteur vers la porte de la sacristie.

Lorsqu'ils eurent disparu, Munthe reporta son attention sur le malade, qui reposait sur le divan devant nous.

— Sa respiration s'est considérablement calmée, observa-t-il. Il semble apaisé.

Il lui ôta ses lunettes, puis, précautionneusement, avec le pouce et l'index, souleva ses paupières l'une après l'autre.

— Et regardez ses yeux...

C'était ceux d'un vieil homme, gonflés, jaunis et voilés.

Je me penchai pour les observer de près.

— Hormis la cataracte, je ne vois rien d'extraordinaire.

— Nous sommes donc du même avis ? demanda Munthe.

— Ce n'était pas une crise d'apoplexie.

— Ni une attaque cardiaque.

— Que lui est-il arrivé alors ?

Je repassai la scène dans mon esprit.

— Il avait la tête levée, comme s'il écoutait Oscar avec grande attention. Et puis, tout à coup, il est tombé en avant en criant : « Non, non ! » Et ensuite, il a jeté son verre par terre.

— Il a jeté son verre… volontairement ?

— Il me semble.

— Il ne l'a pas laissé échapper, tout simplement ?

— Non, il l'a lancé. Violemment. Et après, il s'est comme affaissé.

— Il s'est évanoui.

Munthe considéra de nouveau le prêtre.

— Il a été pris d'un violent accès de colère, ou d'angoisse, puis il a perdu conscience. Et maintenant il dort comme un bébé.

Je le regardai à mon tour.

— Qui est-ce ? demandai-je.

— Joachim Bechetti, un chapelain du pape et un honnête homme, à tous égards. Cela fait des années qu'il est au Vatican, depuis l'époque de Pio Nono. Dans sa jeunesse, il peignait, et bien ! J'ai vu certains de ses tableaux.

— Va-t-il vivre ? interrogea une voix surgie des ténèbres.

Nous nous retournâmes vers la porte. S'y tenaient deux ecclésiastiques, dont le cardinal Felici.

Il s'avança lentement, respectueusement, comme à l'approche d'un lit de mort, la barrette du vieux prêtre à la main.

— Va-t-il vivre ? répéta-t-il.

Munthe détailla le cardinal Felici d'un œil amusé.

— Plus longtemps que vous, si vous ne perdez pas un peu de poids, mon ami.

— Ce n'était qu'un évanouissement, semble-t-il, expliquai-je. Rien de plus.

— Il est resté trop longtemps debout, précisa Munthe. Il y avait trop de monde. Et peut-être avait-il trop bu. Il n'a pas supporté.

— Vous me voyez soulagé, fit le prélat, qui déposa la barrette du chapelain sur une chaise.

— Que se passe-t-il dans l'église ? demandai-je.

Le cardinal Felici sourit.

— Mr Oscar Wilde est le héros du moment. Il a terminé sa récitation, et à présent il déambule tranquillement parmi ces dames pour qu'elles puissent lui serrer la main et toucher ses vêtements. Comme l'incident s'est déroulé près de la chaire, peu de gens l'ont remarqué, mais depuis lors, la rumeur s'est répandue. Il y a une certaine excitation dans l'air.

— Elle sera quelque peu douchée quand on apprendra qu'il n'y a finalement pas eu mort d'homme.

Ces paroles avaient été prononcées par le compagnon du cardinal, d'une voix éraillée, avec l'accent caractéristique de l'aristocratie anglaise d'antan.

— Bonsoir, Munthe.

Il adressa un signe de tête au médecin, puis tendit la main dans ma direction.

— Bonsoir, Arthur *Conan* Doyle.

Je lui serrai la main. Aussitôt, je remarquai l'anneau d'or rose qu'il portait au doigt. Je remarquai également la douceur anormale de sa paume et la mollesse de sa poigne. Il était vêtu de la même soutane que le cardinal Felici, ornée de parements et d'une ceinture pourpre, mais il était plus jeune que ce dernier – il devait avoir une quarantaine d'années – et, quoique bien en chair, il ne pouvait être qualifié de gros. C'était un homme aux larges épaules, solidement charpenté, avec un visage rond et coloré de campagnard. Il arborait d'épais sourcils broussailleux et une chevelure finement bouclée d'un gris métallique. Tout dans son apparence contredisait la faiblesse de sa poignée de main.

— Vous ne vous souvenez pas de moi ? fit-il. Voilà qui me surprend.

J'examinai avec plus d'attention son visage dans la pâle clarté de la sacristie. Je n'y décelai rien qui éveillât en moi le moindre souvenir.

— Je suis déçu, reprit-il. Et même blessé. Ce n'est pas si loin, pourtant…

— Vous avez l'avantage sur moi, monsieur, me défendis-je maladroitement.

— Nous étions au collège ensemble, Conan Doyle. À Stonyhurst. Je croyais que l'on se rappelait toujours ses aînés. Ce n'est apparemment pas le cas.

Il se mit à rire, d'un rire sec et guttural.

— Moi, je me souviens de vous, poursuivit-il avec un regard d'appréciation. Très bien même. Avec quelle insistance vous teniez à ce qu'on vous appelle *Conan* Doyle ! Vous étiez un sacré petit effronté, bourré d'orgueil. Nous devions vous corriger encore et encore.

Il me fixa et haussa ses sourcils foisonnants.

— Vous vous rappelez sans doute le « *tolley* » ?

— Je ne l'ai pas oublié, grinçai-je.

— C'était, à Stonyhurst, notre instrument de châtiment, expliqua-t-il aux autres personnes présentes. À la badine, qu'utilisaient les écoles inférieures, nous préférions le « *tolley* ».

L'ecclésiastique me sourit de ses dents blanches et régulières.

— Je me souviens même précisément de la dernière fois où je vous ai rossé : c'était le 22 mai 1872. Le jour de mon anniversaire !

— Je ne m'en souviens pas, lâchai-je. C'était il y a longtemps.

— Vous aviez treize ans. Et de très mauvais penchants. J'en avais dix-huit. Et de fort bons.

Il rit.

— Et maintenant ? interrogea Axel Munthe.

— Arthur *Conan* Doyle est un écrivain de réputation internationale et moi, je porte les péchés du monde sur mes épaules.

— Son Éminence le cardinal Breakspear vient tout juste d'être nommé grand pénitencier, expliqua le cardinal Felici. Il recueille nos confessions. Il connaît tous nos secrets.

— Et ne les partage qu'avec notre Seigneur Dieu tout-puissant, précisa en souriant le prélat anglais.

— Il est le confesseur du pape, continua Felici. Il ne tardera pas à devenir cardinal-évêque.

— Je suis honoré de refaire votre connaissance, déclarai-je. Pardonnez-moi de ne pas m'être souvenu de notre dernière rencontre. Votre nom me revient, à présent, mais pas cette punition. Je ne pense pas souvent à mes années d'études.

— Ne jamais regarder en arrière, intervint Axel Munthe. C'est un excellent principe.

Le vieux prêtre étendu sur le divan devant nous se mit à tousser.

— Qu'allons-nous faire de lui ? demanda le cardinal Felici.

— Je vais m'occuper de lui ce soir, répondit Munthe, qui se pencha pour remettre en place les lunettes du vieil homme.

— Oh non ! protesta le cardinal Breakspear avec un rire tonitruant. Nous tenons à ce que ce pauvre Bechetti vive encore un peu.

Le prélat tendit la main et laissa un instant ses doigts doucereux reposer sur la mienne.

— Nous surnommons le Dr Munthe « Dr Mort », dit-il avec un sourire troublant. Quand il en a l'occasion, il aime faciliter le passage de ses patients les plus âgés et les plus faibles de ce monde vers l'autre. Il l'admet. Mieux, il s'en vante. Nous n'approuvons pas.

— La vie du père Bechetti n'est pas menacée, précisa Munthe.

— Bien, fit le cardinal Breakspear. Dans ce cas, nous allons le ramener immédiatement au Vatican. Mon attelage nous attend.

— Il doit garder le lit, boire beaucoup – de l'eau et du lait – et prendre des repas réguliers, mais en respectant un régime strict : pâtes et légumes. Son pouls est stable et son cœur semble assez solide.

Selon moi, il a probablement été accablé par la chaleur et la foule dans l'église, rien de plus.

Le vieux prêtre commença à remuer. Ses mains tressaillirent le long de son corps.

— Frère Matteo veillera sur lui jusqu'à sa guérison, déclara le cardinal Breakspear. Frère Matteo est un moine capucin et notre Florence Nightingale[1], ajouta-t-il à mon intention.

— C'est le meilleur des hommes, renchérit le cardinal Felici.

— Très bien, fit Munthe. Emmenons le père Bechetti jusqu'à votre voiture. Je passerai le voir demain.

— Amenez Conan Doyle, dit Breakspear. Et Mr Wilde, également. J'ai manqué sa récitation. J'aimerais beaucoup le rencontrer.

Il se retourna et me regarda droit dans les yeux, posant ses deux mains sur la mienne. Je sentis la douceur de ses doigts sur mes phalanges.

— Il faut que vous veniez prendre le thé avec nous dans la sacristie. Nous ne sommes que cinq dans notre petit groupe d'anglophiles : le cardinal Felici, le cardinal Tuminello, le père Bechetti, frère Matteo et moi-même. Son Éminence le cardinal Tuminello est l'exorciste du Vatican. Rares sont ceux qui parviennent à lui résister.

Il éclata de rire et relâcha son étreinte.

— Venez à quatre heures. Précises. Munthe vous indiquera le chemin. Nous aurons des sandwichs au concombre. Vous vous sentirez comme chez vous !

1. L'Anglaise Florence Nightingale (1820-1910) a révolutionné la fonction d'infirmière et les soins hospitaliers.

Et apportez une de vos histoires pour nous la lire, s'il vous plaît. Nous aimons tous beaucoup Sherlock Holmes.

Dix heures sonnaient aux cloches de l'église toute proche de Sant'Atanasio dei Greci au moment où Munthe et moi-même escortions les trois ecclésiastiques jusqu'à leur voiture. Le vieux curé édenté était suffisamment remis de son malaise pour descendre, chancelant, les marches de la sacristie, appuyé sur mon bras et celui du cardinal Breakspear. Munthe apportait son secours au corpulent cardinal Felici. Nous souhaitâmes une bonne nuit aux trois hommes en réitérant fermement notre promesse de venir les voir le lendemain.

— À quatre heures, répéta le cardinal Breakspear par la fenêtre du véhicule. Précises.

— Il en sera fait selon sa volonté, commenta Munthe comme nous regardions la *carrozza* s'éloigner en brinquebalant sur les pavés.

— Il en impose.

— Il a une autorité naturelle, et un nom avec lequel il faut compter.

— Breakspear ?

— Nicholas Breakspear. *Nomen est omen*, comme se plaît à dire votre ami Wilde. Le dernier pape anglais s'appelait ainsi, il me semble ?

— Il y a sept cent cinquante ans environ, observai-je.

Munthe fixa au loin l'attelage qui disparaissait à présent dans l'obscurité de la Piazza del Popolo.

— Cependant…

Il sourit.

— Le moment venu, votre ancien condisciple espère s'asseoir sur le trône de saint Pierre. J'en suis sûr.

— C'est absurde.

— Comme l'est souvent l'ambition.

— Il est anglais !

— À notre époque, je vous accorde que c'est devenu un problème. Et il est jésuite. Ce qui est peut-être un inconvénient plus grand encore. Aucun jésuite n'a jamais été pape. Les autres cardinaux ne leur font pas confiance.

— Êtes-vous son médecin ? lui demandai-je tandis que nous regagnions l'église.

— Non. Le cardinal Breakspear n'en a pas besoin. Comme vous avez pu le constater, il est merveilleusement robuste. Il a la constitution d'un bœuf.

— Il a les doigts très délicats.

— Une carrure de fermier, mais des mains de prêtre.

— Je n'ai pas beaucoup apprécié la mollesse de sa poignée de main.

— Mais vous avez remarqué l'anneau ?

— Oui, confirmai-je. J'ai remarqué l'anneau.

Il était onze heures largement passées lorsque nous quittâmes enfin All Saints. Il fallut un moment pour arracher Oscar à son public. Les paroissiennes anglicanes de Rome l'avaient accueilli en silence, mais après l'avoir vu, l'avoir entendu et avoir succombé au charme de sa personnalité, elles étaient maintenant réticentes à le laisser partir tant qu'elles n'auraient pas serré sa main dans les leurs et ne l'auraient pas imploré de venir prendre le thé, jouer au whist ou inaugurer leur fête de charité.

— C'est assommant d'être adoré, déclara-t-il au moment où nous le détachions d'un dernier essaim d'admiratrices. Les femmes nous traitent exactement comme l'humanité traite ses dieux. Elles nous idolâtrent et ne cessent de nous demander de faire quelque chose pour elles.

— Il nous est à tous nécessaire d'être nécessaires, observa Axel Munthe. Nous en avons besoin plus que de toute autre chose.

— Ce dont j'aurais besoin, c'est d'un remontant, affirma Oscar. Plus que de toute autre chose.

Avant notre départ, le révérend Martin English et sa sœur nous remercièrent avec effusion. Le pasteur serra chaleureusement la main d'Oscar :

— Vous avez transformé ce qui aurait été la plus ennuyeuse des réunions de bienfaisance en une mémorable soirée littéraire, Mr Wilde. Je vous en suis très reconnaissant.

Catherine English tendit les mains au Dr Munthe et à moi-même.

— Messieurs les médecins, vous nous avez sauvés. Sauvés ! Sans vous, nous aurions été perdus. Nous vous sommes infiniment redevables.

Tandis qu'Oscar et Munthe gagnaient la rue, je m'attardai quelques instants dans le vestibule.

— Me lirez-vous bientôt votre histoire ? me demanda la jeune femme, et elle me déposa un tendre baiser sur la joue en me disant au revoir.

La lune blanche était pleine et Oscar la contemplait du trottoir. Son énergie lui était revenue comme par enchantement.

— Messieurs, l'heure est venue d'un brandy et de quelques cigarettes. Qu'en dites-vous ?

J'avais quant à moi la sensation que l'heure était venue de me coucher et de dormir, mais la soudaine euphorie d'Oscar ne tolérait aucune contradiction.

— Si vous avez les cigarettes, je fournis le brandy, proposa Axel Munthe. Venez !

Amusé par l'appétit assumé d'Oscar pour le plaisir, le médecin nous emmena par la Via del Babuino jusqu'à son domicile près du grand escalier de la Piazza di Spagna. Au moment où il glissait sa clé dans la serrure, il chuchota :

— S'il vous plaît, faites très attention en montant l'escalier. Nous ne devons pas déranger les voisins.

— Verrons-nous votre ami ? demanda Oscar.

— J'espère que non, grommela Munthe. Nous avons eu assez d'émotions pour ce soir.

Il saisit la lampe à huile qui attendait sur la table du vestibule et consulta sa montre de gousset.

— Il est tard. Elle doit être couchée depuis longtemps, et je suppose qu'elle dort à présent.

— Ah ! fit Oscar. Votre ami est une dame ? Je m'en étais fait une autre idée…

Munthe ne parut pas s'émouvoir de l'impertinence d'Oscar. Il eut un rire étouffé.

— Ce n'est pas une dame, je peux vous le garantir. Vous la rencontrerez bien assez tôt… mais pas ce soir. Du moins, je l'espère. Elle est assez fatigante.

— Italienne ?

— Égyptienne.

Par bonheur, Oscar paraissait cette fois à court de mots. Il ne dit plus rien jusqu'à ce que nous nous fussions enfoncés dans de profonds fauteuils de cuir tout autour de la cheminée vide du bureau du Dr Munthe. Tandis que notre hôte nous servait généreusement d'une eau-de-vie italienne, Oscar tirait langoureusement sur sa première cigarette de la soirée. Il rejeta la tête en arrière et, fermant les yeux, murmura :

— La vie d'une femme se meut dans une orbite d'émotions. C'est sur les lignes de l'intellectualité que progresse celle de l'homme. N'est-ce pas conforme à votre expérience, docteur ?

— Laissez-moi quelques instants pour y réfléchir, répondit tranquillement Munthe, qui s'activait dans la pièce et alluma les lampes à pétrole sur son bureau et la cheminée.

— C'est un peu trop subtil pour moi à cette heure, Oscar, observai-je.

Mon ami inclina la tête dans ma direction et ouvrit un œil.

— J'essaie de me montrer digne de ces lieux, Arthur. N'oubliez pas que Keats est mort dans la pièce d'à côté. Son fantôme est peut-être en train de nous écouter.

— Levons nos verres à sa mémoire, déclara Axel Munthe. Il ne fait aucun doute que votre lecture d'un de ses poèmes a été le clou de la soirée.

— C'était une *récitation*, mon cher docteur, pas une lecture. Je connais *La Veille de la Sainte-Agnès* par cœur. De la première à la quarante-deuxième strophe.

— Ces dames anglicanes ont d'évidence été subjuguées.

— C'est l'histoire d'une virginité dramatiquement perdue et d'un amour passionnément trouvé. J'ai pensé que cela retiendrait leur attention.

Je ris.

— Cela n'a surtout pas tardé à foudroyer le vieux prêtre.

Oscar se redressa brutalement.

— Le vieux prêtre ! s'exclama-t-il. Je l'avais complètement oublié. Comment va-t-il, ce pauvre homme ?

— Il s'est rétabli, le rassura Munthe. Je dois le voir demain. Il va vivre encore un peu.

— Que lui est-il arrivé ? Le cœur ?

— Je crois qu'il a seulement été victime d'un coup de fatigue. Il y avait énormément de monde dans la nef. Il est resté longtemps debout.

— Il me semblait l'avoir vu jeter son verre sur le sol. Un instant, j'ai cru que c'était à cause de quelque chose que j'avais dit. Je l'ai vu tomber, mais j'ai décidé qu'il valait mieux ne pas m'interrompre. La plupart des personnes présentes ne semblaient pas avoir remarqué ce qui s'était passé.

— Elles n'avaient d'yeux que pour vous, nota Munthe.

— Et j'ai continué car j'ai vu que vous vous étiez aussitôt porté à son secours. J'ai même vu James Rennell Rodd surgir de l'ombre au moment du drame.

— Il est à l'ambassade britannique l'étoile montante du moment, affirma Munthe.

— Je n'en suis pas étonné, commenta Oscar.

— Il habite de l'autre côté de la piazza, continua Munthe.

— Ah, fit Oscar, qui se redressa de nouveau sur son siège en tirant une bouffée de sa cigarette. J'avais cru le reconnaître dans la rue, hier, portant un chapeau de paille.

— Vous le connaissez ? demandai-je.

Oscar me sourit, roula de grands yeux et ôta une miette de tabac de sa lèvre inférieure.

— Si je connais James Rennell Rodd ? Oui, Arthur. Et même très bien. Il ne vous l'a pas dit ?

— Non, mentis-je.

— Vous me surprenez, dit Oscar en me fixant d'un regard pénétrant.

— Le vieux prêtre mobilisait toute notre attention. Il n'avait pas encore repris connaissance.

— Bien sûr, admit Oscar, qui s'absorba dans la contemplation de son verre de brandy. Rennell Rodd et moi avons été amis autrefois. Nous étions aussi proches qu'il est possible. Nous sommes ennemis à présent. Je le sais car il m'a envoyé une lettre pour m'en informer. Il a une âme de bureaucrate. Il lui faut tout consigner par écrit. Notre « brouille », comme il la qualifie, est officielle et destinée à durer toujours. Les amis, naturellement, font les meilleurs ennemis. Ils savent à quoi s'en tenir.

— Quelle est la raison de cette « brouille » ? demanda Munthe.

— Nous étions ensemble à Oxford. J'ai remporté le prix Newdigate de poésie et, deux ans plus tard, Rennell Rodd l'a obtenu à son tour. Nous nous réjouissions mutuellement de nos succès. Et quand je terminai les examens de sortie à la première place, tout le monde s'attendait que Rennell Rodd en fît autant. Hélas, ce n'est pas ce qui s'est passé. Il a fini deuxième. Il y avait mis trop de lui-même. C'est son éternel défaut.

— C'est tout ? m'étonnai-je.

— N'est-ce pas suffisant ?

Il rit et avala une gorgée d'eau-de-vie.

— Mais vous avez raison, Arthur. Ce n'est pas tout. Il y a une dizaine d'années, j'ai rendu, à sa demande, un service au jeune Rennell Rodd. J'ai préfacé son premier recueil de poésies. Certaines personnes ne pardonnent jamais les faveurs qu'on leur fait. Leur dette devient un motif d'hostilité.

Mon ami se redressa une fois encore, brandissant le mégot incandescent de sa cigarette au-dessus de lui.

— Auriez-vous une main de cadavre qui puisse me servir de cendrier, docteur ?

Munthe attrapa sur son bureau ce qui semblait être une large main noire momifiée, aux doigts raides pointés vers le ciel. Il la tendit à Oscar.

— C'est étonnamment léger, remarqua celui-ci en soupesant l'objet.

Il sourit à Munthe.

— Pourrait-il s'agir, par le plus grand des hasards, de la main tranchée du malheureux ouvrier qui s'est tué en tombant de la charpente d'All Saints ?

— C'est elle, répondit négligemment Munthe. On m'a appelé sur les lieux peu après l'accident. J'ai trouvé la main au pied de la chaire. Comme je savais que ce pauvre homme n'en aurait plus l'usage, je l'ai gardée. En souvenir.

— Et vous l'avez embaumée ? interrogea Oscar en examinant l'organe de plus près.

— Oui. Votre cigarette ne peut lui faire aucun mal désormais.

10

La sacristie

Le lendemain matin, j'envoyai un télégramme à Touie, mon épouse, et laissai Oscar m'emmener chez le tailleur de Keats, Via del Corso. Je demandai quelque chose de « pas trop italien ». Oscar et le couturier m'assurèrent qu'un costume « *che va bene* » serait prêt avant le déjeuner.

Dans l'après-midi, à trois heures, Munthe vint nous retrouver à l'*Hôtel de Russie*. Il était habillé très exactement comme la veille au soir, mais sa barbe paraissait taillée de frais et ses épaisses lunettes rondes étincelaient au soleil. Il avait avec lui une petite sacoche de médecin en cuir noir quelque peu fatiguée. Nous prîmes un fiacre qui nous conduisit tous trois de la porte de notre hôtel jusqu'au Vatican. Lorsque nous traversâmes la Piazza del Popolo, nos deux désormais trop familiers vauriens se mirent de nouveau à courir après notre *carrozza*. Ils nous interpellaient et nous faisaient de grands signes en riant ; je regardai ailleurs, mais Oscar se retourna et leur jeta quelques pièces de monnaie.

— Ne les encouragez pas, à moins que vous n'y teniez, dit Axel Munthe. Leur réputation n'est plus à faire. Rome est bourrée de ces sauvageons, qui errent abandonnés, dorment au-dehors des murs de la ville et subsistent en exploitant la générosité des touristes. Mais ces deux-là sortent du lot. Je les connais. Ils chassent en duo et, une fois qu'ils vous ont mis le grappin dessus, ils ne vous lâchent plus.

Le soleil était haut, l'atmosphère sèche, l'air immobile, les rues poussiéreuses. Quoique embarrassé par mon apparence, je me réjouissais de porter le costume de toile léger que m'avait choisi Oscar.

— Et ce chapeau de paille vous va à ravir, Arthur, me glissa mon ami d'un ton moqueur. En un rien de temps, nous ferons de vous un vrai Romain.

Porte à porte, le trajet nous prit moins d'une demi-heure. Au moment où nous traversions les eaux brun et bleu du Tibre, Oscar avisa en contrebas un groupe de vagabonds dépenaillés qui s'abritaient du soleil sous les contreforts du pont.

— L'évolution de l'humanité est lente, dit-il. Et l'injustice de l'homme est grande.

Lorsque nous tournâmes dans la rue bordée d'arbres du Borgo Santo Spirito, et que, pour la première fois, nous aperçûmes devant nous l'immense basilique Saint-Pierre, Oscar déclara :

— Des fondations de Constantin et de l'obélisque de Caligula à la façade du Bernin et au dôme de Michel-Ange, tout ce qui est beau, je trouve, appartient à la même époque.

À mesure que les noms, les allusions et les tournures de phrase sentencieuses se succédaient dans sa bouche, je l'écoutais, intrigué, amusé, impressionné, mais aussi conscient que le style (et l'érudition) de mon ami pouvait tout à fait exaspérer quelqu'un qui n'eût pas saisi la bonté fondamentale de son caractère.

La place Saint-Pierre était noire de monde : pèlerins, prêtres, moines, nonnes, mendiants, touristes, vendeurs des rues, jeunes gens à canotier, vieilles dames en voiles. Suivant les instructions de Munthe, notre cocher lança avec audace son véhicule au travers de la foule, au beau milieu de la place, et laissa derrière lui les marchands de fleurs et les receleurs de chapelets, les fontaines, une récente et colossale statue de saint Paul, pour aboutir devant un portail situé à l'extrémité d'une enfilade de colonnes doriques, sur la droite. À l'instant où l'attelage s'immobilisait, quatre ou cinq gardes suisses s'approchèrent promptement, casque rutilant et hallebarde au poing. Ils étaient resplendissants dans leurs uniformes aux rayures rouges, bleues et jaunes, mais pas accueillants.

— Sommes-nous attendus ? demandai-je.

— Ne vous inquiétez pas, me rassura Munthe, en descendant avec souplesse du fiacre. Suivez-moi.

Dès que les suisses eurent reconnu le médecin, ils s'écartèrent pour nous laisser le passage.

— C'est la petite sacoche noire qui fait tout, nous expliqua Munthe. C'est le passe-partout du praticien. Avec elle, on peut aller n'importe où en toute sécurité.

— Et où allons-nous ? se lamenta Oscar en contemplant le large escalier de pierre qui se dressait devant nous.

— À la chapelle Sixtine. Il n'y a pas plus de cent marches à monter.

— Je ne m'étonne plus que le pape exige d'être porté où qu'il se rende, gémit Oscar. Comment diable fait le cardinal Felici ?

— Avec difficulté, reconnut Munthe. Je crois qu'il se déplace accompagné de suivants qui lui donnent un coup de main. Et les suisses se chargent de transporter le vieux prêtre ici et là.

— Des suivants et des gardes, murmura Oscar. Il n'y a pas d'autre solution.

— Plus d'exercice, mon ami, rétorqua Munthe. C'est cela la solution !

Oscar n'ajouta mot. Il ne le pouvait pas. Il utilisait tout son souffle à gravir l'escalier.

Une fois au sommet, Munthe ne s'arrêta pas.

— Par ici, dit-il, en nous entraînant par un vaste couloir extérieur, haut de plafond et dallé de marbre, le long duquel s'alignaient d'antiques statues grecques et romaines. Préparez vos yeux, nous recommanda-t-il au moment où nous arrivions devant une petite porte anonyme qui se découpait dans un grand mur blanc.

Il l'ouvrit avec effort et nous invita à nous engager avant lui dans l'étroit passage. J'entrai le premier. Oscar, le souffle court, me suivit. Munthe avait eu raison de nous avertir. Quittant un soleil d'or, nous nous retrouvâmes plongés dans un noir d'encre.

Tandis que Munthe refermait la porte derrière nous, je lui demandai :

— Sommes-nous dans la chapelle Sixtine ?

— Oui. C'est ici l'entrée particulière.

— Nous sommes dans l'endroit le plus magnifiquement décoré au monde, et on n'y voit goutte ! s'écria Oscar.

— Mais vous z'êtes pas ici pour les fresques, pas vrai, Mr Wilde ?

Surgie des ténèbres, la question avait été énoncée avec un jovial accent cockney. Elle fut presque aussitôt suivie par l'apparition d'un jovial visage cockney dans la lueur d'un chandelier de cuivre qui portait un cierge solitaire. La main qui tenait le chandelier appartenait au propriétaire du visage, un robuste gaillard de taille moyenne, âgé d'une quarantaine d'années, rasé de près, au teint cireux, aux cheveux brillants, noirs et bouclés, et aux yeux brillants, noirs et joyeux.

— Grand Dieu ! s'exclama Oscar. Gus Green !

— Ma foi, non, Mr Wilde. Son frère : Cesare Verdi.

Oscar se retourna vers moi, hilare.

— C'est Gus Green, Arthur ! Le *maître d'hôtel** de chez *Willis*, le restaurant sur King Street, à St James's. C'est un très bon ami à moi.

— Non, Mr Wilde. Je suis Cesare Verdi, sacristain de la chapelle Sixtine, à Saint-Pierre de Rome. Vous me prenez pour mon frère, mais j'suis pas lui.

— Vous *êtes* Gus, insista Oscar en examinant le nouveau venu. Forcément. Je devine le démon dans vos yeux.

— Deux pois sortis d'la même cosse, Mr Wilde. Mais c'est moi l'aîné, d'une bonne heure, et je suis italien. *Sì, è vero*. Je suis l'fils de mon père. De nous deux, c'est Augustus l'anglais. Et le bébé à sa môman. C'est dans son r'gard que vous verrez le démon. Dans l'mien, y a l'archange Gabriel.

Oscar éclata de rire.

— Alors ça, par tous les saints, comment est-ce possible ? Vous êtes en train de me dire que Gussy est votre frère jumeau ?

Oscar fixa intensément l'homme derrière la flamme vacillante de la bougie.

— Mais je suis pourtant certain de vous avoir déjà rencontré. Votre visage m'est *si* familier.

— Pour sûr qu'on s'est déjà vus. Chez *Willis*. J'vais à Londres de temps à autre, pour rendre visite à Augustus et à not' mère. En vacances comme qui dirait. À l'occasion, j'lui donne un coup d'main chez *Willis*. J'ai eu l'honneur d'vous servir une fois ou deux, monsieur, et Augustus m'a tout raconté sur vous. Il vous a à la bonne, Mr Wilde.

— Et je l'apprécie moi aussi. C'est un chic type.

— Eh bien, c'qu'il fait pour vous autres, milords de Londres, je l'fais pour mes prêtres ici à Rome. Augustus est au service de Mr Oscar Wilde. Moi, à celui de Sa Sainteté le pape Léon XIII.

— Vraiment ? fit Oscar en riant.

Le gaillard fit écho à son rire.

— Mais on s'retrouvera tous dans l'même paradis, Mr Wilde. J'espère bien.

— Vous êtes sacristain ici ? demandai-je.

— Oui, me répondit-il avec un clin d'œil. (Un clin d'œil amical, et non furtif ou comploteur.)

Comme l'était mon père avant moi. Et son père avant lui. Ça reste dans la famille.

Il éleva le chandelier au-dessus de lui et pivota sur lui-même pour nous désigner l'immensité du lieu qui nous entourait.

— Bienvenue chez moi, dit-il.

Peu à peu, mes yeux s'étaient accoutumés à l'obscurité. Je constatais à présent que nous nous trouvions dans un angle de la chapelle, à proximité immédiate du grand autel. Au-dessus de nous, on pouvait à peine discerner le triomphal *Jugement dernier* de Michel-Ange.

— Allons dans la sacristie, proposa Cesare Verdi, qui continuait à glousser. J'vais vous y servir une tasse de thé.

— Et des sandwichs au concombre ? demanda Oscar.

— Pas aujourd'hui, Mr Wilde. Nous prenons le thé à l'anglaise, avec muffins, crumpets, toasts aux anchois et tout l'reste, mais pas le vendredi.

— Je crois que le cardinal Breakspear nous attend.

— Pas aujourd'hui, Mr Wilde. L'est pas là…

— Mais il nous avait dit…

Cesare Verdi inclina la tête sur le côté et dévisagea Oscar d'un air amusé.

— Son Éminence le cardinal Breakspear est jésuite, Mr Wilde. Et il ne faut pas toujours prendre c'que dit un jésuite pour argent *comptant*.

Oscar ne releva pas la remarque.

— Alors où est-il ? demanda-t-il.

— Avec le Saint-Père. Son Éminence l'entend à confesse. C'est son tour aujourd'hui.

— Je croyais que Sa Sainteté s'était retirée dans sa résidence d'été, hasardai-je, quelque peu déconcerté.

— Sûr qu'il y est dans sa maison de vacances – qu'est à l'aut' bout des jardins du Vatican ! Le pape quitte jamais la Ville sainte. Jamais.

— Il est prisonnier volontaire de ces murs, expliqua Axel Munthe. C'est un des points du différend actuel entre le Vatican et l'État italien. C'est un conflit territorial.

— C'est l'Saint-Père qui va finir par gagner, estima Cesare Verdi. Il a Dieu dans son équipe.

— J'aime votre sens de l'humour imagé, *signor* Verdi, déclara Oscar.

— Appelez-moi « Cesare », Mr Wilde. Et vous allez aussi aimer mon thé, monsieur. Du darjeeling de chez Fortnum and Mason. Servi dans des tasses qui nous ont récemment été léguées par le cardinal Newman. Fortifié avec une goutte de brandy italien, si l'cœur vous en dit. On aspire au meilleur des deux mondes par ici.

Le cockney à la chevelure bouclée se détourna et nous conduisit par un court escalier jusqu'à une autre porte discrète, aussi étroite et sombre que celle par laquelle nous étions entrés. Il l'ouvrit et nous retrouvâmes la clarté ensoleillée de l'après-midi.

— Nous sommes dans la sacristie, nous informa-t-il. Mon domaine.

Nous avions pénétré dans ce qui paraissait être la première d'une série de simples cellules de pierre, situées immédiatement derrière le grand autel de la chapelle Sixtine. À notre gauche, s'ouvrait une large fenêtre qui donnait sur les toits de la basilique Saint-Pierre ; à notre droite, deux volées de marches de pierre menaient aux salles suivantes. Les murs de cette première pièce étaient tendus de tentures damassées rouge foncé. Celui qui nous faisait directement face s'ornait d'une représentation de la Cène, sobrement encadrée mais dont les couleurs d'une vivacité stupéfiante rappelaient le style d'Edward Burne-Jones à ses débuts. Adossée au mur sous le tableau, se trouvait une élégante chaise longue dorée, tapissée de velours écarlate.

— Voici la banquette des larmes, déclara notre hôte.

— La banquette des larmes ? répéta Oscar, en considérant le siège.

— Quand il faut élire un nouveau pape, le Sacré Collège se réunit en conclave dans la chapelle Sixtine. Ça, vous l'savez. Sixte IV l'a fait construire pour ça.

— Ça aussi, nous le savons, dit Oscar.

— Mais il y a quelque chose que vous ignorez p't-être, Mr Wilde. Une fois le pape élu – *juste* après avoir été élu –, alors que les bulletins de vote sont encore en train de brûler et qu'on n'a pas encore annoncé son nom, il vient ici, seul. Il s'assoit là-d'ssus, et il pleure. Seul. Il pleure pour le monde, et pour lui. Certains sont tellement affligés, à c'qu'on dit, qu'ils pleurent des larmes de sang. Regardez, on voit des marques. Des stigmates.

L'homme désigna une petite trace brune sur le velours rouge, pas plus large qu'une empreinte de doigt.

— Devenir pape, c'est une certaine responsabilité, remarquai-je.

— Et c'est pour ça que j'lui donne un coup de brandy avant qu'il se change. Au revoir la pourpre cardinalice, bonjour le blanc pontifical ! Bien sûr, on n'sait pas à l'avance qui va être élu, alors on prépare des soutanes de toutes les tailles. En général, la règle, c'est un gros, un maigre, un gros, un maigre. Mais on ne peut pas s'y fier. Pio Nono et le pape Léon, l'étaient tous les deux plutôt sécots.

— Vous étiez ici au moment de l'élection du pape Léon ?

— Pour sûr, Mr Wilde. C'était mon père qu'était sacristain, mais j'étais déjà là. Et si Dieu le veut, je s'rai aussi là la prochaine fois. Le Saint-Père se fait vieux, mais il a encore quelques années devant lui. Le cardinal Breakspear a ses chances – quoique pas tant que ça, pas tant qu'il le croit, Dieu le bénisse, mais ses chances tout de même. Il s'ra cardinal-évêque avant longtemps, pour sûr.

— Comment va le père Bechetti ? demanda Axel Munthe.

Le médecin, qui se tenait derrière nous, étudiait la représentation de la Cène par-dessus nos épaules.

— Plus ou moins comme d'habitude, docteur. Le frère Matteo est avec lui dans sa cellule. Ils vous attendent.

— Je vais aller le voir immédiatement, déclara le médecin. Je connais le chemin.

À pas calculés, sa sacoche noire toujours à la main, il se glissa hors de la salle par l'escalier de droite.

— Est-ce l'œuvre du père Bechetti ? demanda Oscar en désignant le tableau.

— Oui, confirma Cesare Verdi. On a accroché de ses peintures un peu partout. Tenez.

Il se retourna et indiqua sur le mur derrière nous une autre grande toile. Il s'agissait d'un double portrait figurant un vieil homme et une jeune fille.

— Pio Nono et la Sainte Vierge Marie. Qu'en dites-vous ?

— Que seul un commissaire-priseur peut aimer également et impartialement toutes les écoles de l'art, répondit Oscar.

— J'aurais cru qu'ces belles couleurs auraient été à votre goût, Mr Wilde. Leur *sonorité*, si vous voyez ce que j'veux dire.

— Je vois tout à fait, Cesare, répondit Oscar en se penchant sur le tableau.

— Votre anglais est remarquable, monsieur, ajoutai-je en considérant notre hôte aux cheveux bouclés.

Avec ses yeux noirs et sa chevelure huileuse, il évoquait un pêcheur vénitien peint par Bellini, mais son parler venait tout droit de Billingsgate.

Il rit.

— Remarquable… pour un Italien.

— Êtes-vous italien ? interrogea Oscar.

— *Completamente*, affirma le sacristain avec un accent italien aussi impeccable que l'était son cockney. Mais j'suis né pas loin de London Bridge, à portée d'oreille des cloches de St Mary-le-Bow[1].

1. La portée des cloches de l'église St Mary-le-Bow, dans l'est de Londres, définit, selon la tradition, la zone d'où sont originaires les « vrais » cockneys.

Et j'ai vécu à Londres jusqu'à onze ans. Ma mère était cockney. Et cuisinière.

— Et la meilleure de chaque, j'en suis certain, renchérit complaisamment Oscar.

— Elle avait rencontré mon père tout juste neuf mois avant ma naissance.

— Mais votre père, lui, était italien…

— *Assolutamente, del tutto*. Il était romain jusqu'à la moelle.

— Et que faisait-il en Angleterre ?

— L'avait accompagné le cardinal Wiseman, en 1850, quand la hiérarchie romaine a été rétablie et que le cardinal est devenu le premier archevêque de Westminster. Mon père faisait partie de son équipage en tant que sacristain adjoint, chargé des vêtements sacerdotaux et de l'orfèvrerie et de l'argenterie sacrées. C'était la première fois qu'il allait à l'étranger. L'a seulement passé une ou deux semaines à Londres, mais ça lui a suffi. L'était jeune et l'avait l'sang chaud.

— Et italien.

— Oui, Mr Wilde. En tout cas, ma conception n'a p't-être pas été immaculée, mais elle s'est faite dans l'bonheur, et mon vieux, quoique pas exactement un gentleman, a eu l'honnêteté de donner à ma mère son nom et son adresse. À partir du moment où il a su pour les gamins, il lui a envoyé quelques lires dès qu'il le pouvait. Quand j'avais onze ans, son propre père est mort, l'est devenu sacristain ici et l'est v'nu me chercher pour le seconder.

— Et votre mère ne s'y est pas opposée ? demanda Oscar.

— Elle avait Augustus. Augustus, ça a toujours été son préféré. Et puisqu'on était jumeaux et qu'on s'ressemblait tellement, elle disait que ça ne lui faisait pas grand-chose. Quand elle voit Augustus, c'est comme si elle me voyait aussi. C'est c'qu'elle dit.

— Elle est philosophe, considéra Oscar.

— Elle vit toujours du côté de London Bridge ?

— Non, elle a déménagé dans l'ouest. Elle vient presque chaque soir donner un coup de main en cuisine chez *Willis*. Pas pour l'argent, mais parce qu'elle aime ça. Son plus grand bonheur, c'est d'être au fourneau. Elle habite à Bloomsbury maintenant, comme ça elle peut rentrer à pied. Elle a une jolie maison, deux étages, quat' pièces. J'ai fait d'mon mieux pour l'aider. C'est c'que font les fils en Italie, vous savez, aider leur mère.

Il frappa sans bruit dans ses mains et les frotta avec une expression de satisfaction filiale. À l'occasion de ce geste, je remarquai pour la première fois qu'il portait l'anneau d'or rose.

— Une tasse de thé, messieurs ? dit-il soudain, comme s'il venait de s'arracher à un songe.

Il sourit, révélant ainsi de petites dents très blanches, et, élargissant ses yeux noirs et brillants comme des olives, ajouta :

— Avec une goutte d'eau-de-vie ?

Il se dirigea vers l'escalier de gauche et nous gravîmes à sa suite les quelques marches qui menaient, par une voûte de pierre, jusqu'à la salle voisine. Plus vaste que la précédente et dépourvue de fenêtre, elle était carrelée et lambrissée de panneaux de bois sombre. Il y avait des lampes à gaz sur tous les murs et, entre chaque paire de luminaires en cuivre, était accrochée une des toiles colorées du père Bechetti. La plus frappante d'entre elles était un portrait grandeur nature d'une jeune fille. Elle était assise sur un rocher, tout de blanc vêtue, un missel et un chapelet sur les genoux. Ses cheveux dorés lui retombaient en tresses sur les épaules. Sa peau était aussi pâle que la neige (et plus blanche que sa robe) bien qu'elle eût les lèvres rouges et les joues teintées de rose. Elle avait les sourcils sombres et marqués, et les yeux baissés. Elle ne souriait pas, pas plus qu'elle n'avait l'air triste. Elle se tenait simplement assise sur cette pierre, perdue dans ses pensées. Autour de sa tête, on devinait l'esquisse d'une auréole.

Au centre de la pièce se trouvait une grande table ronde en chêne ciré, entourée de six chaises.

— C'est notre petit réfectoire, expliqua Cesare Verdi. C'est ici que nous prenons le thé et que nous dînons. Fort bien, d'ailleurs. Son Éminence le cardinal Felici y veille.

— « Nous » ? releva Oscar.

— Très juste, Mr Wilde. Je ne dîne pas avec mes prêtres. Je les sers d'abord, puis je dîne seul, mais à la même table. C'est ma table, ma sacristie.

— Et ce sont « vos » prêtres.

— C'est comme ça que je les considère. Ils ne sont que cinq à vivre ici, dans les cellules qui se trouvent à l'étage. Ce sont les chapelains du pape et mon rôle est de m'occuper d'eux. Ils prient pour moi, et moi, je suis à leur service.

— Je suis sûr que vous les traitez royalement. Comme on sait le faire chez *Willis*.

— Ils n'en demandent pas tant. Le frère Matteo est capucin, et ses repas sont naturellement assez frugaux : du pain, de l'eau, des légumes et des fruits, pas de viande, pas de fromage. Et ce pauvre vieux père Bechetti a perdu son appétit avec ses dents. En fait, il n'y a que les trois éminences qui font vraiment honneur aux repas. Asseyez-vous, messieurs.

C'est ce que nous fîmes tandis que Cesare Verdi gagnait, au fond de la pièce, une desserte auprès de laquelle il s'affaira, chargeant un plateau de tasses et de soucoupes, et allumant un bec de gaz sous une grosse bouilloire noire qui se mit à gémir et à siffler presque aussitôt.

— Nous connaissons déjà le cardinal Felici et le cardinal Breakspear, observa Oscar.

— Son Éminence le cardinal Tuminello vous plaira, repartit le sacristain, tout en transférant des cuillerées de thé d'une boîte métallique vers une élégante théière en porcelaine Royal Crown Derby. Il est intéressant. Exorciste du Vatican, qu'il est.

— Alors lui aussi est capable de voir le démon dans vos yeux, Cesare, répliqua Oscar.

— Le démon, il le voit *partout* ! s'esclaffa le sacristain en remplissant la théière d'eau bouillante.

— Qu'est-ce que ceci ? demandai-je en désignant le grand plat circulaire en étain qui occupait le centre de la table.

S'y élevait ce que j'avais d'abord pris pour un assortiment de fruits confits, mais qui, vu de plus près, se révéla un amoncellement de pierres précieuses enveloppées dans une sorte d'étole de fourrure.

— Un modèle de nature morte pour le père Bechetti ?

— Non, il n'a pas peint un tableau depuis dix ans. L'a perdu les yeux en même temps qu' les dents. Ça, c'est les joyaux de la couronne pontificale.

— Et ceci, c'est l'émeraude de la légendaire tiare de Jules II ? interrogea Oscar, qui s'était penché en travers de la table et avait pris entre ses doigts une pierre vert sombre de la taille d'un œuf de pluvier.

— Oui. Elle est belle, pas vrai ? J'dois leur donner un p'tit coup de chiffon. Le Saint-Père souhaite porter sa couronne lors de sa prochaine messe. L'a un faible pour le trirègne. L'en est plutôt fier. Et pourquoi pas, après tout ?

— « *Papa tantae est dignitatis et cesitudinis, ut non sit simplex homo, sed quasi Deus, et Dei vicarius*[1] », déclama Oscar, qui replaça l'émeraude avec les autres pierres.

— « *Hinc Papa triplici corona coronatur tanquam rex coeli, terrae et infernorum*[2] », répondit le sacristain. Vous voulez voir les tiares, Mr Wilde ? Nous en avons des centaines, des *centaines* ! L'sont toutes ici, dans la sacristie. Je vous f'rai visiter tout à l'heure. Avec votre ami, bien sûr.

Le sacristain tourna ses éclatants yeux noirs vers moi et, de nouveau, découvrit ses petites dents blanches.

— J'ai pas réussi à retenir vot' nom, monsieur.

1. « Si grande et si haute est la dignité du pape qu'il n'est pas simplement homme, mais presque Dieu et le vicaire de Dieu. » (*N.d.A.*)

2. « C'est pourquoi le pape est couronné d'une triple couronne, en tant que roi du ciel, de la terre et des enfers. » (*N.d.A.*)

— Conan Doyle. Arthur Conan Doyle. Docteur.

— Ah, gloussa-t-il tout en agitant énergiquement la théière qu'il avait prise par le bec et la poignée. Celui de Sherlock Holmes. Mes prêtres, ils en raffolent, de leur Sherlock Holmes.

— J'en suis honoré, dis-je.

— Et ça ? continua Oscar, qui, toujours absorbé par le plat d'étain, désignait à présent le cylindre de fourrure qui entourait le monticule de pierreries. C'est de l'hermine ? Ça ressemble plus à un manchon de dame qu'à une étole pontificale.

— C'est une belette ! annonça Cesare Verdi avec un éclat de rire.

Il posa la théière sur la desserte, marcha jusqu'à la table et souleva le paquet de fourrure. En se dépliant, les pattes et le museau de l'infortunée créature se balancèrent dans notre direction.

— Oh, mon Dieu ! s'écria Oscar, qui s'écarta en frémissant de la table. C'est épouvantable !

Notre hôte avait pris l'animal par la peau du cou. En comptant la queue, la pauvre bête, maigre et tout en longueur, devait mesurer trois pieds. Sa gueule pointue semblait nous adresser un sourire grotesque ; elle avait les yeux grands ouverts et figés, les babines retroussées et les dents serrées.

— Que fait-elle ici ? demandai-je.

— C'est pour le dîner, répondit le sacristain. Nous allons la manger.

— Par Dieu, pourquoi ? s'émut Oscar.

— Parce que mon frère en Christ, Son Éminence le cardinal Breakspear, est déterminé à mettre tout le règne animal dans son assiette. Il s'y tient obstinément, pour démontrer la supériorité de l'homme et pour me faire enrager.

Cette réponse avait été formulée en italien. Sur le moment, je ne l'avais pas comprise : c'est Oscar qui, plus tard, me l'avait traduite. Mais j'avais immédiatement deviné que frère Matteo en était l'auteur.

Le frère capucin était en haut de l'escalier qui menait jusqu'à la salle à manger, sous l'arche de pierre. C'était un homme d'une soixantaine d'années, grand et mince, barbu mais pâle. Il portait l'habit couleur café de son ordre, capuchon rejeté en arrière. Il se tenait la tête haute ; à son cou, pendait une mince cordelette de fil grossier ; il avait le cheveu blanc et rare. Je baissai les yeux sur ses pieds. Ils étaient nus et calleux. Je regardai ses mains. C'étaient des mains d'ouvrier. Il ne portait pas de bague. Je n'avais pas saisi le sens de ses paroles, mais, à la lueur dans ses yeux gris et à l'aménité de son attitude, je compris que ce devait être une remarque amusante.

Je me levai, aussitôt imité par Oscar. Axel Munthe, qui suivait le moine, nous présenta. On se serra la main, on plaisanta à mi-voix. Ses propos me demeurèrent mystérieux, mais je reconnus plus d'une fois le nom de Sherlock Holmes, et j'opinai du chef pour signifier ma gratitude, tout en faisant de mon mieux pour cacher mon agacement.

Le sacristain étendit la belette morte sur la desserte et vint déposer le plateau du thé sur la table.

— *Tè pomeridiano ?* dit-il.

— *Sì, grazie*, répondit le frère, qui nous invita à reprendre place avant de se joindre à nous. Le darjeeling préparé à l'anglaise, avec de l'eau bouillante, est l'une de mes boissons favorites. Et avec tous ses accompagnements traditionnels, le thé est certainement le repas que je préfère. C'est tellement civilisé. Même les capucins ont droit aux sandwichs au concombre. Le cardinal Breakspear est un barbare, un sauvage. Il n'a pas l'impression d'avoir mangé tant qu'il n'a pas senti le goût du sang et, il y a peu, lui est venue cette idée absurde que c'était son devoir de chrétien de manger de chacune des créatures de Dieu, de l'antilope au zèbre.

— Il procède par ordre alphabétique ? demanda Oscar, en italien.

— Il n'y a aucun ordre dans son esprit, seulement de la vanité. Ce n'est pas de la science. C'est de la voracité, et de la perversion. Il y a des enfants sauvages qui vivent dans les bois non loin d'ici, près de la pyramide. Ils fouinent et chassent pour lui, et il les paie pour chaque nouvelle espèce qu'ils mettent dans sa marmite. C'est ridicule. C'est obscène.

Oscar me traduisit l'essentiel des paroles du moine et je hochai la tête avec stupéfaction.

— Est-ce possible ? m'étonnai-je.

— *Sì, è vero*, confirma le sacristain. Buse, ibis, grenouille, chauve-souris, taupe, campagnol – grands ou petits, à poil ou à plume, tous les animaux y passent.

Il ouvrit un tiroir de la desserte et en sortit un petit marteau en argent, long d'environ dix pouces, qu'il nous présenta pour que nous puissions l'examiner.

— C'est avec ça que nous ouvrons les crustacés. La semaine dernière, nous avons eu des araignées de mer. Quoi que les gosses nous apportent, si nous n'en avons jamais mangé, nous y goûtons. C'est la règle de Son Éminence. Si on mange du sanglier, pourquoi pas du loup ? Certains animaux se sont révélés étonnamment savoureux. La viande du porc-épic est très tendre.

Il rangea le marteau.

Frère Matteo rit.

— Et Breakspear sera bientôt cardinal-évêque. Aucun d'entre nous n'en doute. Les voies du Seigneur sont impénétrables.

Tandis que Cesare Verdi nous servait le thé, la silhouette d'un autre ecclésiastique apparut sur le seuil de la pièce. Il se tenait en silence sous la voûte, examinant le groupe assemblé autour de la table. Je fus le premier à le remarquer. À l'instant où nos regards se croisèrent, je crus déceler dans le sien une lueur de reconnaissance, ou bien d'incertitude. Il paraissait intrigué, voire perturbé, par notre présence. À sa ceinture et à sa barrette, il était évident qu'il s'agissait du troisième cardinal, un homme de même âge et de même corpulence que le capucin, mais dépourvu de barbe et de cheveux, au teint bilieux et à l'allure souffreteuse. Il avait les yeux profondément enfoncés sous de lourdes paupières, le front et les joues sillonnés de rides, une peau de fumeur et un nez d'alcoolique. Dès que nous nous fûmes avisés de sa présence, Axel Munthe, Oscar et moi-même nous levâmes et le saluâmes en nous inclinant.

— Éminence, fit Munthe avec amabilité en s'adressant au cardinal Tuminello, permettez-moi de vous présenter deux distingués visiteurs tout juste arrivés à Rome : Mr Oscar Wilde, poète et dramaturge, et le Dr Arthur Conan Doyle, le célèbre créateur de Sherlock Holmes.

Au moment où le prélat me tendit la main, je remarquai l'anneau d'or rose à son doigt. Puis, comme il desserrait sa poigne froide et ferme, ses yeux se révulsèrent, violemment, sa tête bascula en arrière et, sans émettre le moindre son, il s'effondra comme un ballot sur le sol.

11

Quelque chose dans l'atmosphère

— Il est de notoriété publique que l'air de Rome est insalubre. Ce sont des hommes âgés, qui ne mènent pas une existence des plus saines. Je ne crois pas que nous devions considérer le malaise du cardinal Tuminello comme suspect. Il s'est évanoui, il a repris ses esprits. Il n'y a rien à ajouter.

Tel était le jugement mûrement réfléchi d'Axel Munthe, qui nous l'exposait pour la troisième fois de la soirée, alors que nous finissions notre dîner, et notre troisième bouteille de champagne, à l'*Hôtel de Russie*. Oscar avait insisté pour commander le menu – « quelque chose de très simple » : asperges des bois, sanglier aux raisins et aux pignons de pin, *zabaione* aux framboises fraîches –, choisir les vins – « vraiment sans prétention » : barolo italien et champagne français –, et payer le tout – « avec la modeste contribution de ma chère amie, Lady Windermere ».

— Est-ce votre maîtresse, ou votre bienfaitrice ? demanda Axel Munthe.

— Elle fut l'une avant de devenir l'autre, répliqua Oscar d'un ton mystérieux.

— Ah, murmura le médecin, à l'évidence impressionné. En général, cela se passe plutôt dans l'autre sens.

J'intervins.

— Lady Windermere est le personnage principal d'une pièce d'Oscar, *L'Éventail de Lady Windermere*. C'est une comédie délicieuse, et un triomphe considérable. On la donne à Londres depuis février. La critique n'a pas été convaincue, le public, si.

— C'est à la volonté de Dieu que nous devons l'existence des critiques et d'avoir à en supporter le fardeau, déclara Oscar qui embrocha une framboise avec sa fourchette et la trempa dans son champagne. Soir après soir, Lady Windermere me nourrit, et je lui en suis reconnaissant.

— Félicitations, fit Munthe en levant son verre en direction d'Oscar. Comptez-vous vous reposer sur vos lauriers, ou avez-vous d'autres projets ?

— Les deux.

Munthe rit.

— Une autre comédie ?

— Non, répondit Oscar, qui engloutit le fruit et se pencha en avant, soudain sérieux. Ce sera une intrigue criminelle. Une collaboration. Je l'écris avec mon ami Conan Doyle. Nous lui avons donné pour titre : *Sherlock Holmes et l'affaire des chapelains du pape*. Des années de succès garanties.

— Vous êtes ridicule, Oscar, grondai-je.

Oscar se tourna vers Axel Munthe et ouvrit tout grand ses yeux qui s'étaient mis à pétiller.

— Qu'en dites-vous, docteur ?

Munthe sourit et reposa son verre.

— Je crains que vous n'ayez un souci avec cette « intrigue criminelle », mon cher.

— Et lequel, je vous prie ?

— C'est très simple. Vous avez, certes, ce qui pourrait passer pour une intrigue, mais, pour le moment, à ma connaissance, aucun crime.

— Nous avons la main d'un mort ! s'écria Oscar en frappant la table de sa fourchette. Nous avons le doigt d'un mort !

— Oui, fit Munthe, qui riait à présent. Et une touffe de laine. Mais où est le crime ?

— La mort rôde en coulisse ! se défendit Oscar.

— Deux vieux prêtres qui s'évanouissent dans la chaleur de l'été romain, cela ne fait pas un meurtre.

— Ce n'est qu'une question de temps. Arthur et moi ne sommes là que depuis trois jours, et déjà nous avons pénétré à l'intérieur d'un cercle funeste.

Je levai la main en signe de protestation.

— Ne vous emballez pas, mon vieux.

Munthe secoua la tête et sirota une gorgée de vin. Il s'inclina sur le côté et considéra Oscar à travers ses épaisses lunettes.

— Et qui se trouve dans votre « cercle », Mr Wilde ?

— Tous ceux qui portent l'anneau, répondit Oscar calmement. Ce même anneau qui nous a amenés jusqu'ici.

— Qui sont-ils ?

— Pour commencer, le cardinal Felici. Votre patient, docteur. Cet homme dont vous-même aviez envisagé qu'il pût être un assassin lorsque, pour la première fois, vous aviez remarqué cet anneau d'or rose, le soir du décès de sa maîtresse. Et le cardinal Breakspear, le vieux camarade d'école d'Arthur, le tourmenteur d'enfants, l'ambitieux cardinal qui entend manger tous les animaux de la création. Il a l'anneau, lui aussi. Et le cardinal Tuminello, l'exorciste du Vatican, avec sa mine jaune et flétrie. Un autre de vos clients, docteur – la chapelle Sixtine héberge décidément une sacrée bande de cacochymes. Encore un porteur de l'anneau.

Munthe haussa les épaules.

— Trois cardinaux, trois chapelains du pape… Ils portent la même bague ? Qu'y a-t-il de surprenant à cela ?

— Cesare Verdi, le sacristain, un laïc, la porte lui aussi, notai-je.

— Mais pas Joachim Bechetti, le vieux peintre, ni frère Matteo, le bon capucin, ajouta Oscar.

Il se redressa et posa les mains à plat sur la nappe devant lui.

— Pourquoi ? Eux aussi sont chapelains du pape. Eux aussi habitent au-dessus de la sacristie. Pourquoi n'ont-ils pas l'anneau d'or rose ?

— Parce qu'ils n'appartiennent pas à votre « cercle funeste » ? suggéra Munthe.

— À moins que ce ne soit parce que l'un ou l'autre a envoyé le sien à Sherlock Holmes, proposai-je. Comme une sorte d'avertissement codé.

— Ou d'appel à l'aide, renchérit Oscar, qui ferma quelques instants les yeux. Exactement, Arthur.

Il poussa un long soupir, releva les paupières et regarda tout autour de la table en souriant.

— Messieurs, que diriez-vous d'un verre de grappa au salon avant d'aller nous coucher ?

Je dormis bien cette nuit-là. Mon lit de l'*Hôtel de Russie* était, par bonheur, équipé de ressorts silencieux, d'un matelas ferme et de draps blancs et craquants, tout à la fois frais et délassants. Il était neuf heures du matin quand je me réveillai. J'entendis au loin la cloche de Sant'Atanasio dei Greci sonner l'heure. Je me levai, ouvris ma fenêtre et repoussai mes volets : une vague de soleil tiède me submergea.

Je fus surpris de constater qu'Oscar ne se trouvait ni dans sa chambre ni dans la salle à manger. Aussi je pris seul mon petit déjeuner, me contentant d'une tasse de café, d'un œuf à la coque et de pain noir. (Pour quelle raison les cuisiniers du continent sont-ils incapables de faire des toasts ?) Tout en me restaurant, je feuilletais un numéro du *Times* vieux de dix jours, qui m'informa sur des inondations en Suisse, des incendies au Canada, et le retour imminent de Mr Gladstone[1] aux affaires – à quatre-vingt-deux ans. *Plus ça change**… (Pourquoi faut-il que je lise les journaux ? Oscar s'y refuse. Il affirme que les

1. William Ewart Gladstone (1809-1898) fut trois fois Premier ministre entre 1868 et 1894.

nouvelles sont prévisibles, et les hommes politiques plus encore. Il a raison.)

Mon petit déjeuner avalé, je me suis rendu à la réception, pensant qu'un câble en provenance de chez moi m'y attendrait peut-être. Ce n'était pas le cas (contrairement à Oscar, ma chère épouse n'a pas l'extravagance d'envoyer des télégrammes quand rien d'urgent ne le nécessite), mais j'y trouvai un mot d'Oscar me demandant de le rejoindre dans un café sur la piazza à côté de la Porta del Popolo. J'allai chercher mon chapeau de paille (dont j'avais ôté le ruban bleu) et, à dix heures, j'étais en route pour retrouver mon camarade.

Comme je prenais sur ma droite la Via del Babuino en sortant de l'hôtel, je reconnus la silhouette élégante de Mr James Rennell Rodd, attaché à l'ambassade britannique et « ennemi » déclaré d'Oscar, qui venait dans ma direction. Nos yeux se croisèrent. Je soutins son regard et, à mon étonnement, Rennell Rodd ne se détourna pas. Alors qu'il s'approchait, il porta tout au contraire la main à son chapeau pour me saluer et me sourit avec une certaine amabilité. Parvenu à ma hauteur, il s'arrêta un instant et, relevant légèrement les pointes cirées de ses moustaches du revers de ses doigts, il déclara :

— *Buongiorno*, Dr Doyle. Voilà le genre de journée qui m'inspire de la reconnaissance pour mon affectation.

— Bonjour, monsieur, répondis-je.

— Et comment va ce prêtre ? s'enquit-il. Ce vieux père aveugle du Vatican ? A-t-on des nouvelles ?

— Il va mieux, je crois.

— Vous m'en voyez soulagé. On ne peut jamais être tout à fait sûr quand le « Dr Mort » est appelé.

— Vous voulez parler du Dr Munthe ?

— C'est exact, monsieur, répondit Rennell Rodd en lissant sa moustache. Il a une certaine réputation… Il se vante d'« en finir » avec ses patients âgés comme s'il s'agissait de chiens errants. Pour l'instant, à ma connaissance, personne ne s'en est jamais vraiment plaint, mais puisqu'ils sont morts, je suppose que c'était peu probable.

Il rit à sa propre plaisanterie, et ajouta :

— À vrai dire, je n'ai aucune idée du fondement de ces rumeurs.

— Le Dr Munthe semble connaître son métier, murmurai-je.

— Et avez-vous rencontré la créature qui vit avec lui ? Extraordinaire !

— Non, je n'ai pas encore eu ce plaisir.

Rennell Rodd poussa un petit grognement, huma l'air alentour, et, de l'index, repoussa délicatement ses sourcils vers le haut.

— Je crois que les Suédois sont plus impénétrables encore que les Chinois, pas vous ?

Comme je demeurais silencieux (je ne trouvais rien à répondre), le diplomate anglais hocha la tête, porta de nouveau la main à son chapeau et reprit son chemin d'un pas vif.

Une minute ou deux plus tard, comme promis, je trouvai Oscar sur la piazza, à la terrasse d'un café près de la Porta del Popolo. Il était seul, installé à une table ombragée, et, vêtu d'un costume de toile couleur citron vert, il lisait tout en sirotant un grand verre de tokay allongé d'eau de Seltz.

Tandis que je tirais une chaise pour me joindre à lui, il me tendit son livre.

— Cet ouvrage a été écrit pour nous, Arthur. Il s'intitule *Le Voyage des innocents*.

Je souris.

— Le titre me plaît, dis-je.

— Et vous aimerez le contenu. C'est un récit de voyage : Mark Twain au sommet de son art, lucide et ironique. Il débute ici, à Rome, parmi les ossements des moines capucins. Je suis captivé.

Il m'adressa un sourire radieux.

— Votre matinée a-t-elle été intéressante ?

— Je viens à l'instant de croiser Mr Rennell Rodd.

— Je l'ai vu également, ici, sur la piazza.

— Il vous a parlé ?

— Non. Il m'a ignoré. Délibérément. Il est passé juste à côté de moi et il a regardé ailleurs.

— Êtes-vous sûr qu'il vous a vu, Oscar ?

— Il m'a vu et je l'ai vu. Il était en compagnie des Infidèles de Rome.

Je le dévisageai sans comprendre.

— Nos garçons, fit-il avec un sourire en coin.

— Nos garçons ? Vous voulez parler de ces deux petits chenapans ?

— Oui. Romulus et Remus. Le fameux « duo » de Munthe. Les chasseurs de Breakspear.

— Rennell Rodd était en discussion avec ces deux…

Je n'achevai pas ma phrase.

Mon embarras fit rire Oscar.

— Oui, Arthur. En *grande* discussion. Ils étaient là-bas, près de l'obélisque, au beau milieu de la place.

— Mais c'est un gentleman ! Il est premier secrétaire de l'ambassade britannique. Que peut-il avoir à faire avec ces deux va-nu-pieds ?

— Peut-être leur commandait-il un gigot de blaireau pour le dîner de l'ambassadeur, ou bien prenait-il pour lui-même un rendez-vous d'une nature toute personnelle.

Je fixai mon ami.

— Qu'êtes-vous en train d'insinuer ?

— Quand Rennell Rodd et moi étions à Oxford, nous étions tous deux disciples du grand critique d'art Walter Pater. Il était notre professeur et notre mentor. Nous lisions sa *Renaissance*. C'est Pater qui, le premier, nous enseigna la « beauté des péchés flamboyants ». C'est lui qui nous a appris qu'une personne cultivée doit rechercher autant d'exquises expériences que possible – goûter à tous les fruits de tous les arbres de tous les jardins du monde. Rennell Rodd a peut-être tout simplement demandé à ces garçons quels savoureux plaisirs se peuvent cueillir dans les vergers sauvages derrière la pyramide.

— Ce que vous suggérez est révoltant, Oscar, m'insurgeai-je avec le plus grand sérieux. Et calomnieux.

— Ce sont de jolis garçons, repartit Oscar avec malice. Et je suis sûr d'avoir vu Rennell Rodd jouer avec sa moustache.

— Ces gamins n'ont pas plus de quatorze ou quinze ans ! protestai-je.

— Dans la Grèce antique..., commença Oscar en souriant.

— Mais nous sommes dans la Rome moderne, Oscar, le coupai-je avec force.

— Dans ce cas, fit mon ami, qui alluma une cigarette, puis souffla l'allumette, contentons-nous de supposer qu'il n'était intéressé que par une belette ou une hermine, comme Breakspear.

Un serveur venait de faire son apparition à notre table. Je commandai un verre de grenadine avec du soda.

— Que pensez-vous de lui ? demandai-je après quelques instants, ravi d'avoir cette opportunité de changer de sujet. Je trouve curieux qu'il ait mis tant d'empressement à nous inviter à prendre le thé pour finalement ne pas venir lui-même.

Oscar tira une bouffée de sa cigarette.

— Il s'est montré fort discourtois, je vous l'accorde, dit-il. Mais il y a pire : j'ai l'impression que le cardinal Breakspear n'est pas aussi original que cela, ce qui, étant donné sa qualité de jésuite, est assez étonnant.

— Que voulez-vous dire ?

— Je veux dire qu'il emprunte ses idées à d'autres. Cette lubie de vouloir manger de tous les animaux, par exemple…

— « Goûter à tous les fruits de tous les arbres »…

— Cela n'a rien d'exceptionnel. Loin de là. Breakspear n'était pas né que le Dr Buckland, un paléontologue qui fut chanoine du collège de Christ Church, à Oxford, et doyen de Westminster, le faisait déjà. Panthère, crocodile, mouche, pou : rien ne le rebutait. Buckland était, au sens propre, omnivore. Un jour, se trouvant en présence du reliquaire où était conservé le cœur de Louis XIV, il déclara : « J'ai mangé bien des choses étranges au cours de ma vie, mais jamais le cœur d'un roi. »

Et avant que quiconque ait pu l'en empêcher, il avait avalé le précieux organe. Son fils, Frank, que j'ai connu, a continué cette tradition familiale en organisant chez *Willis* des dîners extraordinaires, où figuraient au menu des limaces de mer, du kangourou et de la trompe d'éléphant. Les Buckland étaient d'authentiques excentriques. Chez Breakspear, il y a quelque chose qui sonne faux.

— Ces singuliers banquets se déroulaient chez le *Willis* de St James's ?

— Oui, le même *Willis*, où la mère de notre sacristain aide en cuisine et où son frère jumeau, Gus Green, est *maître d'hôtel**.

— En plus d'être un de vos excellents amis.

— Un bon *maître d'hôtel* est le meilleur ami d'un gentleman. Je connais Gus. J'ai confiance en lui. Mais il y a quelque chose en Cesare Verdi qui ne me dit rien qui vaille.

— Il m'a paru tout à fait convenable.

— Avez-vous remarqué ses vêtements ?

— Pas particulièrement. Il m'a semblé bien habillé.

— Exactement. Il portait une chemise en soie. Avec des boutons de manchette.

— Et vous trouvez cela suspect ?

— Pour un sacristain, c'est plutôt surprenant.

Oscar écrasa le restant de sa cigarette dans le cendrier qui se trouvait sur notre table, avant de vider son verre. Inspirant profondément, il gonfla la poitrine, se leva et balaya la piazza du regard.

— Nous en saurons plus très bientôt, ajouta-t-il. Dès cet après-midi, à vrai dire.

Il se rassit et sortit de sa poche une petite enveloppe qu'il me tendit.

— Remarquez les clés gaufrées au verso. C'est une lettre du cardinal Felici. On l'a déposée à notre hôtel avant le petit déjeuner. Il s'excuse pour le fiasco d'hier et il nous réinvite, pour de bon cette fois, aujourd'hui. Le *circolo inglese* du Saint-Siège prendra le thé à cinq heures cet après-midi, à l'anglaise, et requiert le plaisir de notre compagnie.

Il me regarda droit dans les yeux.

— Voici ce que nous sommes venus chercher, Arthur. Le mystère va commencer à se dénouer, j'en suis convaincu. Et je crois que la vérité va nous apparaître plus sombre que vous n'osez l'imaginer.

— Qu'est-ce qui vous fait dire cela ?

— Parce que ce sont un doigt et une main coupés qui nous ont amenés jusqu'ici, et parce que la personne qui les a envoyés n'a pu le faire que poussée par le désespoir.

Il fit signe au garçon de nous apporter l'addition, puis il repoussa sa chaise et se leva.

— En attendant, quelles autres avenues allons-nous explorer ? demandai-je.

— Aucune, répondit-il sans ambages. Nous avons nos entrées au Vatican, c'est tout ce qui compte.

— Dans ce cas, je suppose que je ferais mieux de poursuivre l'excavation de ma sacoche de courrier, déclarai-je dans un soupir. Après tout, c'est pour cela que je suis venu sur le continent.

— Oubliez votre correspondance, Arthur. La Société d'horticulture de Godalming peut attendre.

Il posa une main sur mon épaule.

— C'est une belle journée, mon ami. Nous devons prendre l'air.

Puis, avec une mine de conspirateur, il ajouta :

— Suivez-moi. Je vous réserve une surprise.

12

Un sac de sable !

Tandis que nous quittions l'ombre du café pour gagner la chaleur de la piazza ensoleillée, je fus saisi d'une appréhension.

— Nous n'allons nulle part où nous risquerions de croiser ces pauvres garçons, j'espère ?

Il rit.

— Nulle part de la sorte. Ces « pauvres garçons » ont pris la poudre d'escampette. Rennell Rodd semble les avoir terrorisés.

— Vous m'en voyez soulagé. Mais où allons-nous ? Nous prenons un véhicule ?

Mon ami nous entraînait vers la station de *carrozze* à l'angle nord-est de la place, près de l'église Santa Maria.

— D'une certaine façon… Mais d'abord, nous avons une colline à gravir.

Nous atteignîmes l'église, la dépassâmes, laissâmes derrière nous la file de fiacres, et quittâmes la piazza en empruntant une volée de marches de pierre, puis un étroit passage sablonneux qui cheminait entre les arbres et les buissons jusqu'à une pente abrupte. Il n'était pas dans le tempérament d'Oscar de se mettre en quête d'un relief à escalader.

— Mais enfin, où allons-nous ? insistai-je.

— Sur le chemin de l'amour. Après tout, nous sommes à Rome. Et je vous avais promis de l'aventure.

— Vous me rendez nerveux, Oscar.

— Je veux vous rendre heureux, répliqua-t-il en engageant l'ascension. « Ne sont point pécheurs ceux qui pèchent par amour. »

— Vous me rendez *très* nerveux, Oscar. Est-ce de Keats ou de Shelley ?

— De Wilde. *La Duchesse de Padoue*. Toutefois, je m'enorgueillis de penser que l'un comme l'autre n'aurait pas été mécontent de la réplique. Ils ont tous deux foulé ce sentier en leur temps, vous savez ?

Il marqua une pause et déboutonna sa veste.

— Je vous emmène aux jardins du Pincio, Arthur. La *Collis Hortulorum* des empereurs romains. C'est ici que Néron est venu se délasser un certain soir d'été et que Keats a flirté avec Pauline Borghese, la sœur de Napoléon.

Au fur et à mesure de la montée, son pas se faisait plus lent.

— C'est, paraît-il, un raccourci. C'est le cireur de chaussures de l'hôtel qui me l'a recommandé. J'espère que lorsque nous serons arrivés, vous trouverez que l'effort valait la peine.

Il la valait amplement. Quand nous fûmes parvenus au sommet, nous nous retrouvâmes, une fois sortis des arbres et des fourrés, devant un véritable jardin d'Éden : aussi loin que portait le regard, s'étendaient des hectares de verdure enchanteresse, agrémentés de terrasses et de parterres, de fontaines sculptées qui glougloutaient et de plates-bandes débordant de fleurs, de larges avenues et d'allées ombragées.

Nous n'étions pas seuls : c'était un samedi, et, par des voies moins ardues et détournées que celle suggérée par le cireur de notre hôtel, les Romains à la mode avaient afflué vers le Pincio pour s'y promener le long de la *passeggiata*. À l'évidence, il aurait été possible de venir en voiture : calèches et cabriolets, coupés et phaétons se pressaient dans les allées. Il y avait des nourrices poussant des landaus, des enfants sur des tricycles et un jeune prêtre juché sur un grand-bi qui s'efforçait de prendre un air dégagé.

— Tout cela est charmant, Oscar ! m'exclamai-je.

— Et il règne ici une fraîcheur bienvenue après la chaleur de la piazza. Par là, dit-il en indiquant la direction d'un kiosque où un ensemble pittoresque de musiciens en costume d'opérette interprétait des airs de Rossini et de Berlioz. Allons sur le pré.

— Toute l'humanité est représentée ici, remarquai-je après que nous eûmes croisé deux anciens militaires, clopinant bras dessus, bras dessous (ils n'avaient à eux deux que deux jambes et deux béquilles), suivis d'un trio de jeunes nonnes (qui mangeaient des glaces en gloussant) et d'un solitaire mendiant africain qui portait un anneau dans le nez et un perroquet sur l'épaule.

— Presque, considéra Oscar en tendant le visage dans la brise. On pourrait peut-être même trouver un assassin.

— Ça, c'est extraordinaire ! m'enthousiasmai-je.

Après avoir dépassé le kiosque à musique pour gagner le sommet de la colline, nous étions parvenus à ce qui, sans mentir, ressemblait en tout point à la place d'un village anglais. C'était une petite esplanade rectangulaire, tapissée de gazon dru, parsemée de fleurs sauvages et bordée d'allées gravillonnées parfaitement entretenues. Au centre, retenu au sol par des cordes tendues à des piquets métalliques, se trouvait un panier en osier – pas plus grand que les cabines où les messieurs prennent, à leur club, des bains de vapeur – surmonté d'un superbe ballon multicolore, gonflé à l'air chaud et haut d'une quinzaine de pieds. On aurait dit une illustration tirée d'un livre d'histoires pour enfants, mais c'était plus beau qu'une image, car, à quelques pas seulement du panier, et plus adorable que jamais, se trouvait Catherine English. Elle portait une robe à rayures blanches et bleuet, assortie de rubans bleu marine à la taille et sur son chapeau. Elle ne paraissait pas le moins du monde surprise de me voir.

— Bonjour, Dr Conan Doyle, fit-elle en me tendant la main, non pour serrer la mienne, ainsi que je pus m'en rendre compte, mais pour m'attirer auprès d'elle. Vous arrivez juste à temps.

— Ça, c'est extraordinaire ! répétai-je. Que faites-vous ici ?

— C'est une idée de Mr Wilde, dit-elle, en me maintenant à ses côtés.

— C'était celle du révérend English, corrigea Oscar. Je l'ai rencontré ce matin sur la piazza et il m'a parlé d'une excursion en ballon. Je lui ai donné l'argent nécessaire, et nous voici.

— Alors en route ! lança Miss English en me tirant par le bras. Il *faut* y aller. J'ai fait attendre tout le monde pour vous.

— Votre frère vient avec nous ? demandai-je.

— Non, il n'y a que nous.

Elle se retourna et m'entraîna vers la nacelle. La chose était exiguë, soixante-dix pieds carrés tout au plus, et ses flancs ne dépassaient pas quatre pieds de hauteur. Dans l'un d'eux s'ouvrait un étroit portillon qui permettait l'accès. Une douzaine de passagers étaient déjà entassés à bord, et ils attendaient, impatients, alignés épaule contre épaule autour du panier, chacun serrant à une ou deux mains l'un des cordages bandés qui reliaient les pans de la nacelle au ballon au-dessus d'elle. À l'intérieur, un homme d'âge mûr, petit et replet avec des cheveux noirs, maintenait le portillon ouvert et s'adressait à nous en gesticulant. Il s'agissait du capitaine de l'aérostat. Il portait un costume de gondolier vénitien – maillot de corps rayé bleu et blanc, et foulard rouge –, mais ses mains sales et son visage moite, basané, couturé et barré d'un bandeau qui lui cachait un œil évoquaient plutôt un flibustier de pantomime.

— Robert Louis Stevenson est *forcément* venu ici en vacances, marmonna Oscar tandis que nous approchions.

— *Scusi, comandante !* s'excusa Miss English comme nous montions à bord.

Le capitaine pirate referma le portillon d'osier et le verrouilla au moyen d'une simple cheville de bois.

— Vous croyez qu'il sait ce qu'il fait ? demandai-je à voix basse.

— Au royaume des aveugles..., murmura Oscar en se calant dans un coin du panier.

L'un des traits les plus inattendus de mon ami Oscar Wilde était qu'en dépit de sa corpulence et de ses attitudes d'esthète indolent il n'était pas dénué d'un certain courage physique. C'était un homme imposant qui savait se défendre et utiliser ses poings. Il ne recherchait ni le danger ni, par principe, aucune sorte d'équipée sportive, mais, quand il se trouvait face à l'un ou contraint à l'autre, il prenait la chose avec calme et ne manifestait aucun défaut de volonté ou d'énergie.

Une fois le portillon fermé, notre capitaine se dirigea vers le centre de la nacelle, où, posé sur le plancher, un brasero de la taille d'une corbeille à papier brûlait avec force. Il se pencha sur ce qui était, en définitive, le moteur de son navire et, de sa main nue, actionna des valves et ouvrit des clapets, de sorte que le puissant courant d'air chaud qui montait déjà du feu se mua en un flot rugissant. Il se rendit ensuite aux quatre coins du panier où, dans un italien à peine compréhensible, il demanda à deux des passagers masculins qui s'y trouvaient de ramasser sur le sol un sac de lest et de le garder entre leurs bras. Dans notre coin, ce fut Oscar et moi qu'il choisit pour être ses lieutenants.

— Qu'est-ce que nous devons soulever ? cria Oscar par-dessus le grondement.

— Un sac de sable, lui répondis-je de même.

Nous le hissâmes entre nous.

— Un *sac de sable* ! s'écria Oscar en feignant l'indignation, comme outragé par l'impertinence de la demande du capitaine. J'avais réservé en première classe !

Je ris, mais, au même moment, la nacelle commença à se mouvoir latéralement, et Miss English s'accrocha à moi avec inquiétude. Sur la pelouse alentour, des hommes larguaient les amarres qui retenaient le ballon au sol. Sans cesser de tanguer, nous commençâmes à nous élever dans les airs. Nous nous balancions d'un côté à l'autre, secoués par le vent, et, tout en oscillant, l'aérostat nous emportait de plus en plus haut à une vitesse effrayante.

Nous comprîmes presque immédiatement que quelque chose n'allait pas. Le panier penchait de manière alarmante. Notre coin plongeait à pic vers le sol. D'autres passagers se mirent à nous crier quelque chose, une femme commença à hurler. Depuis le centre du vaisseau, le capitaine se fraya un passage jusqu'à nous, écarta brutalement Miss English, et, tout en glapissant « *Accidenti !* », il nous arracha des mains le sac de sable que nous tenions encore et le précipita par-dessus bord.

La nacelle se remit aussitôt d'aplomb.

— Grand Dieu ! m'écriai-je. Nous aurions pu provoquer un accident.

Catherine English tendit vers moi son visage fouetté par le vent et, entre ses rires, me cria :

— « *Accidenti !* » est un juron. Le pire qui soit. Il signifie : « Puissiez-vous mourir brutalement sans le secours d'un prêtre. »

Oscar partit lui aussi d'un éclat de rire.

— Voler n'est pas aussi facile que ça en a l'air. Pas étonnant qu'Icare ait fini par avoir des problèmes.

Notre ballon nous emportait de plus en plus haut. Progressivement, à mesure que nous nous élevions dans le ciel, nos oreilles s'habituaient au ronflement du moteur à combustion et nos yeux s'attachaient aux merveilles qui nous entouraient : les nuages au-dessus de nous et la terre au-dessous.

— Je comprends pourquoi les dieux se plaisent à ces altitudes, remarqua Oscar. Vus d'ici, les gens paraissent si petits.

Il était d'excellente humeur. Il lança quelque chose en italien au capitaine, qui lui répondit avec un rire moqueur.

— Que se passe-t-il ?

— Je lui ai demandé si nous pouvions survoler le Vatican pour apercevoir le pape dans son jardin. Apparemment, c'est impossible. On monte, on descend. Le Vatican est hors d'atteinte. *Proibito*.

Le capitaine pirate s'approcha de nous tout en parlant. Dans la main droite, il tenait une petite longue-vue en cuivre. Avec un geste théâtral, il la colla à son œil aveugle et, se tournant vers l'ouest en direction du Vatican, il attira l'attention d'Oscar sur la place Saint-Pierre. Il lui tendit la lunette en baragouinant quelque chose d'un ton amusé.

— Que vous montrait-il ? demandai-je.

— Le peloton de *carabinieri* qui monte la garde à la frontière du Saint-Siège. Il dit qu'ils ne servent à rien et qu'ils sont corrompus, mais qu'ils représentent néanmoins la loi, et qu'à ce titre il faut leur obéir.

Poursuivant son charabia et ses gesticulations, le capitaine désigna du doigt la place Saint-Pierre.

— Maintenant, il m'indique le peloton de gardes suisses en ajoutant que les hommes du pape ne valent pas mieux. Il dit que la corruption est partout, sauf ici, dans ce ballon, parce que nous sommes plus près du paradis et que nos vies sont entre ses mains et celles de Dieu, et ne dépendent de personne d'autre.

Oscar s'inclina devant le capitaine et dénicha dans sa poche une pièce d'argent à lui donner. L'homme accepta le pourboire et informa Oscar qu'il pouvait garder la lunette pendant qu'il retournait à sa tâche. Mon ami ajusta de nouveau l'instrument et reprit son observation du Vatican.

— Notre roi des forbans a résolu le mystère pour nous, n'est-ce pas, Arthur ? dit-il. Du moins en partie.

Je ne répondis pas. Je sentais Catherine English tout près de moi. Oscar sembla lire dans mes pensées.

— Quelle impolitesse de ma part, Miss English ! déclara-t-il tout à coup. Je me suis laissé aller à ma griserie. Tenez, prenez la longue-vue du capitaine et contemplez le paysage. Vous le devez.

Il tendit la lunette à la jeune femme et, comme elle la portait à ses yeux, il entreprit d'orienter son attention.

— Regardez juste au-dessous, vous voyez votre église ? Et en suivant la rue, Sant'Atanasio dei Greci ? Et là, plus loin vers le sud, le couvent des capucins dont parle Mark Twain. Vous le connaissez ?

— Je connais *Le Voyage des innocents*. C'est un de mes livres préférés. Et je connais ce couvent où sont enterrés tous les frères capucins.

Elle jeta un nouveau coup d'œil à travers l'instrument.

— Mais je n'arrive pas à le voir. Il y a tellement d'églises là-dessous ! Je reconnais la pyramide de Cestius, cependant. Et le Panthéon. Et le Colisée. Et les bas quartiers.

— Rien ne change, philosopha Oscar. Deux mille ans et le problème de l'esclavage perdure. Nous essayons de le résoudre en amusant les esclaves.

Maintenant la longue-vue en position, Catherine English balaya l'horizon en la faisant glisser lentement, méthodiquement, de gauche à droite. Je suivis son regard tout en lui tenant le coude pour l'aider à conserver son équilibre dans le vent. Oscar était agrippé à deux mains au rebord du panier et regardait en contrebas.

— Et voici, étendue devant nous pour que nous puissions l'admirer, Rome, dans toute sa gloire – et ses turpitudes.

La jeune femme me confia la lunette et sourit à Oscar.

— D'ici, tout me paraît beau.

Oscar lui rendit son sourire.

— L'éloignement atténue les défauts, dit-on.

— Je suis d'accord avec Miss English, déclarai-je avec ferveur. Tout ce que je vois est magnifique.

— Oui, renchérit-elle. C'est le paradis.

— Mais même au paradis, la nouveauté finit par lasser.

Oscar leva les yeux au ciel et soupira.

— Quand on a vu un nuage, on les a décidément tous vus. Wordsworth a toujours été surestimé.

Nous rîmes de bon cœur et, avec quelque difficulté, je parvins à convaincre mon camarade de ne pas fumer.

Le voyage en ballon ne dura pas longtemps. Moins de quarante minutes après avoir été emportés vers les cieux dans notre panier, nous étions de retour sur la terre ferme.

— Vous pouvez prendre une cigarette, maintenant, dis-je à Oscar alors que nous venions de débarquer et que, nous tenant malaisément dans l'herbe, nous nous réadaptions à notre vie terrestre.

— Vous avez raison, dit-il. Je vais même en prendre plusieurs. Et chacune, comme toujours, me calmera et m'épuisera. Et ensuite je me reposerai avant que nous nous rendions à Saint-Pierre pour le thé.

Il se tourna vers notre compagne et lui présenta son étui à cigarettes.

— Voulez-vous une cigarette, Miss English ?

— Non, merci, Mr Wilde. Je préférerais une glace.

— À la bonne heure ! De nos jours, la moitié des jolies femmes de Londres fument, mais je préfère de beaucoup l'autre moitié.

— Me permettez-vous de vous l'offrir, Miss English ? proposai-je.

— Avec grand plaisir.

Oscar tira une longue bouffée de sa cigarette et nous considéra d'un regard suspicieux.

— Allez chercher votre glace, tous les deux. Quant à moi, je vais retrouver mon lit. Je rentrerai à l'hôtel en voiture.

Il posa sa main sur mon épaule.

— Venez me chercher à quatre heures, Arthur. Pas plus tard. Nous avons rendez-vous avec Munthe pour aller prendre le thé au Vatican.

Il s'inclina cérémonieusement.

— Miss English, merci de nous avoir permis de nous joindre à vous pour ce voyage vers les cieux. À présent, prenez soin d'Arthur, et, s'il vous plaît, répondez à toutes ses questions. Je sais qu'il brûle de vous en poser beaucoup.

— Vous êtes impertinent, Oscar, protestai-je.

— Mais il y a certaines choses que vous aimeriez demander à Miss English, vous le savez, persista-t-il. Les questions ne sont jamais indiscrètes. Ce sont les réponses qui le sont parfois.

— Je serais enchantée d'apprendre au Dr Conan Doyle tout ce qu'il veut savoir, déclara Miss English avec gaieté. Nous sommes de vrais amis. Il ne doit y avoir aucun secret entre nous. Je lui dirai tout.

— Pas tout à fait, j'en suis certain. « Les mélodies que l'on entend sont douces, mais celles que l'on n'entend point le sont plus encore[1]. »

Oscar rit et, agitant joyeusement son exemplaire du *Voyage des innocents* au-dessus de sa tête, il se mit en route en direction des calèches et des fiacres alignés sur l'allée gravillonnée qui bordait l'esplanade.

Lorsqu'il fut parti, après que j'eus acheté pour chacun de nous une glace à la fraise (servie – à la

1. John Keats, *Ode sur une urne grecque*, 1819.

dernière mode – dans un cornet en biscuit) à un marchand installé à côté du kiosque à musique, Catherine English et moi trouvâmes un chemin tranquille et ombragé le long duquel nous promener. Elle me dit qu'elle ne l'avait jamais emprunté.

— Je connais assez bien ces jardins, précisa-t-elle. J'y viens souvent.

— Avec votre frère ?

— Non, il est beaucoup trop occupé. Et il préfère la lecture à la marche. Je viens seule.

— Vous n'avez pas d'ami ? Pas d'ami particulier ? ajoutai-je avec un regard de biais.

— Je suis assez seule, Dr Conan Doyle.

— Me conteriez-vous l'histoire de votre vie ? lui demandai-je tout en lui offrant mon bras.

— Elle n'est pas très heureuse, souffla-t-elle en pressant doucement sa main dans la mienne. Mais elle est facile à raconter.

Tandis que nous déambulions ensemble sous les beaux chênes et les pins parasols, elle me fit le récit de son existence avec une simplicité touchante et sans s'apitoyer. Oscar avait deviné juste. Catherine English et son frère étaient orphelins. Leurs parents, tous deux décédés avant que Catherine eût atteint l'âge de trois ans, étaient des missionnaires anglicans qui servaient au sein de la Church Missionary Society à Peshawar, au nord de l'Inde. Le père de Catherine était un pasteur qui vivait sa foi avec passion, et sa mère, elle-même fille de missionnaire, dirigeait à Peshawar l'école de la mission. C'est dans l'incendie de cette dernière – un simple bungalow de bois – qu'ils avaient trouvé la mort. Leur chambre jouxtait directement la salle de classe. Le drame s'était produit peu avant le lever du jour par une chaude nuit d'été : en quelques minutes, tout le bâtiment avait été réduit en cendres. Personne ne savait ce qui avait causé l'incendie. S'agissait-il d'un acte funeste de rebelles pachtounes descendus des collines ou d'un simple accident ? Catherine et Martin avaient échappé par miracle à la fournaise. Lorsqu'il faisait trop chaud, ils couchaient sur un lit de camp que l'on installait sur la terrasse à l'arrière de l'école, tout à côté de la porte de la chambre parentale. Les enfants avaient été sauvés par de courageux autochtones alors que leurs parents étaient engloutis par les flammes.

— Comment étaient-ils ? demandai-je. En avez-vous gardé un quelconque souvenir ?

— Aucun. Et il ne me reste rien d'eux : ni lettre, ni photographie, ni objet d'aucune sorte. Tout a disparu dans l'incendie. Nous avons perdu notre passé cette nuit-là à Peshawar.

— Et votre futur ?

— Il reposait alors entre les mains des doyens de la Church Missionary Society. Nous n'étions que de tout jeunes enfants, sans parents, sans grands-parents (ils étaient déjà morts), sans oncles ni tantes. Je crois que nos seuls amis étaient notre cuisinier et notre nourrice indiens. Ils logeaient dans une hutte dans la cour de l'école, c'est ce qui les a sauvés. Nous n'avions ni famille, ni maison, ni aucun endroit où aller.

— Mais vous n'avez pas été élevée en Inde.

Catherine English s'arrêta. Elle avait fini sa glace. Nous étions parvenus à un virage du chemin et nous nous tenions tout près l'un de l'autre sous les ramures d'un chêne vert.

— Pourquoi dites-vous cela ? demanda-t-elle. Qu'en savez-vous ?

— Votre voix n'a pas cette intonation fluctuante, lui répondis-je en souriant. Quiconque a grandi en Inde depuis sa plus tendre enfance, toutes anglaises que fussent ses origines, adopte cette façon de parler des Indiens. C'est inévitable.

Elle me renvoya mon sourire.

— C'est *vous*, le détective, Dr Conan Doyle. Je devrai m'en souvenir.

Nous reprîmes notre promenade et elle pressa de nouveau sa main dans la mienne.

— Vous avez raison, reprit-elle. Nous n'avions aucun avenir à Peshawar. Nous avons été envoyés au Canada pour y être adoptés.

— Pourquoi au Canada ?

— Parce que l'une des missionnaires en était originaire et qu'elle avait de toute façon prévu d'y rentrer cet été-là. Elle avait déjà pris son billet. Avec la bénédiction du consul britannique à Peshawar, et un petit subside de la Missionary Society, elle nous a emmenés.

— Elle ne vous a pas adoptés elle-même ?

— Non, elle avait déjà un certain âge. Elle nous a pris sous sa protection par charité chrétienne, mais c'est tout. En fin de compte, personne ne nous a adoptés. Nous sommes passés de famille en famille, et jamais pour très longtemps. Nous avons eu de nombreux tuteurs mais aucun ne nous a adoptés.

Elle me lança un regard.

— Nous n'étions pas très aimables, j'en ai peur.

— C'est impossible !

— Je crains que si. Et je peux le comprendre. Nous n'offrions pas beaucoup de satisfactions. Nous étions trop repliés l'un sur l'autre pour donner quelque chose en retour aux personnes qui s'occupaient de nous. À présent, je m'en rends compte. Partout où nous allions, nous étions nourris, habillés, éduqués, mais nous n'étions pas aimés, nous n'étions pas désirés. Et quand on nous envoyait dans une famille qui avait déjà des enfants – de *vrais* enfants, les fils et les filles de la maison –, nous savions que, secrètement, nous étions méprisés. Nous étions les étrangers, les petits orphelins indiens, les intouchables. Et quand Martin a eu quinze ans, et que nous nous sommes finalement enfuis, nous avons eu la confirmation que personne ne voulait de nous, car personne ne nous a recherchés. Absolument personne.

— De quoi avez-vous vécu ?

— De la générosité de Dieu, répondit-elle en s'écartant un instant de moi avant de se mettre à courir le long du chemin pour aller se réchauffer à un rayon de soleil qui s'était frayé un passage dans une trouée entre les arbres.

Elle s'immobilisa, tourna son visage vers le ciel et étendit les bras.

— Nous avons été sauvés par le Seigneur !

Je ris à sa soudaine exubérance.

— Je suis sérieuse, insista-t-elle. Au moment où nous avions besoin d'aide, le Seigneur miséricordieux nous a tendu la main et nous a prêté secours.

— Qu'est-il arrivé ?

— Nous avons rencontré un prêtre à Etobicoke, dans la rue, pas loin du marché. Cela ne faisait que quelques jours que nous avions pris la fuite. Nous lui avons raconté que nous dormions dans les fossés et que nous nous nourrissions de rogatons volés sur les étals. Nous ne mentions pas. Il nous a offert une tasse de thé et une chambre pour la nuit au séminaire anglican de Toronto. Nous y sommes restés sept ans. Je travaillais à la cuisine et à la lingerie, et Martin, qui avait trouvé sa vocation, y a fait ses études pour devenir prêtre.

— Dieu tout-puissant ! m'exclamai-je.

— Exactement, acquiesça Catherine English, qui me reprit le bras et m'entraîna de nouveau le long du chemin.

— Et depuis lors, vous vivez heureux ?

— Dieu nous a donné un toit et un sens à notre existence, mais nous demeurons des étrangers partout où nous allons. Nous n'étions pas chez nous en Inde. Nous n'étions pas chez nous au Canada. Quand Martin a achevé sa formation, nous pensions rentrer « chez nous » en allant en Angleterre, mais nous nous sommes rendu compte que nous y étions tout autant des étrangers – peut-être même plus. En Angleterre, tout le monde veut savoir qui vous êtes et d'où vous venez. « Qui est votre famille ? Où habitez-vous ? D'où êtes-vous originaire ? Dites-nous. » Martin et moi ignorons jusqu'à notre date de naissance !

— Vous ne connaissez pas votre âge ? fis-je, stupéfait.

— Plutôt pratique pour une femme, n'est-ce pas ? repartit-elle dans un éclat de rire. Mais plutôt gênant pour un homme. Aussi brillant que soit mon frère, il lui a été très difficile de trouver un poste. C'est un gentleman, cela se voit, mais il ne peut pas le prouver. Et les paroisses anglaises sont réticentes à accueillir un pasteur sans pedigree. Il a eu beaucoup de chances d'obtenir le poste d'aumônier de l'église anglicane de Rome. Ici, il est un étranger parmi d'autres. Ce ne sont que des gens qui ont quitté leur foyer.

— C'est une bonne place.

— C'est pour cela qu'il l'a prise. Ils recherchaient un prêtre célibataire aux besoins modestes. Ici, l'aumônier ne touche pas de salaire. Le prédécesseur si apprécié de Martin vivait sur sa fortune personnelle.

— Vous n'avez aucun revenu ? demandai-je, incrédule.

— Les quelques fonds que possède la paroisse sont déjà affectés. La construction d'All Saints s'est révélée une entreprise coûteuse. C'était la raison d'être de notre soirée d'avant-hier. La collecte ne s'arrête jamais. Mais nous ne devons pas nous plaindre, quoi qu'en dise Martin. Nous avons le gîte et le couvert, et en tant que gouvernante de mon frère, je touche une modeste pension. Nous devons nous estimer heureux, et reconnaissants, même si nous sommes pauvres.

— Vous n'avez pas d'argent, dis-je avec douceur.

— Pour ainsi dire, non.

— Et pourtant…

J'hésitai avant de parler.

— Et pourtant, quand nous vous avons rencontrés dans le train, lorsque Oscar et moi avons fait votre connaissance, ne rentriez-vous pas de vacances ? Ne voyagiez-vous pas en première classe ?

Catherine English s'immobilisa de nouveau.

— Oh, Dr Conan Doyle, vous faites un formidable détective, c'est certain, mais un piètre psychologue. Martin doit pouvoir prendre des vacances. Martin doit avoir le meilleur linge et des costumes neufs taillés sur mesure. Martin doit voyager en première classe. Mon cher frère a un orgueil insensé, et qui nous coûte cher.

Elle passa son bras autour de mes épaules et se blottit contre moi comme un enfant s'accroche à son père dans la tempête.

— Je suis si seule et nous sommes pauvres comme Job.

Je la tins contre moi et lui promis de lui donner vingt livres. Elle se dressa et me déposa un tendre baiser sur la joue. Je sentis dans son cou un parfum de muguet.

13

Un thé à l'anglaise

Nous arrivâmes en retard à notre rendez-vous pour le thé avec le *circolo inglese* du Vatican.

J'étais revenu en retard des jardins du Pincio. Oscar s'était réveillé en retard de sa sieste. Axel Munthe était en retard à cause d'un patient auprès duquel il avait passé l'après-midi et qui avait mis « tant de temps à mourir ».

— Avez-vous aidé ce malheureux à le faire plus vite ? lui demandai-je sans rire.

J'étais assis à ses côtés dans la calèche qui nous emmenait à tombeau ouvert de la Piazza del Popolo vers la place Saint-Pierre. Munthe s'efforçait de ranger le contenu de sa trousse malgré les cahots. Un flacon de teinture de cocaïne lui échappa des mains et tomba sur mes genoux. Je le lui rendis. Il me remercia, renifla, et approcha la bouteille de ses épaisses lunettes.

— Oui, marmonna-t-il pour lui-même. Il y en a assez au cas où le père Bechetti souffrirait.

Il remit le flacon dans sa sacoche, la referma dans un claquement, puis se tourna vers moi.

— Non, dit-il en souriant. Je ne l'ai pas aidé « à le faire plus vite ». Dieu s'est chargé Lui-même de ce qu'Il fait si bien, quoiqu'Il ait pris cette fois son temps. S'Il avait prolongé les douleurs de mon patient, je serais en effet peut-être intervenu pour accélérer le processus. Par bonté. D'une façon ou d'une autre, l'issue était inévitable.

— Je n'aurais jamais pu être médecin, déclara Oscar d'une voix ensommeillée.

Il était installé sur la banquette en face de nous, les yeux clos, la tête appuyée contre le dos de notre cocher.

— Je peux compatir à tout, sauf à la souffrance physique. C'est trop laid, trop affreux, trop pénible. Il y a quelque chose de terriblement morbide dans cette sympathie moderne pour la douleur. Ce qui devrait susciter notre sympathie, c'est la couleur, la beauté, la *joie* de la vie.

Il ouvrit les yeux. Nous passions devant la minuscule église des Santi Michele e Magno, qui date du VIIIe siècle. Une petite fille en blouse blanche bondissait sur les marches du perron. Oscar lui fit signe d'une main indolente.

— Mais je n'en dirai pas plus, murmura-t-il en nous adressant un regard réprobateur avant de refermer les paupières. Moins on parle des malheurs de l'existence, mieux on se porte.

— Nous n'étions pas en train de débattre de détails thérapeutiques, Oscar, répliquai-je, avec une pointe d'irritation. Nous parlions de l'éthique de notre profession. Le devoir d'un médecin est de maintenir la vie, pas de l'abréger. Et ce, quelles que soient les circonstances. Ce que fait Munthe est-il *juste* ? Est-ce légal ?

Axel Munthe gloussa.

— Ne montez pas sur vos grands chevaux, docteur.

Il se pencha sur mon épaule et me tapota le genou du bout de l'index.

— Dites-moi, Dr Conan Doyle. Avez-vous toujours cette main coupée dans votre poche ? Et ce doigt, est-il toujours caché sur vous ?

— Oui, répondis-je en hésitant, flairant le piège.

— Est-ce *légal* ? Non. Est-ce *juste* ? Qui peut le dire ?

Je voulus me défendre, mais les mots me manquèrent. Oscar rouvrit les yeux et s'étira.

— Le premier mouvement d'Arthur fut de vouloir amener directement cette horrible chose qu'on lui avait envoyée à la police. Je connais mon ami. Il est l'un des plus loyaux sujets de Sa Majesté Victoria, et l'un des plus respectueux de la loi. Si tout cela était arrivé à South Norwood, c'est sans aucun doute ce qu'il aurait fait, mais à Hombourg, les choses ne sont pas aussi simples. Et à Rome…

Munthe acheva sa phrase :

— Et à Rome, chacun doit faire sa propre loi. C'est la seule manière.

Notre attelage s'était engagé sur la place Saint-Pierre, que nous traversions maintenant en ralentissant à mesure que nous nous approchions du portail principal derrière la statue de saint Paul. Oscar s'avança sur son siège. Ses forces lui revenaient et sa bonne humeur s'accroissait.

— Ainsi que me l'a confirmé mon nouvel ami, le capitaine pirate de l'aérostat des jardins du Pincio, la police, par ici, est, au mieux, incompétente et, au pis, corrompue. Est-ce cela, docteur ?

— C'est cela. Tout le monde en conviendrait, y compris, je le soupçonne, le chef de la police.

— Et ce qui justifie que nous enquêtions nous-mêmes sur cette affaire s'est trouvé renforcé à mes yeux ce matin alors que j'étais là-haut, dans ce panier parmi les nuages : si nous ne le faisons pas, personne d'autre ne le fera. La *gendarmerie** du pape et les *carabinieri* romains sont incompétents, corrompus et à couteaux tirés.

Notre voiture s'était à présent immobilisée. Oscar tendit la main pour nous empêcher de bouger tant qu'il n'aurait pas fini sa verbeuse démonstration. En même temps qu'il parlait, il regardait de tous côtés, surveillant les alentours.

— Ici, messieurs, s'étend l'espace de neutralité entre la ville de Rome et le Saint-Siège. Nous venons au Vatican pour prendre le thé – à l'anglaise, avec des sandwichs au concombre, rendez-vous compte ! – et elles sont là, ces forces de police antagonistes, alignées sur chaque bord d'un invisible fossé de marbre, armées hostiles campant sur leurs positions, face à face, à seulement cinquante yards l'une de l'autre.

Il étendit le bras droit en direction du garde suisse posté en sentinelle à la porte du Vatican et le gauche vers la troupe de *carabinieri* assemblée autour d'une paire de guérites à quelques pas de l'endroit où notre voiture s'était arrêtée. À vrai dire, ces hommes (dont la plupart discutaient et fumaient, avachis à leur poste) n'avaient rien de lévriers dans leur boîte de départ, prêts à bondir, mais les deux forces étaient clairement disposées en opposition – et aucune ne paraissait susceptible d'inspirer la moindre confiance à quiconque, fût-il d'une parfaite naïveté, viendrait solliciter son aide dans une affaire de meurtre supposé.

— Les voici devant vous : les représentants rivaux de la loi et de l'ordre à Rome. Ils ne s'adressent pas la parole et l'on ne saurait se fier à eux.

Oscar se leva et nous considéra de toute sa hauteur.

— Si l'un des estimables personnages avec qui nous allons prendre le thé cet après-midi soupçonnait quelque méfait à l'intérieur, ou à l'extérieur, du Vatican, vers qui se tournerait-il ? Pas vers la police, qu'elle soit de l'Église ou de l'État, c'est certain…

— Vers Dieu, peut-être ? suggéra Munthe en riant.

— Vers une puissance supérieure, assurément ! s'écria Oscar en réglant notre course au cocher avant de descendre pesamment de la calèche. Lorsqu'il s'est trouvé sans ressource, notre homme a conclu que son seul espoir était de faire appel à un *deus ex machina* : un sauveur qui descendrait du ciel pour élucider le mystère et venger le crime.

Oscar me tendit la main pour m'aider tandis que je le suivais hors de notre voiture.

— Ne pouvant faire confiance ni à la police ni à ses amis, notre homme sait qu'il ne peut espérer aucun secours sur place. Aussi, n'ayant rien à perdre et tout à gagner, il suit l'élan de son imagination, fait fi de ses préjugés et demande à un étranger de lui venir en aide… mais pas n'importe quel étranger ! Il envoie des messages cryptés au « premier détective consultant » au monde ! C'est un pari fou, improbable, absurde, et lourd de dangers et d'incertitudes, mais qui se révèle payant. Loué soit le Seigneur ! Il y *a* des miracles ! Car nous voici, en lieu et place de Sherlock Holmes : le Dr Conan Doyle et son équipe. *Avanti !*

Munthe, très amusé par les facéties d'Oscar, sauta à bas de l'attelage sans assistance et, brandissant sa sacoche noire comme un laissez-passer, il nous entraîna presque avec gaieté au-devant des postes de garde et par le portail du Vatican.

— Eh bien, fit-il en levant les yeux vers Oscar, on dirait que vous vous êtes finalement convaincu que votre voyage était utile et votre destination la bonne.

— Elle l'est, soutint Oscar, la tête haute.

— J'en suis moins sûr, marmonnai-je.

— L'anneau d'or rose nous a conduits jusqu'ici, Arthur. Vous devez en convenir.

— Et tous vos « estimables personnages » seront réunis autour d'une tasse de thé pour vous accueillir, dit Munthe. Quand vous les rencontrerez, leur exposerez-vous la raison de votre visite ?

— Pas tout de suite. Nous devons tirer avantage du fait qu'ils ne se méfient pas.

— Nous sommes dans la réalité, Mr Wilde. Pas dans un de vos mélodrames à sensation. Ne serait-il pas plus simple d'être direct ? Comme on dit chez nous, en Suède : « Le meilleur moyen de sortir, c'est par la porte. »

— Il s'agit d'un meurtre, docteur. J'en suis intimement persuadé. Nous n'avons pas la possibilité d'être directs. Comme on dit chez nous en Irlande : « *Ní mar a shíltear a bhítear* – Dans la vie, rien n'est tel qu'il paraît. »

— Allez-vous au moins leur demander lequel d'entre eux a appelé Sherlock Holmes au Vatican de si extraordinaire façon ?

— Oh non ! se récria Oscar. Ce pourrait être fatal. Celui qui a envoyé à Sherlock Holmes la boucle de cheveux, la main et le doigt porteur de cet anneau si révélateur craint pour sa vie. J'en suis convaincu. Mon instinct me dit qu'il y a eu au moins un meurtre, et qu'il pourrait y en avoir d'autres. La personne qui a requis l'assistance de la « machine à observer et à raisonner la plus parfaite qui ait existé sur la planète » – la phrase est d'Arthur –, quelle qu'elle soit, estime qu'elle doit s'abriter derrière un masque. Sinon, pourquoi ne pas avoir tout simplement écrit à Holmes en lui donnant son nom et son adresse, comme on le fait usuellement ? Oh non ! Il s'agit d'un appel clandestin lancé par une âme désespérée. Pour le moment, il ne fait aucun doute qu'il nous faut respecter le désir d'anonymat de notre client.

Marquant une pause au pied de la volée de marches qui conduisait à la chapelle Sixtine, Munthe dévisagea Oscar et sourit.

— Vous l'appelez votre « client » ?

Oscar haussa les épaules.

— Il nous a fait venir d'Allemagne. Nous sommes à son service, fût-ce gratuitement.

Munthe se tourna vers moi et me tapota l'épaule avec chaleur.

— Félicitations, Dr Conan Doyle. Mr Wilde a définitivement été contaminé par le virus de Baker Street.

Il reporta son attention sur Oscar.

— Et avez-vous une idée de l'identité de votre « client » ?

— Bien sûr, répondit tranquillement Oscar.

— Bien sûr ? répétai-je, interloqué.

— Bien sûr que je sais de qui il s'agit. Pas vous ?

Nous gravîmes l'escalier de pierre en silence. Je ne parvenais pas à décider si Oscar cherchait seulement à nous taquiner – c'était un bonimenteur hors pair – ou s'il avait réellement découvert qui avait appelé Holmes à Rome, et pourquoi.

Alors qu'Axel Munthe était sur le point de nous entraîner dans la chapelle par la petite porte latérale, je lui demandai de patienter.

— Pardonnez-moi, docteur. Avant que nous allions plus loin, je dois échanger un mot avec mon ami.

Je compris aussitôt que je n'avais pas besoin de parler. Au regard amusé et bienveillant d'Oscar, je sus qu'il avait compris mon inquiétude.

— Je vais prendre les choses en main, cet après-midi, Arthur, dit-il. N'ayez crainte. Bien que vous en soyez le créateur, Sherlock Holmes reste un produit de votre imagination ; il n'est pas votre double. Je le sais.

— Merci, Oscar. J'en suis soulagé. La vérité, mon vieux, c'est que vous semblez sûr de ce qui se trame, mais, pour ma part, franchement, je me sens dépassé par toute cette histoire. Je suis perdu. Je suis incapable d'y voir clair.

Il sourit.

— Peut-être est-ce cette promenade à l'ombre des arbres qui vous a troublé la vue. Miss English est des plus séduisantes. Vous lui avez consacré toute votre attention aujourd'hui. Je le comprends. Cela ne me surprend pas. Le beau sexe, c'est votre rayon. À moi, celui des ecclésiastiques.

Il tint parole. Une fois qu'Axel Munthe nous eut fait entrer et traverser l'arrière-fond obscur de la chapelle Sixtine (lourd de parfums d'encens et de cierges) jusqu'à la porte presque invisible et à la sacristie, et que Cesare Verdi, le sacristain, nous eut admis dans son domaine, Oscar se retrouva dans son élément – et se montra plus irrésistible que jamais.

Seul le cardinal Felici, qui nous avait accueillis par un signe de croix suivi d'une franche accolade, pouvait l'égaler en courtoisie et en enthousiasme. À notre arrivée, le corpulent prélat nous attendait, inconfortablement assis au bord de la banquette des larmes. Lorsque le sacristain ouvrit la porte devant nous, le vieux cardinal se leva avec difficulté et vint à notre rencontre en souriant. Tandis qu'il nous prenait tour à tour dans ses bras, il nous expliqua dans son anglais fortement accentué qu'en tant que maître des cérémonies pontificales l'honneur d'être notre hôte officiel lui incombait.

— Nous sommes en retard, s'excusa Oscar en s'inclinant très bas. *Mea culpa !*

— Mais vous êtes là, le reprit le cardinal Felici en l'embrassant. *Deo gratias !* Et les scones sont encore chauds. Nous sommes si heureux de vous avoir parmi nous. Bienvenue au *circolo inglese*. Le thé est sur le point d'être servi. Par ici.

Avec quelque effort, il déplaça sa lourde masse sur la gauche, en direction de l'escalier qui menait de l'antichambre de la sacristie au réfectoire lambrissé de chêne que nous avions visité la veille. Munthe prit le bras du cardinal. Alors que nous les suivions, Oscar s'arrêta et inspira profondément.

— Nous passons du parfum de l'encens aux arômes de la pâtisserie encore chaude.

— C'est tout à la gloire de Dieu, tonna le prélat. Cesare s'est donné du mal. J'ai célébré la messe à quatre heures pendant que notre sacristain préparait le thé.

Les lampes à gaz du réfectoire brûlaient à pleine intensité. Des bougies avaient également été allumées sur la table. En dehors de l'éclairage, la scène semblait sortir tout droit d'*Alice au pays des merveilles*. La longue table était recouverte d'une nappe blanche sur laquelle étaient disposés tasses, soucoupes, assiettes et couverts pour huit personnes, et disséminés plateaux et présentoirs à gâteaux, plats et tranchoirs, qui tous disparaissaient sous des empilements de douceurs sucrées. C'était le thé du Chapelier fou. Même le portrait grandeur nature de la jeune fille auréolée en robe blanche, sur le mur au-dessus de la desserte, paraissait faire écho à Alice.

— Il y aura aussi du salé, annonça le cardinal Felici d'un ton rassurant. Des toasts aux anchois pour accompagner les tartes à la confiture.

— Vous avez la possibilité de faire des toasts ? demandai-je.

— Grâce à Cesare. Il cuit son propre pain. À l'anglaise.

— Et des sandwichs au concombre ? s'enquit joyeusement Oscar.

(Ni lui ni moi n'avions déjeuné.)

— Oh oui. Je vous l'avais promis.

— Pardonnez-moi, monsieur, intervint discrètement Cesare Verdi, qui nous avait devancés et apportait maintenant un plateau de scones sur la table. Pas de sandwichs au concombre aujourd'hui.

— J'en avais fait tout spécialement la demande, s'insurgea le cardinal Felici.

— Il n'y avait pas de concombres au marché ce matin, Éminence. J'y suis allé deux fois.

— Pas de concombre ? À Rome ? Au mois de juillet ?

— Non, Éminence. Pas même en payant comptant.

— Et pourtant vous avez toujours largement de quoi, rétorqua vivement le cardinal.

Celui-ci se retourna, prit les mains d'Oscar dans les siennes et, baissant les paupières, les pressa comme s'il consolait une mère éplorée devant la tombe de son unique enfant.

— C'est terrible, Mr Wilde. Je vous avais promis ces sandwichs au concombre.

— Il n'y a là rien de terrible. C'est extrêmement amusant, au contraire. Un moment délicieux que je chérirai à jamais.

— Je perçois votre déception, dit le prélat en guise de condoléances. Et j'apprécie votre compréhension.

Il se détacha d'Oscar et, s'adressant à Munthe et moi, déclara :

— À présent, messieurs, *a tavola* ! Installez-vous où bon vous semble. Je vais avertir les autres. Ils attendent en coulisse, pourrait-on dire. Leurs cellules se trouvent juste au-dessus de nous.

Il s'approcha de la desserte et fit sonner ce qui semblait être une clochette de messe. Son tintement résonna curieusement dans la pièce lambrissée.

— C'est extraordinaire, roucoula Oscar, qui s'était placé tout au bout de la table, sans toutefois s'asseoir.

Il se tenait debout, les mains appuyées sur le dossier d'une chaise, et contemplait la table, émerveillé. Cesare Verdi plaçait des théières assorties sur des dessous-de-plat en argent dans les espaces demeurés libres entre les plats de victuailles.

— C'est le *circolo inglese*, résuma le cardinal Felici en haussant nonchalamment ses lourdes épaules.

— Quand l'avez-vous créé ?

— Le *circolo* ? Il y a des années.

— Du temps de Pio Nono ?

— Oh non, il y a moins longtemps. Pio Nono n'avait pas beaucoup de sympathie pour les Anglais. Il avait coutume de dire qu'avoir accepté le père Breakspear parmi ses chapelains était sa pénitence. C'était sa petite plaisanterie. Mais quand on évoqua la possibilité d'élever John Henry Newman à la pourpre cardinalice, il considéra que ce serait la pousser un peu loin. Il s'y refusait catégoriquement.

— C'est moi qui ai fondé le *circolo inglese*, avec la bénédiction du pape Léon, en mai 1879, en même temps que le père Newman a été créé cardinal, ce qui n'avait que trop tardé.

Le cardinal Breakspear venait d'arriver. Il avait pénétré dans la pièce avec vivacité – brusquerie presque – et il nous tendit aussitôt la main à chacun.

— Ravi de vous revoir, Conan Doyle, me glissa-t-il avec amabilité. Je m'excuse de vous avoir fait faux bond hier. Je m'étais trompé de jour.

J'opinai du chef et l'étudiai en silence : les larges épaules, le visage rougeaud, le sourire froid, les sourcils broussailleux, la chevelure grise et finement bouclée, tout cela n'éveillait en moi absolument aucun souvenir. De nouveau, je m'interrogeai sur sa poignée de main efféminée, si peu en accord avec son apparente robustesse. Il ignora le cardinal Felici et Cesare Verdi, et n'accorda à Axel Munthe qu'un rapide sourire. Après m'avoir accueilli avec la familiarité que je viens de rapporter, il réserva le reste de ses paroles à Oscar.

— Le cardinal Newman fut notre premier invité. Il s'est assis à cette même table il y a treize ans. Il avait choisi la même place que vous, Mr Wilde. Il n'en a jamais changé. Il prenait souvent le thé avec nous – chaque fois qu'il était de passage à Rome, à vrai dire. La première fois qu'il s'est joint à nous, il avait soixante-dix-huit ans. J'en avais vingt-cinq. J'avais pour lui l'amour qu'un fils doit à son père, un amour absolu et inconditionnel.

— Nous l'aimions tous beaucoup. Il était d'une compagnie agréable et c'était un excellent homme.

Il y avait soudain foule à l'entrée du réfectoire avec l'arrivée simultanée de trois ecclésiastiques.

Le cardinal Tuminello avait parlé le premier. Il avait le teint bilieux, une voix de fumeur, rauque et sourde, et le regard las et réprobateur. Dans sa jeunesse, nous avait raconté Munthe, il avait enseigné au collège anglais de Rome. Il s'exprimait dans un anglais parfait, avec une autorité naturelle, mais comme s'il ne s'adressait à personne en particulier. (De façon générale, la conversation des membres du *circolo inglese* me rappelait les discours qu'on prononçait lors des banquets à Oxford, lorsque les professeurs ne vous regardaient jamais dans les yeux et parlaient à tout le monde en général plutôt que les uns aux autres.)

— Je croise de temps à autre le cardinal Newman et, chaque fois, je ressens son aura de sainteté.

— Et tant qu'exorciste du Vatican, le cardinal Tuminello est régulièrement en contact avec les âmes des défunts, expliqua le cardinal Felici.

— Mon combat avec le diable est quotidien. C'est une tâche très, très difficile. *Molto duro*. Mais elle a ses compensations, et accéder facilement à la communion des saints en est la principale.

— Vous rencontrez des saints ? demanda Oscar.

— Je me retrouve en leur présence, oui.

— Vous les voyez ?

— Je les *entends*.

— Souvent ?

— Tout le temps.

Le cardinal avait répondu aux questions d'Oscar sans le regarder. Lorsqu'il était entré dans la pièce, il s'était immédiatement dirigé vers la desserte et, d'une carafe de cristal, s'était servi un petit verre de vin brun.

— La fonction d'un exorciste est de libérer tous ceux qui sont possédés par un esprit maléfique. Le démon est entré au plus profond de leur être. Ma tâche est de me confronter au diable et à ses auxiliaires, et de les expulser du corps. Mais, le plus souvent, lorsque je me trouve face au malheureux, je constate que Dieu, dans Son infinie miséricorde, m'a devancé et a déjà envoyé un de Ses saints préférés pour commencer le travail.

Il vida son verre d'un trait et le remplit de nouveau.

— Vous *entendez* les saints, dites-vous ? demanda Oscar qui dévisageait le cardinal Tuminello avec curiosité et ravissement.

— Je rencontre les possédés et, en général, ils poussent des hurlements atroces. J'écoute le son de leur âme tourmentée, et qu'entends-je ? Les saints s'en prendre aux démons. C'est aussi simple que ça. Et leurs disputes sont très violentes, comme vous pouvez vous en douter.

— Et vous parvenez toujours à identifier qui parle ?

— Pas toujours, mais, en principe, les saints sont plus polis que les démons. Ils crient moins et utilisent un vocabulaire plus châtié.

— Leur arrive-t-il de vous parler directement ? Dans quelle langue ?

— En latin, la plupart du temps.

— Et vous leur répondez ?

— Je m'adresse au démon en latin. Lui me répond en français. Quand je m'entretiens avec le cardinal Newman, nous parlons anglais. Toujours.

— Il se trouvait bien parmi nous, intervint le cardinal Breakspear. Le Vatican n'était pas son habitat naturel, mais dans cette pièce, à cette table, je crois que le cardinal Newman se sentait comme chez lui.

— Le cardinal Newman adorait les sandwichs au concombre, renchérit le cardinal Felici tout en décochant un regard chargé de reproches à Cesare Verdi.

Le sacristain se trouvait à l'angle de la table, en compagnie de frère Matteo, avec lequel il aidait le père Bechetti à s'installer. La bouche édentée du vieux curé pendait, béante ; ses yeux aveugles restaient fixés, éteints, devant lui ; d'une main tremblante, il se frottait tour à tour les tempes et l'arrête de son nez aquilin : il paraissait plus mort que vif.

— Nous adorons tous les sandwichs au concombre de Cesare, affirma le cardinal Tuminello, qui, cette fois encore, but son verre d'une seule gorgée.

Il repoussa la carafe sur la desserte et entreprit de faire le tour de la table.

— Pendant l'été, les sandwichs au concombre sont pratiquement la seule *raison d'être** du *circolo inglese*, ajouta-t-il.

— Pas aujourd'hui, remarqua le cardinal Felici. Aujourd'hui, notre *raison d'être** est de faire honneur à nos distingués convives.

— *Illustri invitati*, aboya le frère capucin à l'oreille du père Bechetti.

Le vieux prêtre renifla avec mépris et frappa la table des deux mains.

— Si vous le permettez, je m'assiérai entre mes patients, déclara Axel Munthe, qui déposa sa trousse sur le sol, à côté de la desserte, et contourna discrètement la table. Le père Bechetti n'a pas l'air d'aller beaucoup mieux depuis son malaise. J'en suis désolé.

— *È arrabbiato e frustrato*, répliqua le capucin, en posant une main bienveillante sur l'épaule du vieux prêtre.

Avec une vigueur surprenante, celui-ci la repoussa.

Munthe sourit à frère Matteo.

— Avant mon départ, je lui donnerai quelque chose qui le calmera.

Le moine haussa les épaules et rendit son sourire au docteur.

— *Come desidera.*

Il semblait comprendre l'anglais mais pas le parler. Il laissa passer le Dr Munthe et vint se placer en face du père Bechetti, de l'autre côté de la table. Tout au long du repas, je remarquai qu'il gardait constamment un œil sur lui.

— Mais Son Éminence le cardinal Tuminello m'a l'air, quant à lui, tout à fait remis, continua Munthe. Il est de nouveau lui-même.

L'exorciste fit le signe de la croix avant de serrer chaleureusement la main du médecin.

— Était-ce de la strychnine que vous m'avez donnée hier, docteur ? Je crois. Ça a « marché », comme disent les Américains. Je vous en suis reconnaissant. Et Dieu aussi.

— Je n'ai fait que mon travail, se défendit Munthe.

— Mais ainsi, vous m'avez aidé à faire le mien, c'est-à-dire celui de Dieu. J'ai soixante ans. Je ne suis plus tout jeune. Ferrailler avec Belzébuth m'épuise. Hier, mon corps m'a abandonné. J'étais à bout de forces, épuisé, jusqu'à ce que vous me ressuscitiez, docteur.

— En utilisant du poison ? demanda Oscar avec entrain.

Il était placé à la droite du cardinal Tuminello, qui le séparait de Munthe.

Ce dernier sourit et secoua la tête.

— La strychnine est un remède utile, quand on s'en sert avec modération.

— Qu'est-ce que la modération ? interrogea Oscar. La vie doit être vécue à l'excès. Autrement, à quoi bon ?

— Ah ! exulta le cardinal Breakspear. À quoi bon, en effet ? Parlons donc du sens de la vie. C'est de circonstance. Je suis heureux que vous occupiez l'ancien siège du cardinal Newman, Mr Wilde. Vous allez diriger notre débat de l'heure du thé.

— J'en serais honoré. J'apprécie le son de ma propre voix. Un « débat », est-ce ce que vous faites d'ordinaire ?

— Seulement quand nous avons des invités. Autrement, nous mangeons en silence. Comme dans un monastère de capucins, l'un d'entre nous fait la lecture aux autres.

— Et le lecteur, en principe, c'est vous ?

— Nous sommes au *circolo inglese*. La lecture est toujours en anglais et, par conséquent, oui, c'est moi le lecteur, d'habitude.

— Et que lisez-vous ? Des textes sacrés ?

— En quelque sorte. Dernièrement, nous avons médité sur les œuvres d'Arthur Conan Doyle ! Nous sommes des adorateurs du grand Sherlock Holmes. Regardez sur la desserte, là, à côté d'un exemplaire d'*Apologia pro vita sua* du cardinal Newman, dédicacé par l'auteur, vous verrez mes volumes d'*Une étude en rouge* et du *Signe des quatre*. Première édition, naturellement.

Breakspear s'inclina vers moi avec onctuosité. Je me réjouis de m'être placé aussi loin de lui que possible.

Nous nous étions installés de la sorte autour de la table :

	Oscar Wilde
Le cardinal Nicholas Breakspear SJ	Le cardinal Luigi Tuminello
Le cardinal Francesco Felici	Dr Axel Munthe
Frère Matteo Gentili	Père Joachim Bechetti
	Dr Arthur Conan Doyle

Debout près de la desserte, Cesare Verdi fit retentir la clochette de messe et le silence se fit. Au bout de quelques instants, le cardinal Felici invita le cardinal Breakspear à dire les grâces.

— *Benedic, Domine, nos et haec tua dona quae de tua largitate sumus sumpturi. Per Christum Dominum nostrum. Ad coenam vitae aeternae perducat nos, Rex aeternae gloriae. Amen.*

C'était une prière que je connaissais bien pour l'avoir apprise à l'école. Breakspear la récita d'une voix sonore et m'adressa à la fin un sourire entendu. Tout le monde, excepté le père Bechetti, se joignit à l'« *Amen* », puis chacun prit place.

Je dois reconnaître que le festin étalé devant nous aurait réjoui le cœur du plus gourmand des enfants.

— Servez-vous, messieurs, nous dit le cardinal Felici d'un ton enjoué. Ne faites pas de manières. Vous avez du darjeeling dans les théières sur la table. Si vous préférez quelque chose de plus doux, Cesare peut vous préparer de l'earl grey.

Cesare Verdi s'affairait dans mon dos, un pot à lait en argent à la main.

— On s'sent comme chez soi, pas vrai, m'sieur ?

À ces mots, de façon assez inattendue, se forma dans mon esprit l'image de ma chère Touie. Elle était assise au coin de la cheminée dans le salon de la petite maison dans laquelle nous avions vécu au cours des premiers mois de notre mariage. Elle me faisait griller des muffins sur le feu.

Le cardinal Felici me tira de ma rêverie.

— Dr Conan Doyle, nous vous connaissons ainsi que votre œuvre. Nous l'admirons tous. Le père Bechetti comprend l'anglais et le frère Matteo, bien qu'il ne soit pas aussi à l'aise que certains d'entre nous, l'apprend – petit à petit. Je sais que l'un et l'autre ont écouté à cette table vos histoires avec grand plaisir.

Le capucin barbu, qui était assis entre Felici et moi, nous adressa à chacun un signe de tête aimable.

Il murmura « *Sì* », et reporta toute son attention sur le scone qu'il beurrait pour le père Bechetti. Le cardinal reprit :

— Quant à vous, Mr Wilde, nous savons qui vous êtes et nous connaissons votre réputation. Nous comptons découvrir vos œuvres le moment venu.

Oscar sourit.

— Nous sommes enchantés du hasard qui vous a amenés tous deux à notre table, messieurs. Soyez-y les bienvenus.

— Nous vous connaissons, fit en écho le cardinal Breakspear, qui nous regarda tour à tour, Oscar et moi. Et même assez bien, nous semble-t-il, car nous lisons la presse anglaise. Mais vous, nous connaissez-vous ?

Il me regarda sans détour et haussa ses lourds sourcils.

— Le Dr Conan Doyle me connaît, bien sûr. Nous étions à l'école ensemble. Mais Mr Wilde ne connaît aucun d'entre nous.

Il se tourna sur sa droite vers le cardinal Felici.

— Peut-être, avant de commencer notre « débat », pourrions-nous nous présenter ?

Oscar se pencha et posa la main sur le poignet du cardinal Breakspear.

— C'est inutile, Éminence. Je n'ignore pas qui vous êtes.

Oscar balaya l'assemblée du regard et sourit en ouvrant grand ses yeux pétillants.

— Je sais tous qui vous êtes, affirma-t-il en se redressant.

Il appuya ses coudes sur le bord de la table, joignit l'extrémité de ses doigts et les pressa contre son menton, comme pour prier.

— Je me rends compte en effet à présent que je vous ai déjà vus, chacun d'entre vous. C'était ici, à Saint-Pierre, il y a quinze ans. Vous ne vous en souvenez sans doute pas, mais moi, oui. J'avais vingt-deux ans et j'avais eu le privilège – la bénédiction – d'une audience avec le pape Pie IX. Cela s'était passé dans une des galeries attenantes à la chapelle Sixtine, à quelques yards seulement, je suppose, de l'endroit où nous sommes assis en ce moment. Je me souviens comment nous, pèlerins, nous tenions alignés dans l'attente du Saint-Père. Nous avions patienté une heure, au moins. Et puis il est arrivé. Il était vieux et chétif. Ce n'était pas longtemps avant sa mort. Vous étiez tous à son service. Je vous revois, maintenant, vous presser anxieusement autour de lui pendant qu'il remontait la file. Je me trouvais tout à la fin, à côté d'une Anglaise bavarde, d'une jeune fille et d'un frère capucin.

Je regardai frère Matteo. Il avait posé son couteau et écoutait attentivement, mais son visage ne trahissait aucune émotion.

— Je me souviens parfaitement de la jeune fille, poursuivit Oscar. Elle était très belle. Ses cheveux avaient la couleur d'un rayon de lune et ses yeux celle du bleuet. Et je me souviens de ce qu'a dit Pio Nono après l'avoir bénie, l'avoir relevée, elle qui était tombée à genoux, et avoir soulevé son voile pour voir son visage. Je me rappelle précisément ses paroles : « Voyez cette enfant et témoignez votre gratitude. Elle est l'innocence pure. Elle est un agneau de Dieu, entouré des sept péchés capitaux. » J'imagine que vous, messieurs, êtes les péchés capitaux et qu'elle est la belle jeune fille de ce tableau ici au mur. Son nom est-il Agnès ? J'en ai la certitude.

14

Les sept péchés capitaux

J'ai pu constater que la vie est infiniment plus étrange que tout ce que le cerveau de l'homme est capable d'inventer. Jamais nous n'oserions imaginer des choses qui sont pourtant monnaie courante dans la réalité. Si vous et moi, cher lecteur, pouvions prendre notre envol par la fenêtre, main dans la main, et planer au-dessus d'une grande ville, telles Londres ou Rome, si nous pouvions discrètement soulever les toits et observer les curieux événements qu'ils abritent, les mystérieuses coïncidences, les malentendus, les extraordinaires enchaînements de circonstances qui, œuvrant de génération en génération, conduisent aux conséquences les plus ahurissantes, toutes les fictions, avec leurs conventions et leurs conclusions prévisibles, nous paraîtraient bien fades et insignifiantes.

Quand Oscar eut fini de parler, je le contemplai, émerveillé par ce qu'il savait et la façon dont il l'avait déduit. Le silence pesant qui accueillit sa tirade me laissa penser que chacune des suppositions de mon ami était exacte.

Je parcourus la table du regard. Frère Matteo avait les yeux braqués sur le père Bechetti en face de lui. Le vieux prêtre se tenait les paupières closes, un étrange sourire sur le visage. Les trois cardinaux regardaient fixement au loin.

Finalement, Cesare Verdi, qui se tenait près de la desserte, rompit le silence.

— Encore un peu de thé, messieurs ?

— Merci, fit Oscar. Ce sera avec plaisir.

Le cardinal Felici fit pivoter sa chaise pour pouvoir contempler le portrait de la jeune fille accroché, dans son cadre tout simple, entre les lampes à gaz sur le mur derrière lui.

— Elle est très belle, Mr Wilde, vous avez raison. Le père Bechetti l'a peinte il y a des années. Et il y a des années qu'il n'a plus tenu un pinceau. Mais c'est un tableau magnifique, peut-être son meilleur. C'est la raison pour laquelle nous y tenons. La jeune fille emprunte naturellement ses traits à la Sainte Vierge de la *Pietà* de Michel-Ange. Je suis sûr que c'est la raison pour laquelle les gens ont l'impression de la reconnaître lorsqu'ils la voient.

Le prélat se retourna pour faire face à Oscar.

— La sculpture se trouve ici, vous savez, dans la basilique, dans la première chapelle sur la droite. C'est la seule réalisation que Michel-Ange ait jamais signée. Son chef-d'œuvre.

Oscar ne fit aucun commentaire. Cesare Verdi faisait le tour de la table pour servir du thé chaud. Dans le silence qui emplissait de nouveau la pièce, le cardinal Felici gloussa discrètement pour lui-même et contempla la tarte à la crème entamée qui se trouvait dans son assiette. Puis il releva la tête et, plissant les yeux et retroussant les lèvres, il tendit sa tasse de nouveau remplie en direction d'Oscar.

— Quant aux sept péchés capitaux, Mr Wilde, les chapelains du pape ne disposent dans la sacristie que de cinq cellules. Il n'y a pas la place pour plus. Nous n'étions que cinq du temps de Pio Nono, et nous ne sommes que cinq aujourd'hui.

Oscar dirigea son regard droit dans les yeux du cardinal.

— Avec le sacristain, cela fait six. Et si l'on comptait Pio Nono lui-même, cela ferait sept.

— Qu'êtes-vous en train d'insinuer, Mr Wilde ?

— Que le Saint-Père était un homme humble, et qu'il avait le sens de l'humour. Malgré la brièveté de mon audience, j'ai pu discerner chez lui ces deux qualités. Il aurait lui-même volontiers reconnu sa condition de pécheur. Il s'est inclus dans les « sept péchés capitaux ».

Avec colère, le cardinal Felici écarta sa chaise de la table. Son visage s'était assombri et ses mâchoires tremblaient.

— Le Saint-Père était humain. Il n'était pas au-dessus de la souillure du péché…

Tout en parlant, il s'efforça de se lever. Frère Matteo, assis à sa droite, leva une main apaisante pour l'en dissuader.

— *Non affoga colui che cade in acqua, ma affoga chi male incappa*[1].

1. « Ne se noie pas celui qui tombe à l'eau, mais celui qui fait une mauvaise chute. » (*N.d.A.*)

Le cardinal Breakspear, à la gauche du cardinal Felici, fit également geste de le retenir. Il fixa son collègue dans les yeux.

— Nous sommes démasqués, Francesco, mais pas défaits. Mr Wilde a découvert notre secret. Quelle importance ? Ce n'est, après tout, qu'un tout petit secret.

— Quel droit en avait-il ?

— Aucun, c'est certain, mais puisque c'est arrivé, acceptons-le avec grâce.

— C'est une violation de notre intimité, protesta le cardinal Felici.

— Peut-être, mais est-ce si grave ? Nous n'avons rien à cacher.

Au bout de la table, Oscar se redressa sur sa chaise. Je remarquai que la rougeur qui avait enflammé ses joues quelques instants auparavant avait disparu. Son visage avait repris sa pâleur habituelle et ses yeux avaient perdu leur éclat.

— Je m'excuse, Éminence, dit-il. Je ne pensais pas à mal.

— Et aucun mal n'a été fait, répliqua Breakspear. Vous avez partagé notre thé, vous partagez désormais notre petit secret. Un secret bien modeste.

— Expliquez-le-lui, dit Felici, qui avait recouvré son calme. C'était un secret, c'est ce qui faisait son charme. Mais il ne recelait aucun grand mystère.

— Absolument aucun, renchérit le cardinal Breakspear en se tournant vers Oscar. Il s'agissait – un peu comme vous le suggérez, Mr Wilde – d'une petite plaisanterie du Saint-Père. En tant que chapelains résidents du pape, l'un de nos devoirs était – et est encore – d'escorter Sa Sainteté lors de ses audiences. Jadis, nous avions coutume de la rejoindre ici, dans la sacristie, avant chacune d'entre elles.

Il désigna d'un signe de tête l'escalier qui menait à la salle tendue de damas rouge, où se trouvait la banquette des larmes et les représentations de la Cène et de Pio Nono en compagnie de la Vierge Marie peintes par le père Bechetti.

— Avant de traverser la chapelle Sixtine pour nous rendre à la galerie des audiences, nous nous rassemblions autour du Saint-Père et nous disions une prière. Un jour, considérant notre petit cercle, Pio Nono a fait remarquer en riant que nous étions sept, en tout et pour tout.

Le cardinal Breakspear tendit la main en direction du sacristain qui se tenait au garde-à-vous à côté de la desserte.

— Cesare Verdi était toujours du nombre. Il passait devant notre cortège, avec ses auxiliaires, pour nous ouvrir la voie et les portes.

L'homme opina du chef comme pour confirmer l'exactitude des explications du prélat.

— Ce jour-là, alors que nous formions notre cercle, le Saint-Père – en riant, comme je l'ai déjà dit – a proposé que nous nous considérions comme les « sept péchés capitaux ». Il disait que cela nous servirait à tous, lui y compris, à ne pas oublier qu'être les hommes du pape ne nous plaçait pas au-dessus du commun des mortels. Nous étions aussi susceptibles que n'importe qui de commettre l'un des péchés capitaux.

Le cardinal Felici essuya sa bouche avec sa serviette.

— À présent, Mr Wilde, vous savez tout.

— Mais comment l'avez-vous deviné ? demanda le cardinal Tuminello tout en quittant sa chaise pour se diriger vers la desserte.

Anticipant son intention, Cesare Verdi lui apporta un verre qu'il remplit de vin.

— Comment avez-vous percé notre petit secret ?

— J'ai remarqué votre anneau d'or rose. J'avais vu le même au doigt de Pio Nono lorsque je lui avais baisé la main. C'était un bijou d'une simplicité étonnante pour le pape. Au majeur, il portait, bien sûr, la bague traditionnelle de sa fonction, l'anneau du pêcheur de Saint-Pierre. Au moment où je l'embrassais, j'ai remarqué à moitié cachée au-dessous une deuxième bague, un simple anneau d'or rose. J'avais été frappé par sa sobriété. Et cet anneau que j'ai vu au doigt de Pio Nono il y a quinze ans, je le retrouve sur votre main aujourd'hui.

Oscar parcourut la table des yeux. Le cardinal Breakspear suivit son regard.

— Le père Bechetti ne porte pas d'anneau, fit-il remarquer.

— Apparemment, reconnut Oscar.

— Ni frère Matteo.

— Il n'est peut-être pas à son doigt, estima Oscar. Il a des mains d'ouvrier, larges et calleuses, qui ne conviennent pas aux bijoux. Il ne porte pas sa bague à l'annulaire, mais je le soupçonne de la garder en pendentif.

Frère Matteo sourit. Il plongea ses deux mains dans l'encolure de son habit marron d'où il tira une fine cordelette qu'il avait autour du cou et exhiba aux yeux de tous l'anneau d'or rose.

— *Eccoti !* dit-il en riant.

— Est-ce Pio Nono qui vous a donné ces bagues ?

— Oui, le jour de l'audience spéciale qui marquait le trentième anniversaire de sa papauté, répondit le cardinal Breakspear. Cesare Verdi les a fait faire à partir d'un lingot d'or qu'avait offert un sultan ottoman au pape Léon XI, si ma mémoire est bonne.

— C'est bien ça, Éminence, confirma le sacristain de son poste.

Il leva la main pour montrer l'anneau qu'il portait lui aussi.

— Le pape Léon XIII est-il au courant ? demanda Oscar.

— Non, il n'a jamais posé de question à ce sujet. Je suis sûr qu'il n'a pas remarqué nos bagues. Il n'est pas aussi proche de nous que l'était Pio Nono. Nous sommes pareillement ses chapelains, bien entendu, mais il y a une différence. Le pape Léon ne nous a pas choisis. Il a hérité de nous. Nous le servons. Nous l'aimons. Nous lui offrons tout notre dévouement. Il est le Saint-Père, mais nous ne sommes pas ses enfants comme nous l'étions pour Pio Nono.

— Léon a d'autres personnes autour de lui, précisa le cardinal Felici. Des chapelains personnels, qu'il a lui-même nommés. Mais nous sommes les chapelains résidents, et nous le restons du jour de notre nomination à celui de notre mort.

— À moins d'accéder à de plus hautes fonctions, nota le cardinal Tuminello, qui vida son verre en regardant ouvertement le cardinal Breakspear d'un œil amusé et moqueur.

Breakspear hocha la tête et baissa les yeux sur la table.

— Nous demeurerons ici jusqu'à notre mort, renchérit le cardinal Felici. Et même après, en ce qui concerne Cesare Verdi. Nos successeurs comme chapelains résidents seront choisis par celui qui sera pape au moment de notre disparition, mais la fonction de sacristain est un don de Dieu, qui se transmet de père en fils.

— Voilà qui est merveilleux ! s'enthousiasma Oscar en souriant à Cesare Verdi.

— Sauf que j'ai point d'gosse, m'sieu, déclara le sacristain. Ni d'femme.

— Mais vous avez le temps, répliqua Oscar. Je suis sûr que vous aurez les deux, le moment venu. Dieu y pourvoira. *C'est son métier**.

Cesare Verdi ne répondit pas. Le cardinal Tuminello lui tendit son verre vide et le sacristain, s'emparant de la carafe, lui servit une nouvelle rasade.

Un silence embarrassé s'installa de nouveau dans la pièce.

— Et Agnès ? demanda Oscar, en levant les yeux vers le tableau sur le mur. Parlez-moi d'elle. Malgré son extraordinaire ressemblance avec la Vierge de Michel-Ange, il s'agit de la jeune fille qu'a bénie Pio Nono ce jour-là. J'en suis certain.

— Non, monsieur, répondit le cardinal Felici sur le ton du défi.

— *Sì*, le contredit frère Matteo d'une voix douce en lui appliquant la main sur le bras. *La verità viene sempre a galla.*

— Il a raison, nous ne devons pas avoir peur de la vérité, appuya le cardinal Tuminello, qui, se penchant sur la table, écarta la vaisselle devant lui et posa son verre. Oui, Mr Wilde, cette belle enfant s'appelait Agnès. Elle a été nommée ainsi en hommage à Agnès de Rome, la vierge martyre, la sainte patronne de la chasteté. Nous l'aimions tendrement. Et nous l'aimons encore.

À côté de moi, le père Bechetti s'agita. Il avait toujours les yeux clos, mais ses mains tressaillirent. Frère Matteo s'avança et posa ses mains sur celles du vieux prêtre.

— Nous tenions tous à elle, reprit Tuminello. Je lui ai appris à lire et à écrire. Le père Bechetti a fait son portrait. Frère Matteo veillait sur elle. Mais Pio Nono l'aimait plus que quiconque.

— Qui était-elle ? demanda Oscar sans détacher son regard du tableau.

— Une blanchisseuse du Vatican, une fille des rues recueillie par les religieuses. Ce sont les nonnes qui l'ont baptisée. Elle aurait fini par devenir l'une des leurs. Elle avait la vocation. Sa foi était simple mais ardente. Pio Nono avait su le voir. Elle était sa préférée. Sa présence le ravissait. Qui aurait pu lui résister ? Elle n'était que douceur et lumière. Elle était, ainsi qu'il le disait, l'incarnation de l'innocence. Un agneau de Dieu.

— Et elle est morte ? s'enquit Oscar d'une voix à peine plus audible qu'un murmure.

— Nous l'ignorons, répondit le cardinal Felici. Nous n'en avons pas la moindre idée.

— Moi, je sais, affirma le cardinal Tuminello.

Il étendit ses doigts sur la table, de part et d'autre de son verre vide.

— Elle est au paradis. Parmi les anges. J'ai entendu sa voix. Elle est auprès de Dieu.

— La vérité, Mr Wilde, c'est que nous ne savons rien, insista Felici.

Il s'exprimait à présent avec une tranquille assurance.

— Elle est peut-être vivante, elle est peut-être morte. Nous ne savons tout simplement pas. Elle a disparu.

Oscar darda un regard perçant sur le cardinal.

— Disparu ?

— Oui. Un jour, elle était parmi nous, et le lendemain, elle n'y était plus. C'est arrivé aussi simplement – et brutalement – que ça.

— Personne n'a essayé de la retrouver ?

— Nous avons fouillé toute la basilique, puis tout le Vatican, puis toute Rome. Elle n'était nulle part. Les nonnes l'ont cherchée de leur côté, les gardes suisses également.

Le cardinal Tuminello le coupa avec colère.

— C'est faux. Les gardes suisses n'ont rien fait.

— Ils avaient d'autres préoccupations, argua le cardinal Breakspear. Comme nous tous. La fille a disparu le 7 février 1878.

— La date est importante ?

— C'était le jour de la mort de Pio Nono.

De nouveau, le silence se fit. J'attendais d'Oscar qu'il le rompît mais il ne dit rien. Il était assis en face de moi, à l'autre extrémité de la table, les yeux rivés sur le portrait de la belle jeune fille.

— Puis-je poser une question ? demandai-je finalement.

Le cardinal Tuminello pivota, sourit, et leva son verre vide dans ma direction.

— Ah, fit-il. La voix de Sherlock Holmes.

— Est-il possible qu'elle ait été enlevée ?

— Oui, me répondit le cardinal Felici avec un profond soupir. Ce n'est que trop fréquent. De jeunes filles sont harponnées dans les rues et vendues comme esclaves.

Oscar se tourna vers le prélat.

— À Rome, à la fin du XIXe siècle ? Vous me surprenez, Éminence.

— De Rome, elles sont conduites en Sicile, puis en Afrique du Nord, expliqua le cardinal. C'est un commerce épouvantable, cruel et barbare, mais prospère.

— Elle n'a pas été enlevée dans la rue et vendue comme esclave, intervint Tuminello. Elle ne mettait pas les pieds dehors. C'était une jeune fille innocente, qui vivait ici, en toute quiétude. Elle logeait dans le dortoir au-dessus de la lingerie. Les sœurs l'adoraient autant que nous. Elle était ici chez elle.

— Elle a pu s'enfuir, objecta Felici. C'est possible.

— S'enfuir ? Pour quelle raison se serait-elle enfuie ?

— C'était une enfant, Tuminello. Peut-être désirait-elle la compagnie de camarades de son âge. Pio Nono lui a enseigné le catéchisme. Vous lui avez appris à lire et à écrire. Mais peut-être aspirait-elle aussi à faire ce que font les enfants, à *jouer*, et pas seulement à prier. Avez-vous pensé à cela ?

— Non, fit le cardinal Tuminello en hochant la tête avant d'ajouter, tout en tendant son verre vide à Cesare Verdi : Ce n'est pas ce qui s'est passé.

— Personne ne sait ce qui s'est passé, martela le cardinal Felici.

Le maître des cérémonies pontificales avait recouvré toute sa contenance. S'adressant directement à moi, il s'exprima de nouveau avec son autorité coutumière.

— Je crains que la pauvre enfant n'ait rejoint la bande de sauvageons qui vivent sur la colline, derrière la pyramide. Leur réputation n'est plus à faire.

— Aujourd'hui, protesta Tuminello en faisant claquer sa main sur la table. Mais à l'époque, il n'y avait personne là-bas.

— Il y avait des bohémiens. Tout un campement.

— Regardez-la, Francesco. Agnès n'était pas une bohémienne. C'était un ange.

Felici tourna une fois encore sa chaise pour contempler le tableau.

— Elle était très belle, dit-il simplement. Personne n'en disconviendra. Et un jour, nous l'avons perdue. Elle était parmi nous et, tout à coup, elle n'y était plus. Elle s'est évaporée. Où elle est allée, et pourquoi, nous l'ignorons. C'était il y a longtemps maintenant et nous n'en parlons jamais car à quoi cela nous avancerait-il ? Ce ne sont que des spéculations sans fondement – et pernicieuses.

— Elle s'est évaporée… répéta Oscar lentement, pensivement, tout en repliant avec soin sa serviette qu'il déposa à côté de son assiette.

— Cela me semble assez improbable, ajoutai-je de l'extrémité de la table. « S'évaporer » me semble l'explication la moins vraisemblable.

Le cardinal Tuminello, qui était désormais passablement soûl, me considéra avec des yeux flamboyants.

— Que dit Sherlock Holmes à Watson dans *Le Signe des quatre* ? Vous l'avez écrit. Nous l'avons lu.

— Ce n'est qu'un roman, plaidai-je. Une fiction sans conséquence.

— Vous vous souvenez sans doute de la phrase, insista Tuminello. « Combien de fois vous ai-je dit que, lorsque ont été éliminées toutes les impossibilités, l'hypothèse restante, aussi improbable qu'elle soit, doit être la bonne ? »

— Oui, je me souviens de ce passage, admis-je.

— Agnès s'est évaporée. Elle a été aspirée par les cieux. Il y a des précédents.

Le cardinal Felici déplaça avec peine sa lourde stature.

— Verdi, quelle heure est-il ?

— Bientôt sept heures, Éminence.

— La prière du soir nous appelle, annonça le cardinal. *Agimus Tibi gratias, omnipotens Deus, pro universis beneficiis Tuis, Qui vivis et regnas in saecula saeculorum*, murmura-t-il, les paupières closes et le bout des doigts posé sur le bord de la table devant lui.

Les autres ecclésiastiques répondirent automatiquement :

— *Deus det nobis Suam pacem.*

— *Et vitam aeternam*, conclut Felici en se dressant sur ses pieds, les yeux toujours fermés.

— *Amen.*

Le cardinal s'écarta de la table, redressa les épaules et contempla la pièce en reniflant l'atmosphère, tel un général au sortir de sa tente un jour de bataille.

— Le devoir m'appelle, déclara-t-il.

Axel Munthe, qui lui faisait face, se leva également.

— Merci, Éminence, pour ce mémorable thé.

Le docteur regarda sur sa droite, puis sur sa gauche, et ouvrit les mains.

— Avant de partir, permettez-moi d'installer le cardinal Tuminello et le père Bechetti dans leurs cellules. Frère Matteo m'aidera.

— Très bien, fit sèchement Felici, qui nous adressa, à Oscar et à moi, un signe de tête. Messieurs, je vous remercie de votre compagnie.

Nous nous levâmes et nous inclinâmes devant le prélat.

— Au moins, nous avons eu du thé – et une sorte de débat. Ce n'était pas tout à fait ce que Breakspear avait imaginé, mais les échanges ont été parfois vifs. Je crois que nous pouvons tous en convenir.

Il frappa dans ses mains.

— Pardonnez mon départ précipité. Dieu est mon sauveur, mais aussi le maître de mon emploi du temps.

Il réfléchit à la façon dont il allait sortir et choisit de passer sur sa droite, derrière frère Matteo, sur l'épaule duquel il posa furtivement la main en passant. Il s'arrêta pour remercier le sacristain qui se tenait, tête baissée, au bout de la desserte.

— Vous nous avez servi un excellent thé à l'anglaise, Verdi. Merci. C'est seulement dommage pour les sandwichs au concombre.

Tandis que le maître des cérémonies pontificales quittait le réfectoire, sur la table, les bougies inclinèrent leur flamme en une sorte de génuflexion.

15

Quand le pape meurt

Une fois le cardinal Felici sorti, Cesare Verdi ramassa la trousse d'Axel Munthe et offrit son bras au cardinal Tuminello, que celui-ci accepta avec reconnaissance. Le sacristain et l'exorciste du Vatican marchèrent en tête, suivis par le médecin et le bon capucin qui soutenaient le faible père Bechetti. Lentement, d'un pas feutré et hésitant, les cinq hommes descendirent les marches du réfectoire puis gravirent celles immédiatement voisines qui menaient aux cellules des chapelains. Je proposai mon aide, mais Munthe se montra catégorique.

— Non, merci. Trop de médecins nuisent au diagnostic. Nous ne serons pas longs.

Oscar reprit place à l'extrémité de la table. Lorsque le cortège médical eut disparu, je m'avisai du sourcil légèrement haussé de mon ami et me rassis également. Je remarquai que le cardinal Breakspear n'avait pas bougé. Quand Felici s'était levé après avoir dit les grâces, il était le seul à n'avoir pas quitté la table, l'œil fixé dans le vague sur le mur devant lui.

Breakspear sembla avoir lu dans mes pensées.

— Je n'ai pas enfreint le protocole. Je ne dois aucune déférence à Felici. Tuminello, lui et moi sommes de rang égal. Ils sont mes aînés par l'âge – je n'ai pas encore quarante ans alors qu'ils en ont dans les cinquante ou soixante –, mais nous avons le même statut. La hiérarchie de l'Église romaine compte quatorze grades et il se trouve que nous sommes tous trois sur le même barreau de l'échelle ecclésiastique. Je vous accorde que le maître des cérémonies pontificales commande à presque tout ce qui tombe sous son regard dans l'enceinte de Saint-Pierre, mais il ne précède en dignité ni le grand pénitencier ni l'exorciste du Vatican. Rien ne m'oblige à me lever en sa présence.

— Vous êtes tous aussi haut placés, dit Oscar en inclinant la tête avec respect en direction du cardinal, mais je crois que vous avez des raisons d'être le plus fatigué. Entendre des confessions à longueur de journée doit être épuisant.

Le cardinal Breakspear rit.

— C'est un travail que l'on confie aux plus jeunes, vous savez, parce que nous avons encore l'ouïe fine. Lorsqu'il est dans le confessionnal, le pénitent a tendance à murmurer. Il faut tendre l'oreille pour saisir ses péchés dans toute leur horreur. Épuisant, ça l'est *réellement*. Et vous finissez avec un torticolis.

Il recula sa chaise.

— Que diriez-vous de voler un verre du vin de Tuminello ?

— De quel genre de vin s'agit-il ? demanda Oscar. Il a une couleur peu engageante.

— Et l'effet d'une massue quand on le boit dans les mêmes quantités que Tuminello. Il l'importe personnellement. Le boire à sa place est lui rendre service.

Il alla prendre des verres et la carafe sur la desserte et les rapporta sur la table.

— Approchez-vous et venez vous asseoir ici, Conan Doyle. Faisons comme si nous étions des messieurs que ces dames ont quittés à l'heure de boire leur porto.

Je vins prendre la place du cardinal Tuminello, à la gauche d'Oscar, immédiatement en face de Breakspear. Le grand pénitencier servit le vin. Oscar le renifla de ses narines dédaigneusement dilatées. Il prit une timide gorgée, puis une seconde.

— C'est du madère, déclara-t-il, le visage soudainement illuminé. Et il est absolument superbe.

Il leva son verre en direction du cardinal Breakspear.

— À votre santé, Éminence. Ainsi que nous l'avons appris d'un Pope, « il faut boire à pleine coupe à la fontaine d'Hypocrène, ou n'y point boire du tout [1] ».

— De quel pope s'agit-il ? demanda Breakspear.

— Alexander Pope, l'auteur de ce célèbre poème : « Un savoir médiocre est une chose dangereuse, il faut boire à pleine coupe… », et cætera. Vous devez l'avoir appris à l'école.

— Nous n'avons pas étudié Pope à Stonyhurst, si, Conan Doyle ?

1. Alexander Pope (1688-1744), *Essais sur la critique* (1711).

— Je crois que si, répondis-je. J'en suis même sûr.

— Mauvaise réponse, mon garçon ! rugit Breakspear, qui, s'esclaffant bruyamment, vida la carafe dans nos verres jusqu'à ras bord. Encore une effronterie de ce genre et je vous ferai tâter du « *tolley* » !

— Je suis heureux d'avoir fait ma scolarité en Irlande, déclara Oscar en souriant. En Angleterre, les élèves semblent prendre plaisir à se frapper *constamment* les uns les autres. C'est pour eux un rituel, certains diraient un fétichisme. C'est très curieux.

Il sirota son madère du bout des lèvres et fit rouler le vin autour de sa langue en étudiant Breakspear derrière ses paupières à demi closes.

— Depuis combien de temps êtes-vous à Rome, Éminence ? demanda-t-il.

— Je suis venu aussitôt après avoir quitté l'école. J'ai fait mon séminaire ici, au collège anglais. Je n'avais pas vingt-cinq ans quand Pio Nono m'a choisi pour être l'un de ses chapelains. Je le suis resté.

— Ceci est votre monde, dit Oscar en levant son verre en direction de la pièce.

— Et ces hommes sont ma famille, ajouta Breakspear en considérant les sièges vides autour de la table.

— Sont-ils aussi vos amis ? interrogea Oscar. Les appréciez-vous ?

Le prélat se mit à rire.

— Oh non, je les connais beaucoup trop bien pour ça. Je les aime, mais je ne peux pas dire que je les apprécie. Loin de là.

— Et leur faites-vous confiance ?

— Je suis jésuite. La question est : eux, me font-ils confiance ?

Il pivota sur sa chaise pour examiner le tableau sur le mur.

— Le père Bechetti avait confiance en moi. À mon arrivée, il a été mon seul véritable ami. Il était déjà vieux et avait abandonné toute ambition. Il n'enviait pas ma jeunesse comme les autres. Il n'était pas jaloux de ce que l'avenir me promettait. Il me traitait comme son fils. Il me manque.

— Il est toujours là, fit doucement observer Oscar.

Le cardinal Breakspear se détourna du portrait.

— Mais pas son esprit.

— Vraiment ? fit Oscar. Il s'est joint aux grâces à l'instant.

— Vous l'avez remarqué ?

— Il parle…

— Quand la foi l'y pousse.

— De ce que j'ai vu de lui, il me paraît comprendre un petit peu ce qui se passe autour de lui.

— Vous avez raison. Il y parvient de temps en temps. Mais il n'est plus l'homme qu'il était jadis. Il a changé depuis la mort de Pio Nono.

Le cardinal Breakspear but une gorgée de vin et ferma les yeux. Le temps d'un instant, il parut se perdre dans ses pensées.

— Comme nous tous, lâcha-t-il.

— Que s'est-il passé ce jour-là ? demanda Oscar.

Breakspear soupira.

— Le monde a basculé. Notre univers a basculé. Complètement.

Il rouvrit les yeux et sourit à Oscar.

— Pio Nono était pontife depuis presque trente-deux ans – trente et un ans et deux cent trente-six jours pour être précis. C'est le plus long règne de l'histoire pour un pape. Il l'était déjà avant ma naissance. Il était notre Saint-Père. Il était *mon* Saint-Père.

— Vous étiez avec lui dans ses derniers instants ?

— Nous étions tous là. Et on aurait dit que l'Italie entière nous accompagnait : cardinaux, évêques, prêtres, moines et religieuses, membres de la famille, gardes suisses, domestiques, diplomates, dignitaires… Vers la toute fin, la moitié de l'aristocratie romaine s'est déplacée. Le roi a envoyé des émissaires. Sa chambre était pleine à craquer. On se serait cru au marché, s'il n'y avait eu le silence. Personne ne parlait. Personne ne faisait un bruit.

— Pas de larmes ?

— De temps à autre, au fond de la pièce, une sœur éclatait en sanglots, et on disait des prières, bien sûr. Mais c'est par-dessus tout le silence dont je me souviens, cette immobilité inquiète, comme si, des heures durant, tout le monde retenait son souffle.

Le cardinal Breakspear termina son vin et s'approcha de la table.

— Quand le pape meurt, c'est l'histoire qui s'écrit.

— Et vous étiez là… dans la pièce.

— J'y étais. Agenouillé à son chevet. Pendant quelques instants, ce dernier matin, je lui ai tenu la main. Il m'a parlé, *à moi.* « *Nicholas, questa volta me ne vado davvero* – Nicholas, cette fois, je pars pour de bon. » Le pauvre homme souffrait depuis des mois de bronchites et de fièvres. Depuis des semaines, il louvoyait au seuil de la mort. Il avait survécu aux pires heures de l'hiver et il est mort le 7 février 1878. C'était un jeudi. La nuit précédente, il avait plutôt bien dormi. Il a pris de la quinine et un bouillon, et il nous a bénis avec le crucifix qu'il gardait sous son oreiller. Quelqu'un veillait à son chevet toute la nuit. Vers cinq heures moins le quart du matin, ses membres ont été pris de violents tremblements et sa respiration s'est accélérée. Mais il a gardé les idées claires jusqu'à la fin. Quand on lui a administré le viatique, l'ultime eucharistie, il en a lui-même répété les prières. Il a reçu l'extrême-onction à neuf heures. À une heure, en tant que secrétaire de la Congrégation de la Suprême Inquisition, le cardinal Bilio a commencé les prières aux mourants. Le Saint-Père a lutté pour y répondre, mais une fois son acte de contrition terminé, et les mots « *col vostro santo aiuto* » prononcés, il a paru recouvrer des forces. Il s'est ranimé jusqu'à quatre heures environ, moment où son agonie a débuté. Le cardinal Bilio lui a récité le Proficiscere : « Poursuis ton voyage, ô âme chrétienne ! Pars de ce monde ! Pars, au nom de Dieu… » Il est mort à six heures moins vingt.

Dès le départ, Breakspear m'avait inspiré de la réserve. D'instinct, je ne lui avais accordé ni ma sympathie ni ma confiance. Mais, je l'avoue, je trouvai son témoignage étonnamment émouvant.

— Et au moment de son décès, comment vous sentiez-vous ? lui demandai-je.

— Abandonné. Seul. Honteux.

— Honteux ?

— Je savais qu'à cet instant – plus que jamais – mes pensées auraient dû le suivre, mais la vérité est celle-ci : je ne songeai qu'à moi. Pio Nono était mort et je m'apitoyai sur *mon* sort. Je me sentis au bord du désespoir.

Le cardinal Breakspear porta ses doigts à ses sourcils et se couvrit les yeux de ses mains.

— Grand Dieu… C'est moi qui suis censé être le confesseur, et voici, messieurs, que je vous révèle des choses que je n'avais jamais dites à personne.

— S'il vous plaît, fit Oscar en se penchant vers lui, finissez votre histoire. Achevez votre récit de cette journée. Que s'est-il passé ensuite ?

Le cardinal dévisagea Oscar. Il paraissait surpris.

— Ce qu'il s'est passé ensuite ? répéta-t-il.

— Oui, le pressa Oscar. Vous avez quitté la chambre ?

Breakspear prit une profonde inspiration et passa sa main sur sa bouche.

— Pas tout de suite. Je suis resté pour assister à l'étrange cérémonie qui accompagne la mort d'un pape. L'un des cardinaux s'est avancé, un petit marteau en argent à la main. Vous l'avez peut-être déjà vu ; le sacristain le range ici, sur la desserte. Il est venu se placer au chevet de Pio Nono et, avec son instrument, il a frappé le Saint-Père au front, trois fois, vigoureusement, en l'appelant par son véritable nom : « *Giovanni Mastai, sei morto ?* » – Giovanni Mastai, es-tu mort ? Et n'ayant obtenu aucune réponse, il s'est retourné et, face à la pièce, a levé les bras et proclamé au monde que Pio Nono n'était plus.

— Et la fille ? La belle enfant du tableau, Agnès ?

Oscar jeta un coup d'œil en direction du portrait accroché derrière le cardinal Breakspear.

— Pourquoi cette question ? Elle n'était pas là.

— Où se trouvait-elle au moment de la mort de Pio Nono ?

— À la lingerie, je suppose. Dans son dortoir ? Quelque part. Je ne sais pas. À prier avec les religieuses, peut-être.

— À quel moment, alors, a-t-elle appris la nouvelle ?

— Je n'en ai aucune idée. La mort du pape n'est pas une information qui se propage lentement. Elle a dû être au courant quelques minutes à peine après le décès du Saint-Père. La rumeur a dû lui parvenir presque aussitôt, la pauvre enfant. Elle était toujours dans les parages. Elle ne quittait jamais le Vatican. En tout état de cause, elle l'aura su en entendant sonner le glas au clocher.

— Mais vous l'avez vue ce soir-là, cardinal Breakspear. J'en suis persuadé.

— Qu'est-ce qui vous fait dire cela ?

— Quand le cardinal Tuminello a parlé d'elle il y a quelques minutes, avec tant d'entrain, de passion et de tendresse, vous n'avez rien dit. Pas un mot. D'après mon expérience, lorsqu'un homme intelligent a beaucoup de choses à dire, il se tait.

— Je n'ai rien à dire à propos d'Agnès.

— S'il vous plaît, racontez-moi ce qui s'est passé, Éminence.

Nicholas Breakspear plaça précautionneusement ses mains l'une sur l'autre devant lui sur la table. Il me lança un bref regard comme s'il recherchait mon soutien ; je baissai les yeux sur ses mains ; il se tourna vers Oscar et se donna une contenance. Il parla d'une voix mesurée :

— Mr Wilde, la mort du pape est un événement public. Je vous ai raconté ce dont je me souviens des circonstances du décès de Pio Nono afin de satisfaire votre curiosité. Ce fut un moment historique, un moment important. J'ai eu le privilège d'y assister et votre intérêt est, à tous égards, parfaitement légitime. Mais la mort d'une enfant inconnue est insignifiante… C'est autre chose.

— Elle est morte ?

Le cardinal Breakspear hésita.

— Pourquoi me le demander ? Je n'en sais rien. Je pense. Je crois.

Oscar insista.

— Vous l'avez vue ce soir-là, Éminence. Dites-moi ce qui est arrivé.

Breakspear se renversa sur sa chaise, interdit, exaspéré.

— À quoi jouez-vous, Mr Wilde ? Que savez-vous de cette fille ? Qui est-elle pour vous ?

Oscar fixa le cardinal sans ciller.

— Qui est-elle pour vous, Mr Wilde ?

— Rien, répondit Oscar au bout d'un moment. Rien du tout.

Il saisit son verre de madère entre les doigts en coupe de sa main droite. Lentement, il prit une gorgée de vin, puis leva une nouvelle fois les yeux vers le tableau.

— Mais elle est là, cette fille, Agnès… Irréfutable. Je constate sa beauté et je pressens son innocence.

— Comment savez-vous son nom ?

— Le père Bechetti me l'a dit l'autre jour.

— Impossible, répliqua sèchement Breakspear. Je ne vous crois pas, Mr Wilde.

— Racontez-moi ce qu'il s'est passé, répéta Oscar. Dites-le-moi. S'il vous plaît.

— Dites-lui, Éminence.

Cesare Verdi se tenait à l'entrée du réfectoire. Ses yeux noirs brillaient à la lueur des bougies.

— Mon frère m'a parlé de Mr Wilde. On peut lui faire confiance, Éminence. S'il vous d'mande ça, c'est qu'il a ses raisons.

— Merci, murmura Oscar.

Le cardinal Breakspear considéra le sacristain.

— Vous êtes seul ?

— Oui. Le Dr Munthe leur fait ses piqûres magiques.

Breakspear sourit.

— Il hâte leur fin…

Immobile, la silhouette de Cesare Verdi se découpait dans le cadre de la porte.

— Frère Matteo est avec eux.

Il passa ses mains dans sa chevelure bouclée et les essuya sur les pans de sa soutane. Hormis le col, il était habillé comme un prêtre, mais un seul coup d'œil suffisait à deviner qu'il ne l'était pas. Il croisa les bras et adressa un signe de tête à Oscar, qui l'interpréta comme un encouragement.

— Que s'est-il passé, Éminence ? Vous avez vu Agnès ce soir-là, après la mort de Pio Nono, n'est-ce pas ?

— Oui. Je l'ai trouvée à dix heures dans la sacristie.

— Elle était seule ?

— Oui.

— Ici ? Dans cette pièce ?

— Non, en bas.

Il indiqua, derrière Cesare Verdi, la première salle, celle aux murs tendus de damas rouge.

— Je l'ai découverte étendue sur la banquette des larmes.

— Endormie ?

— Non. Morte.

Il marqua une pause et reprit brièvement son souffle. Il fit glisser son verre vide vers le centre de la table.

— Du moins, je crois qu'elle l'était. C'est ce que j'ai pensé. Elle était aussi blanche qu'un surplis et aussi froide qu'un calice.

— Vous l'avez touchée ?

— J'ai posé mes doigts sur son front. J'ai ramené ses cheveux en arrière et j'ai cherché son pouls dans son cou. Je n'ai rien senti. Elle avait des traces de larmes sur les joues et les yeux fermés.

— Était-elle morte depuis longtemps ?

— Je l'ignore.

Oscar avait terminé son vin. Il poussa lui aussi son verre au centre de la table. Il contemplait le cardinal Breakspear d'un regard bienveillant.

— Vous paraissait-elle sereine ?

— Oui. Elle avait les bras croisés sur la poitrine et les pieds posés sur un coussin.

— Elle souriait ?

— Oui, Mr Wilde, elle souriait. Comment le savez-vous ?

Oscar ne répondit pas. Je me penchai en avant.

— Qu'avez-vous fait ?

— Rien. Je ne savais pas comment réagir. Je me suis agenouillé auprès de cette malheureuse enfant et je suis resté sans rien faire.

— Vous n'avez pas appelé à l'aide ?

— Il était dix heures du soir. Tous ceux qui n'étaient pas encore au chevet du Saint-Père étaient à complies. Je me suis agenouillé à côté de la banquette des larmes et j'ai laissé couler les miennes.

— Vous avez pleuré, reprit Oscar, mais qu'avez-vous pensé qu'il s'était produit ? Pourquoi était-elle là ? *Pourquoi* était-elle morte ?

Le cardinal Breakspear répondit sans hésitation :

— Je me suis dit qu'elle était morte de chagrin.

— Une telle chose est-elle possible ? demandai-je.

— Oh oui, murmura Oscar. Ça arrive tout le temps.

Nicholas Breakspear me regarda et sourit.

— Agnès aimait Pio Nono comme je l'aimais moi-même. Comme nous l'aimions tous. Mais son amour était plus grand encore. Elle n'avait ni père, ni grand-père, ni frère, ni oncle, mais elle avait Pio Nono. Et, comme elle n'était qu'une enfant, son affection pour lui avait une simplicité et un désintéressement que n'avait pas la nôtre. Et Pio Nono la chérissait profondément. Il aimait beaucoup les enfants. Il était toujours à son aise avec les bébés. Il plaisantait avec les enfants de chœur, se livrait avec eux à de petits jeux, mais Agnès était la seule avec qui il s'était vraiment lié. Elle était pour lui plus que sa fille. Elle était son bonheur, l'incarnation de l'innocence. Elle a apporté une joie pure à ses vieux jours. Elle était son petit agneau de Dieu.

Le cardinal Breakspear se retourna vers Oscar.

— Vous me demandez quelles étaient mes pensées lorsque je me tenais agenouillé au pied de la banquette des larmes, à côté du corps sans vie de cette belle enfant ? Je me disais que Pio Nono mort, Agnès l'avait accompagné au ciel. C'était ce qu'ils auraient souhaité l'un et l'autre.

— Pio Nono avait quatre-vingt-cinq ans, observa calmement Oscar. Agnès en avait douze, treize ?

— Treize ou quatorze, précisa Breakspear. Quelque chose comme ça.

— Un âge difficile, remarqua Oscar.

— C'est ce qu'on dit. Mais je n'ai pas de sœur.

— Et ensuite, que s'est-il passé ?

— Je l'ai laissée telle que je l'avais trouvée. Je me suis levé, je me suis signé et j'ai quitté la sacristie en laissant lampes et bougies allumées, et sans verrouiller la porte. On ne la ferme jamais à clé. Je me suis rendu à complies. Et pendant l'office, des idées plus sombres me sont venues. Une fois à genoux, j'ai commencé à me dire qu'Agnès avait mis fin à ses jours. Durant la prière, j'en suis devenu convaincu. Submergée de chagrin et de désespoir en apprenant le décès de Pio Nono, la pauvre enfant était venue trouver refuge sur la banquette des larmes et s'y était suicidée.

— Comment ?

— Je n'en avais aucune idée, mais j'en étais certain.

— Et à la fin de la messe ?...

— Une fois l'office terminé, tout le monde est retourné auprès du lit de mort du Saint-Père pour veiller son corps durant la nuit.

— Et vous ?

— Je n'ai rien fait. Je n'ai rien dit.

— Sauf à moi, intervint Cesare Verdi du pas de la porte.

— Oui, reconnut le cardinal. J'ai croisé Cesare dans le couloir qui sépare la chapelle Sixtine des appartements du pape. Comme il retournait à la sacristie, je savais que je n'avais pas le choix. Je devais le mettre au courant. Je lui ai fait jurer le secret et nous sommes venus ici tous les deux, en silence.

— Et qu'avez-vous trouvé ?

— Rien ! s'exclama Breakspear. La banquette des larmes était vide. Elle avait disparu. Elle n'avait laissé aucune trace. Absolument aucune.

— Si elle a jamais été là, alors elle s'est envolée, renchérit Cesare Verdi. Évaporée.

16

Homard et mayonnaise au citron

J'ai entendu dire, et lu, que la personnalité de ma créature, « Sherlock Holmes », était, au moins en partie, inspirée de celle de mon ami Oscar Wilde. C'est inexact. Certes, je reconnais que Holmes et Wilde étaient tous deux des excentriques au génie singulier : intellectuellement brillants, intuitifs et observateurs, doués pour les langues, uniques dans leur manière de s'exprimer. Ni l'un ni l'autre n'était très sensible au frou-frou des jupons, mais ils étaient fidèles à eux-mêmes et à leurs amis. Ils partageaient de nombreuses qualités, et, aussi, quelques faiblesses. Dans leurs pires moments, ils se montraient l'un comme l'autre si vaniteux, suffisants, égoïstes et imbus d'eux-mêmes qu'on parlerait, je le crains, de « narcissisme » et d'« égocentrisme » dans le jargon psychanalytique moderne. Et, dans leur nature même, l'un comme l'autre possédait en outre des instincts qui les entraînaient au-delà des mœurs tolérées de leur temps. Pour Holmes, cela le conduisit à une malheureuse dépendance à la cocaïne. Quant à Wilde, cela le mena jusqu'aux portes de la geôle de Reading. Mais ces deux contemporains remarquables, en dépit de tant de points communs, étaient toutefois deux individus très différents. Intrinsèquement, Holmes était un scientifique, un homme d'action et un pragmatique. Oscar était un poète, un homme d'inaction et un romantique. De plus, l'un n'aurait pu avoir l'autre pour modèle puisque j'ai créé Mr Sherlock Holmes quelques années avant d'avoir rencontré Mr Oscar Wilde.

En revanche, le personnage de *Mycroft* Holmes est certainement redevable à mes relations d'amitié avec Oscar Wilde. Ce fut lors de notre séjour à Rome en juillet 1892, et plus précisément en ce samedi soir, je m'en souviens, que je décidai de doter le « formidable Sherlock Holmes » d'un frère, plus âgé, plus grand, plus large, plus fort, et de le rendre plus brillant encore que son cadet. Dès que se forma l'idée dans mon esprit, je le visualisai complètement. Aussitôt, sans hésitation, j'attribuai à ce frère le génie d'Oscar, son apparence, son indolence – et son appétit.

J'ai aussi entendu dire que j'avais façonné le Dr John H. Watson d'après un certain Dr Arthur Conan Doyle. Cela aussi, je le réfute catégoriquement, mais je vous accorde ceci : l'ami et chroniqueur de Sherlock Holmes et moi-même avons un trait en commun. *Nous sommes des hommes d'habitude*. Par exemple, j'aime prendre mon petit déjeuner à huit heures, déjeuner à une heure et ne pas dîner le soir après huit heures et demie. Oscar, au contraire, ne se souciait pas de l'heure à laquelle il mangeait, pourvu que ce fût souvent et bien.

Ce soir-là, nous dînâmes à minuit chez Axel Munthe, dans l'ancien logement de Keats, de homard froid et de mayonnaise au citron, de fraises fraîches et de champagne français. Il était onze heures passées lorsque Oscar s'était procuré ces victuailles auprès des cuisines de l'*Hôtel de Russie* alors que nous passions Via del Babuino en provenance du Vatican et en direction de la Piazza di Spagna. Il utilisa un panier à pique-nique pour les apporter chez Munthe et les disposa sur une table basse devant la cheminée. Après avoir dressé notre souper, il recula d'un pas pour l'admirer.

— « Longtemps j'ai parcouru les régions dorées », déclama-t-il, une main élégamment posée sur le manteau de la cheminée et agitant de l'autre une pince de homard. « Et j'ai vu bien des États et des empires prospères[1] », mais je crois n'avoir jamais contemplé médianoche capable de rivaliser avec celui-ci. N'êtes-vous pas de mon avis, messieurs ?

Je marmonnai mon assentiment, tout en trouvant l'exubérance de mon ami quelque peu épuisante et en me demandant dans combien de temps je pourrais de nouveau me glisser entre les draps empesés de l'*Hôtel de Russie*. (J'aime me coucher avant minuit.) Munthe se montra plus affable.

— Vous nous avez en effet gâtés, Oscar. Merci. Malgré notre thé, je suis étonnamment affamé.

1. John Keats, « En ouvrant Homère traduit par Chapman » (1816). Traduction de la duchesse de Clermont-Tonnerre.

— Bien sûr que vous l'êtes, déclara Oscar en plongeant sa pince dans le bol de mayonnaise. On vous a privé de vos sandwichs au concombre.

— Pas de concombres au marché, gloussa Munthe, qui, sans quitter son fauteuil, se pencha en avant et détacha avec les doigts un morceau de chair de la carapace du homard.

— Même en payant comptant ! rugit joyeusement Oscar.

— Pour une heure si tardive, vous me paraissez tous deux d'excellente humeur, remarquai-je avec un brin d'aigreur.

— Cela vous surprend ? Après avoir bordé deux de ses patients, Munthe les a quittés endormis comme des bébés, tandis que vous et moi, Arthur, avons enfin fait des progrès significatifs vers la résolution du mystère de la belle petite Agnès.

— Vraiment ? demandai-je, incrédule.

Je m'adossai à mon fauteuil, face à Munthe, et croisai les bras.

— Vous croyez qu'elle a été assassinée ? interrogea Munthe.

— Disons que je ne crois pas qu'elle se soit envolée vers le ciel sur les ailes d'un ange, répliqua Oscar. Pas plus que je ne crois qu'elle se soit suicidée.

Mon ami prit la pause à côté de l'âtre. En le regardant se tourner vers la cheminée, je remarquai la main momifiée de l'infortuné charpentier qui avait mortellement chuté de la toiture de l'église d'All Saints.

Il déposa les restes de sa pince de crabe dans la paume ouverte et poursuivit :

— Agnès était une orpheline, une enfant abandonnée que les nonnes du Saint-Siège ont recueillie quand elle était encore toute petite. C'était une fillette enjouée. Jolie, fraîche, en pleine santé. Je le sais. Rappelez-vous : j'étais à côté d'elle lors de mon audience avec Pio Nono dix mois à peine avant sa mort. Tout le monde l'aimait, et puis elle a disparu. Un jour elle était là, le lendemain, elle n'y était plus. Comment est-ce possible ? Que s'est-il passé ? Est-elle tombée dans le terrier d'un lapin ? Non. S'est-elle évaporée ? Non. Soit elle a été enlevée, soit elle a été assassinée, soit les deux.

— Ne peut-elle s'être enfuie ? suggéra Munthe.

— Elle avait treize ou quatorze ans. Je suppose que c'est une possibilité, mais c'est peu probable. Pourquoi partir ? La blanchisserie du Vatican était sa maison et cela depuis sa plus tendre enfance. Les nonnes qui y travaillaient étaient sa famille. Et la mort de Pio Nono, aussi pénible fût-elle, n'était pas une surprise. Il était vieux et malade. La nouvelle de sa disparition a certainement bouleversé l'enfant – cela peut même lui avoir brisé le cœur, comme le suggère Breakspear –, mais en quoi cela l'aurait-il incitée à s'enfuir ? L'hypothèse de la fuite ne tient pas debout.

— Mais celle du meurtre est-elle plus vraisemblable ? demandai-je sèchement. Breakspear ne peut-il avoir raison ? Est-il impossible qu'elle se soit suicidée ?

— D'après ce que nous savons d'elle, tout indique qu'Agnès était très croyante. Elle était entièrement dévouée au Saint-Père. Je les ai vus ensemble, je peux en témoigner. Sa foi était évidente

– simple, peut-être, mais sincère. Elle connaissait les dix commandements. « Tu ne tueras point. » Le suicide est un péché mortel. La pieuse Agnès ne l'aurait pas commis.

Munthe se renversa sur son siège et, cillant derrière ses culs de bouteille tout en se léchant avec application le bout des doigts, il entreprit de résumer ce que nous lui avions rapporté du témoignage du cardinal Breakspear.

— Le grand pénitencier prétend qu'il a découvert la fillette dans la sacristie, morte. Il était dix heures. Il est resté à ses côtés pendant quelques minutes, puis il est parti, laissant le corps gisant sur la banquette. Il est allé directement de la sacristie à l'église pour assister à complies, et dès l'office terminé, une demi-heure plus tard environ, il est retourné à la sacristie. À son arrivée, la fille avait disparu.

— Exactement.

— Personne d'autre ne l'a vue ?

— Il semblerait. La dernière fois qu'elle a été aperçue, c'était par une nonne, dans la blanchisserie, vers cinq heures. À ce moment-là, Pio Nono était encore en vie. À l'époque, la sœur avait déclaré qu'Agnès lui avait paru en tout point « comme d'habitude ». Parmi les religieuses, aucune n'a compris sa disparition.

— Et le cardinal Breakspear n'a vu personne se rendre dans la sacristie, ou en venir, avant ou après sa terrible découverte ?

— Personne. Les autres chapelains résidents étaient soit à complies, soit auprès du lit de mort du Saint-Père.

— Et sur le moment, Breakspear n'a parlé à personne de ce qu'il affirme avoir vu ?

— Seulement au sacristain, qu'il a croisé par hasard en revenant de la messe. Et il lui a aussitôt fait jurer le secret. Et depuis lors, d'après ce qu'ils affirment l'un et l'autre, aucun n'en a dit mot à personne.

— Pourquoi ? Pourquoi ce secret ?

— Parce que Verdi, naturellement, n'a rien vu. Et Breakspear ne dispose d'aucun élément pour étayer ce dont il affirme avoir été témoin. Il reconnaît lui-même ne pas avoir la certitude que la fille était morte. Il *pense* qu'elle a mis fin à ses jours, mais il admet n'en avoir aucune preuve. Il soutient que la raison pour laquelle il n'a rien dit à personne durant toutes ces années est qu'il ne voit pas à quoi cela pourrait servir.

Oscar fit une pause et se pencha au-dessus de la table pour examiner le plat de homard. Il choisit avec soin une deuxième pince, plus grosse et plus colorée que la première. Puis, de la poche intérieure de sa veste, il tira un petit marteau en argent avec lequel il entreprit de frapper la carapace jusqu'à ce qu'elle se brise.

— Vous le croyez ?

— Que voulez-vous dire ? demandai-je, en m'approchant pour étudier de plus près le marteau métallique.

J'étais sûr qu'il s'agissait de celui que j'avais vu sur la desserte de la sacristie.

— Qu'entendez-vous par : « Vous le croyez ? »

— Acceptons-nous le témoignage de Breakspear ? murmura Oscar, qui essuya le petit outil avec son mouchoir avant de le ranger dans sa veste.

Breakspear a-t-il *vraiment* vu Agnès morte sur la banquette des larmes ?

Il ferma à demi les yeux et s'appuya de nouveau contre le manteau de la cheminée.

— L'image est poétique, c'est certain, mais ne l'est-elle pas trop pour être vraie ?

— Seriez-vous en train d'insinuer que tout cela pourrait n'être qu'un subtil mensonge, Oscar ? l'interrogeai-je, toujours penché en avant, mais le regard désormais posé sur le plat de homard, et me demandant si, en fin de compte, je n'allais pas grignoter un morceau.

— Pourquoi inventerait-il une chose pareille ? fit Munthe avec une moue perplexe.

— Chez certaines personnes, le mensonge est une seconde nature, répliqua Oscar. Ils mentent comme ils respirent. C'est ce qui les fait vivre.

Mon ami ouvrit grand les yeux et me regarda.

— Arthur, croyez-vous que le cardinal Breakspear nous ait dit la vérité ?

Je tirai un morceau de homard hors de la carapace.

— Oui, répondis-je avec fermeté. Oui, je crois.

— Mais j'avais cru comprendre que vous ne l'appréciiez pas.

— C'est vrai, reconnus-je avant de tremper la chair du crustacé dans la mayonnaise.

— Et que vous ne lui faisiez pas confiance.

— Oui, mais son récit de la mort du pape m'a touché.

— Ah !

Oscar sourit.

— Les meilleurs escrocs sont toujours les plus convaincants.

Il me contemplait, amusé par le plaisir avec lequel je plongeai déjà un deuxième morceau de homard dans la mayonnaise au citron.

— Breakspear affirme qu'il était à l'école avec vous.

— Je ne me souviens pas de lui, répondis-je, la bouche à moitié pleine. Mais pourquoi le devrais-je ? Au moment où nous y étions, il était de plusieurs années mon aîné.

— Arthur, pensez-vous *sincèrement* qu'il a été votre condisciple ?

— Mon Dieu, pour quelle raison mentirait-il à propos d'une chose pareille ?

— Pour quelle raison, en effet ? Mais il n'avait jamais entendu parler d'Alexander Pope, qui, d'après vous, était pourtant au programme à Stonyhurst…

Oscar inspira profondément pendant que ses doigts se promenaient au-dessus du bol de fraises.

— Messieurs, il y a chez le cardinal Breakspear quelque chose qui ne s'accorde pas.

Il saisit un fruit et l'approcha de la lampe à gaz pour l'étudier de plus près.

— Prenez cette histoire de goûter à toutes les espèces animales. Manger de la belette, de l'hermine et du porc-épic. C'est grotesque.

— Votre ami le Dr Buckland l'a fait.

— Certes. Et Breakspear l'a copié. Breakspear n'a pas d'imagination.

— Cela fait-il pour autant de lui un meurtrier ? demanda Munthe.

— Pas nécessairement, mais, en ce qui me concerne, cela fait de lui un *suspect*.

Oscar croqua dans sa fraise, en jeta la queue dans la main du défunt charpentier et s'essuya la bouche avec son mouchoir.

— Et puis ce nom… Ça aussi, c'est grotesque.

— Vous trouvez ? Breakspear est un nom ancien.

— Historique.

Oscar fouilla ses poches à la recherche de son étui à cigarettes.

— Son Éminence le cardinal Nicholas Breakspear, qui a l'ambition de devenir le prochain pape anglais, s'appelle exactement comme le dernier. C'est absurde.

— C'est une coïncidence, rien de plus.

— Demain, Arthur, lorsque vous enverrez un télégramme à votre épouse pour la rassurer – comme je sais que vous le ferez –, je vous serais obligé si vous en adressiez également un à votre ancien collège. Interrogez-les au sujet d'un certain « Nicholas Breakspear », voulez-vous ? A-t-il réellement été votre condisciple ou est-il un imposteur ?

— Et *quand bien même* il serait un imposteur, cela ferait-il de lui un assassin ? demanda Munthe. Pour quelle raison, exactement, le cardinal Breakspear aurait-il tué une enfant innocente ?

— Parce qu'il en avait la possibilité.

— Parce qu'il en avait la possibilité ?

Axel Munthe secoua la tête, interloqué.

— L'« affirmation de soi » est le prétexte à bien des meurtres, estima Oscar en allumant sa cigarette à la flamme d'une des bougies posées sur la cheminée.

— Je serais plus convaincu par un mobile moins abstrait, maugréa Munthe.

Oscar inspecta l'extrémité incandescente de sa cigarette.

— Alors que pensez-vous de celui-ci : dans sa volonté d'accomplissement personnel, dans son désir de connaître chacune des expériences accessibles à l'homme, le cardinal Breakspear ne se contente pas seulement de goûter à tous les animaux de la création ; il enfreint également, l'un après l'autre, les dix commandements ?...

— Voilà qui est grotesque ! s'écria Munthe.

Oscar rit.

— Peu plausible, je vous l'accorde.

Je regardai mon ami en souriant.

— Je crois que nous devrions, autant que possible, nous en tenir aux éléments en notre possession, Oscar.

— D'accord, Arthur. Le 7 février 1878, alors que Pio Nono repose sur son lit de mort, pleuré par la totalité du monde catholique, quelqu'un, selon le cardinal Breakspear, a tué une fillette innocente. Quelqu'un est responsable de la disparition d'une enfant. Il nous faut réunir les faits et trouver de qui il s'agit.

Il tira lentement sur sa cigarette et exhala une pâle et mince volute de fumée violacée dans l'atmosphère.

— C'est notre devoir, pour le salut d'Agnès.

Considérant les fraises, je songeai que je pourrais en tremper une ou deux dans mon verre de champagne. Je portai de nouveau mon attention sur mon ami.

— Je voulais vous demander, Oscar : comment diantre avez-vous découvert le prénom de cette fille ?

— Ainsi que vous l'avez appris à Stonyhurst, Arthur, j'en suis certain, *agnè* signifie « pure » ou « sainte » en grec, et « agneau » vient du latin *agnus*. Y avait-il prénom plus approprié pour le petit agneau de Dieu de Pio Nono ? Quand j'ai vu son portrait par le père Bechetti, c'est aussitôt celui qui m'est venu à l'esprit. Ce n'était qu'une supposition, un pari, même s'il reposait sur quelque érudition.

Munthe darda un regard perçant sur Oscar.

— Vous avez déclaré que Bechetti vous avait dit comment elle s'appelait.

— Il l'a fait… d'une certaine façon.

— Il peut à peine articuler un mot, argua le médecin suédois.

— Il n'a pas prononcé son nom. Il a jeté son verre sur le sol lorsque c'est moi qui l'ai fait. Vous étiez tous deux présents, dit Oscar en tétant sa cigarette. Cela s'est passé à l'église d'All Saints, en début de semaine, pendant la soirée de charité, lorsque j'ai pris place dans la chaire et que j'ai annoncé que j'allais réciter *La Veille de la Sainte-Agnès*. Je crois que le titre a éveillé l'attention du père Bechetti. Il comprend l'anglais. Mais c'est la référence à « l'image de la douce Vierge » qui lui a été fatale.

— Est-ce possible ? murmura Munthe.

— Grand Dieu, soufflai-je en avalant une fraise abîmée.

— Bon sang ! s'exclama Munthe en bondissant soudain sur ses pieds. Qui est-ce ?

Nous entendîmes que l'on cognait violemment à la porte d'entrée au-dessous. Quand les coups cessèrent, nous parvinrent des appels étouffés : « *Dottore ! Dottore ! Medico !* »

— On vous requiert, docteur, déclara Oscar en écrasant sa cigarette parmi les restes de homard dans la main momifiée de l'ouvrier. Le devoir vous appelle, *dottore* ; nous, ce sont nos lits.

En bas, le martèlement reprit. Je vidai mon verre de champagne et me levai.

— J'espère que ce vacarme ne va pas réveiller votre compagne, dis-je en jetant un regard vers le rideau dans le coin de la pièce.

— Sûrement pas, répliqua Munthe, qui se dirigea vers l'entrée, se saisissant au passage de sa trousse sur le bureau. Soufflez les bougies, je vous prie. Je rangerai le reste à mon retour.

— Votre amie n'est pas là ?

— Si. Mais elle dort profondément. J'y ai veillé.

— Vous lui avez administré une drogue ? demanda négligemment Oscar tout en éteignant les bougies de la cheminée.

Munthe se tenait à la porte de l'appartement, qu'il nous maintenait ouverte.

— Il se trouve que oui.

— Strychnine ?

— Un soupçon de strychnine stimule, Mr Wilde. Plus, et cela peut être fatal.

À la porte d'entrée, les coups se faisaient de plus en plus pressants.

— Je lui ai donné de la phénacétine. Elle ne se réveillera pas ce soir.

17

Bas les masques

L'insistant visiteur qui faisait du tapage à la porte du docteur était Cesare Verdi. Le sacristain avait abandonné la soutane noire dans laquelle il nous avait servi le thé : il portait à présent un pardessus fripé, un pantalon de travail et une chemise en lin ouverte sur la poitrine et sans faux col. Sous sa casquette d'ouvrier, ses cheveux, son front, son visage aux joues rondes luisaient de transpiration. Il tenait une lampe à huile à proximité de son visage et, dans l'éclat de ses yeux, je décelai plus d'excitation que d'inquiétude.

— Je suis désolé de vous déranger, docteur, dit-il en anglais, hors d'haleine. C'est le père Bechetti.

— C'est ce que je craignais, lâcha Munthe. Je suis prêt.

Sans se préoccuper de Verdi, moitié courant, moitié marchant, il se dirigea prestement vers la calèche qui attendait au milieu de la place, à côté de la fontaine.

— Allons ! lança-t-il au sacristain. Venez.

Avant de lui emboîter le pas, Cesare Verdi nous adressa de la tête, à Oscar et à moi, un signe de reconnaissance.

— C'est la fin, je crois.

— Au cas où vous auriez besoin de vous en assurer, prenez ceci.

De la poche intérieure de sa veste, Oscar produisit le marteau en argent qu'il avait utilisé pour casser sa pince de homard et le tendit au sacristain. Celui-ci se saisit du mince objet et l'examina avec perplexité.

— Je vous l'ai emprunté sans vous en demander la permission, s'excusa Oscar avec un haussement d'épaules. Pardonnez-moi. Vous avez tant de trésors…

Verdi demeura silencieux.

Munthe l'appela de la voiture.

— Nous devons y aller.

Le sacristain courut le rejoindre.

— Ne les accompagnerons-nous pas ?

— Pour assister au meurtre ?

— Ce n'est pas ce que je voulais dire.

— Pour entendre les ultimes confessions du père Bechetti ? Je crains qu'il ne soit trop tard pour cela. Joachim Bechetti va emporter ses secrets dans la tombe. Je suppose que c'est ce qu'il souhaitait.

Nous suivîmes du regard la calèche qui quittait la piazza en brinquebalant. Ni Cesare Verdi ni Axel Munthe ne jetèrent un regard derrière eux ; le médecin leva cependant la main pour nous saluer une dernière fois au moment où le duo disparaissait dans l'obscurité de la Via del Babuino. Oscar leva les yeux vers le ciel nocturne d'un noir bleuté. Il n'y avait pas de lune.

— Il est temps d'aller se coucher, Arthur, dit-il. La journée a été longue.

— Vous croyez que nous n'aurions pas intérêt à nous rendre à la sacristie maintenant ?

— Aucun intérêt. Il est plus de deux heures du matin : c'est l'heure creuse de la nuit. Visiblement, Bechetti est au plus mal. Si le malheureux n'est pas déjà mort, cela ne tardera pas, une fois Munthe à son chevet. Le bon docteur s'occupera rondement de lui – et demain, il nous le racontera en toute insouciance –, parce que, de son point de vue, son patient a souffert « trop et plus qu'assez ». Nous n'avons pas besoin d'assister au décès d'un pauvre vieux prêtre, Arthur. Aucune enquête ne nécessitera jamais notre témoignage et la mort n'est pas un spectacle plaisant.

— J'ai assisté à des fins sereines, observai-je. Pour certaines, on pourrait aller jusqu'à dire « belles ». La mort est une porte vers un monde meilleur. C'est du moins ma conviction.

Lentement, nous traversâmes côte à côte, et sans un mot, la piazza en direction de la Via del Babuino. Tout en marchant, j'écoutais l'étrange écho du claquement de nos talons sur le pavé. Oscar ne dit rien, mais il alluma une autre cigarette. Finalement, au moment où nous passions devant la vieille église de Sant'Atanasio dei Greci, je rompis le silence :

— Munthe est un chic type, vous ne trouvez pas ?

Oscar rit.

— Si vous approuvez le « meurtre charitable », alors il n'en est pas de plus serviable. Si la mort est une porte vers un monde meilleur, Munthe en détient certainement les clés.

— Il a des opinions particulières, sans doute, mais n'oublions pas qu'il est suédois.

Oscar me coula un regard de biais.

— Qu'entendez-vous par là, Arthur ?

— Les Suédois ont des penchants morbides, c'est bien connu.

— Prenez garde, Arthur. Mon parrain était roi de Suède.

— Et de Norvège. Le roi Oscar. Je m'en souviens. Votre père avait soigné sa cataracte.

— Il l'avait guéri ! Il a rendu la vue à un roi aveugle. Mon père était thaumaturge – et l'incarnation du diable, naturellement. Il a été pour ma mère le pire des tourmenteurs. C'était un homme bon et c'était un pécheur.

— Nous le sommes tous, Oscar, mais nous ne sommes pas tous des meurtriers.

— La mort a joué un rôle capital dans la vocation de notre Suédois, c'est incontestable. Son bureau est envahi de bibelots macabres.

— Cela ne fait pas de lui un meurtrier pour autant, si ?

— J'espère que non. Mais nous savons vous et moi, Arthur, que lorsqu'un médecin tourne mal, il devient un criminel de première force, car il possède le sang-froid et les compétences nécessaires.

Nous étions parvenus à l'hôtel. Oscar jeta un regard à travers la porte vitrée. Le hall était plongé dans l'obscurité. Il sonna pour avertir le veilleur de nuit.

— Lorsque nous verrons Munthe demain, peut-être devrions-nous lui demander où il se trouvait le 7 février 1878. On ne sait jamais…

Il était sur le point de presser de nouveau la sonnette quand apparut un portier aux yeux bouffis qui vint nous ouvrir en marmonnant et grommelant. Oscar amadoua l'homme avec une poignée de pièces de monnaie.

Une fois devant la porte de nos chambres respectives, alors que nous nous apprêtions à nous souhaiter une bonne nuit, une dernière question me vint à l'esprit.

— Dites-moi, Oscar : pourquoi diable avez-vous volé le marteau en argent de la sacristie, cet après-midi ?

— Parce que j'en avais la possibilité.

Il m'adressa un sourire tout en ouvrant la porte de sa chambre.

— Dormez bien, Arthur. Nous progressons.

Le lendemain matin, je pris seul mon petit déjeuner à huit heures. Je n'avais pas bien dormi, et pas plus de cinq heures, mais je me tiens à mes habitudes, et je m'en porte pour le mieux. J'avais emporté mon carnet dans la salle à manger et, tout en me restaurant (café, pain noir et jambon fumé italien), je griffonnai quelques notes préparatoires pour l'aventure de Sherlock Holmes où apparaîtrait le personnage de Mycroft. En clin d'œil à la passion d'Oscar pour la culture hellène, je décidai de l'intituler *L'Interprète grec*. Malgré le manque de sommeil, les idées me venaient facilement. J'étais enchanté du résultat.

Je le fus moins, en revanche, lorsque je m'attelai au brouillon du télégramme à envoyer à ma chère Touie. J'ignorais exactement de quels progrès je pouvais lui rendre compte. Je n'avais aucune idée de la date de mon retour à Londres. Au vrai, je ne savais pas quoi lui dire, aussi écrivis-je simplement : « TOUJOURS À ROME AVEC WILDE. TOUT VA BIEN MAIS PROJETS INCERTAINS. TENDREMENT. ACD. » Je composai également un bref câble adressé à M. l'intendant du collège de Stonyhurst, Clitheroe, Lancashire.

À dix heures, alors que la salle à manger commençait à se vider, je portai mes télégrammes à la réception de l'hôtel pour les faire envoyer. Deux messages m'y attendaient. L'un était d'Oscar, qui m'informait qu'il était sorti acheter des cigarettes et qu'il espérait me voir le rejoindre bientôt sur la Piazza del Popolo pour « un verre – ou deux – de chaleur du Sud ». L'autre était rédigé en anglais, de l'écriture aux pattes de mouche presque indéchiffrables d'Alex Munthe.

Arthur,

En tant que confrère, vous comprendrez ceci mieux que Wilde. Quand je suis arrivé, j'ai vu aussitôt qu'il n'y avait plus d'espoir. Le patient déclinait rapidement, mais c'était pour lui un supplice : il s'agrippait aux draps et gémissait de douleur. Je n'avais pas le choix. Ce vieil homme avait souffert trop longtemps et plus qu'assez. Je lui

ai administré de la morphine. 5 mg. Il est mort paisiblement et j'en suis heureux.
Les derniers sacrements lui ont été administrés par Son Éminence le cardinal Tuminello, assisté des autres chapelains résidents. Frère Matteo a tenu la main du père Bechetti jusqu'à la fin et il accompagnera son corps à sa dernière demeure, sur l'île de Capri. (Bechetti y était né et avait exprimé le souhait d'y être inhumé. J'ai envoyé un télégramme à sa famille au nom de frère Matteo. J'irai peut-être là-bas avec lui. Je connais Capri et c'est un endroit que j'aime beaucoup.)
Je vais à présent me coucher, mais, s'il vous plaît, passez me voir ce soir afin que nous reparlions de tout ceci. Le cardinal Tuminello m'a demandé tout spécialement de le rappeler à votre bon souvenir. Il célèbre la messe dans la chapelle du Saint-Sacrement aujourd'hui, à cinq heures, et il espère vous y voir. Dites à Wilde que j'ai agi pour le mieux. Si vous aviez trouvé Bechetti dans le même état que moi hier soir, je suis certain que vous auriez agi comme votre dévoué,

Axel Munthe

— Le docteur fait trop de protestations, ce me semble, estima Oscar, qui me rendit la lettre en la jetant sur la table.

Je la rangeai dans ma poche et lui souris.

Je l'avais trouvé installé à l'ombre tout au fond de la piazza, non loin de la Porta del Popolo. Il avait remis son costume couleur citron vert, qu'il portait avec une cravate assortie et une chemise jaune jonquille : il était relativement difficile de ne pas le voir. Il fumait une longue et mince cigarette américaine et sirotait un long et mince verre de tokay-soda. Il avait les joues roses et les yeux pleins de malice. Deux livres étaient ouverts devant lui, appuyés sur un troisième.

— Voici ce qui devait me tenir lieu de petit déjeuner, Arthur. Des nourritures intellectuelles. J'étais sur le point d'avaler une page ou deux du *Voyage des innocents*, de Mark Twain, pour mon porridge, puis de me plonger dans *La Vie des saints*, de Butler, en guise d'œufs au bacon, mais j'ai été grossièrement dérangé.

— Par qui ?

— James Rennell Rodd.

— Grand Dieu ! m'exclamai-je.

Oscar se délecta de ma stupéfaction.

— Vous lui avez parlé ? demandai-je.

— C'est lui qui m'a parlé.

— Il a été poli ?

— À peine. Il ne m'a adressé la parole que parce qu'il avait remarqué que je l'avais aperçu en train de comploter près de l'obélisque et qu'il s'en est senti gêné.

— Gêné ?

— Je pense. Rennell Rodd se trouvait en compagnie du révérend English. Tous deux semblent comme cul et chemise. Bien cachés à l'abri du monument, ils avaient une grande conversation avec Remus et Romulus, nos deux lascars qui vivent derrière la pyramide.

— Qu'est-ce qu'ils trafiquaient ?

— Je n'avais pas encore pris mon petit déjeuner. Je n'ai pas osé l'imaginer. Les garçons paraissaient en larmes.

— Si le révérend English les accompagnait, je suis certain qu'il doit y avoir une explication honnête.

— Peut-être, fit Oscar en portant son verre à ses lèvres. Peut-être pas.

Il avala une gorgée de vin et me regarda d'un œil perçant.

— Tout ce que je peux affirmer, c'est que, lorsqu'il a vu que je l'avais vu, Rennell Rodd a aussitôt congédié les gamins, avant de traverser la place en flânant avec le révérend pour venir me souhaiter le bonjour.

— « Le bonjour » ? C'est tout ?

— Il m'a aussi demandé combien de temps je comptais rester à Rome.

— Que lui avez-vous répondu ?

— La vérité. Je lui ai dit que je l'ignorais.

— Et c'est tout ?

— Pas tout à fait. Apercevant mon exemplaire de *La Vie des saints*, il s'est déclaré ravi de me voir lire quelque chose d'« édifiant » – « pour changer », a-t-il ajouté. Il avait lui-même un livre à la main. Je l'ai interrogé à ce sujet. Il s'agissait d'une biographie de Pie IX. Il m'a expliqué qu'il était un fervent admirateur de Pio Nono depuis sa première visite à Rome, en 1878, quand, tout jeune homme, il avait eu le privilège d'assister à ses funérailles.

— Rennell Rodd était à Rome au moment de la mort de Pio Nono ?

— On dirait.

— Comme c'est curieux… Croyez-vous qu'il puisse être, d'une manière ou d'une autre, mêlé à toute cette affaire ?

Oscar rit.

— J'en doute. Il a trop d'ambition et trop peu de courage pour verser dans le crime. Mais on ne sait jamais, des surprises sont toujours possibles…

Je souris et ôtai mon chapeau de paille, que je posai sur la table, à côté des lectures d'Oscar, puis je m'adossai à ma chaise et, croisant les bras, je contemplai la vue qui s'offrait à moi. La vaste piazza était remplie d'un soleil éclatant, de fleuristes et d'un soudain afflux de fidèles endimanchés qui traversaient l'esplanade en tous sens pour se rendre à l'une de ses trois églises.

— Cet après-midi, nous sommes invités à la messe à Saint-Pierre, dis-je.

— Oui. C'est ce qu'écrit Munthe dans son message. Mais je crois que c'est *vous* qui êtes invité, Arthur. Vous l'êtes également par les English, d'ailleurs. Le révérend m'a affirmé que sa sœur avait pour vous une question à laquelle elle tenait beaucoup. Je n'ai pas cherché à en savoir plus. Je lui ai promis de vous faire la commission.

— Merci.

Oscar me sourit avec espièglerie.

— Miss English me donne l'impression d'avoir un passé. La plupart des jolies femmes en ont un.

— Elle n'a pas eu une vie facile.

— Ainsi, elle vous a parlé d'elle ?

— Un peu.

Le garçon arriva avec le café que j'avais commandé et un nouveau verre de tokay-soda pour

Oscar. Celui-ci me proposa une de ses cigarettes américaines.

— Le tabac est jaune pâle et d'une fadeur ridicule, s'excusa-t-il.

— J'ai ma pipe, répondis-je en fouillant les poches de ma veste à sa recherche.

— Parfait. Vous allez peut-être en avoir besoin. Cette affaire pourrait se révéler l'un de vos « problèmes à trois pipes », Arthur. Elle prend un tour moins évident que je ne l'avais anticipé.

Je trouvai ma pipe. Oscar me tendit sa boîte d'allumettes.

— Avez-vous toujours la main et le doigt coupés sur vous ? demanda-t-il.

— Oui.

— Bien. Gardez-les en sécurité.

J'approchai la Lucifer enflammée du fourneau de ma pipe tout en aspirant intensément par le tuyau. À travers la flamme vacillante de l'allumette, j'observai à la dérobée mon ami qui savourait langoureusement sa cigarette et parcourait d'un doigt lent le pourtour de son verre.

— Quels progrès avons-nous faits, Oscar ? demandai-je en tirant sur ma pipe. C'est une quête sans espoir, vous ne croyez pas ? Nous ne savons même pas à qui nous devons d'être ici.

Mon compagnon fronça les sourcils et s'approcha de la table. Il écrasa sa cigarette, utilisant ma soucoupe comme cendrier.

— Hier, j'étais certain de savoir qui était l'auteur de cet « appel au secours » codé qui nous a amenés à Rome. Aujourd'hui, je n'en suis plus sûr. Ce n'est pas Rennell Rodd.

— Rennell Rodd souhaiterait plutôt nous voir partir, répliquai-je en riant.

— *Me* voir partir, en tout cas, précisa Oscar avec un vague sourire. Ce ne sont pas les English.

— Évidemment non.

— Je ne sais pas pourquoi vous dites « Évidemment non », Arthur. Ils étaient dans le même train que nous de Milan à Rome. Ils avaient réservé des sièges dans le même compartiment.

— Coïncidence.

— Fort probablement. Comment auraient-ils su quel train nous allions prendre ? Néanmoins, il nous faut envisager toutes les possibilités – et nous ne devons pas ignorer le fait que Miss English vous a consacré toute son attention, Arthur, et ce, en des termes sans équivoque.

— Ne soyez pas absurde, Oscar, me récriai-je.

— L'amour et le lucre justifient tout.

— Parfois, vous dites des choses qui atteignent le comble du ridicule, Oscar, protestai-je avec le plus grand sérieux. Il est vraisemblable qu'étant donné les indices envoyés à Holmes – la main, le doigt, l'anneau et la boucle de laine d'agneau – cet « appel à l'aide » est d'une certaine façon en rapport avec la disparition de la malheureuse Agnès.

— Vous croyez ?

— C'est obligé.

— C'était aussi mon avis, mais, à présent, je n'en suis plus si certain.

— Vous me stupéfiez, Oscar. Au début, j'étais moi-même perplexe, mais maintenant, les indices m'apparaissent clairs comme de l'eau de roche. Les membres amputés suggèrent de toute évidence un crime. L'anneau d'or rose orné des clés de saint Pierre nous a conduits jusqu'au cœur du Vatican. Il ne pouvait nous mener ailleurs. C'est cette bague qui unit les chapelains, le sacristain et Pio Nono.

— Et le brin de laine ?

Je posai ma pipe.

— Il vient compléter le tableau. La laine d'agneau nous a orientés vers le « petit agneau de Dieu » de Pio Nono, la fillette dont le prénom dérive de la même racine latine.

Oscar libéra un nuage de fumée dans l'atmosphère.

— Je suis en train de me demander si tout cela a le moindre lien avec cette fille.

— Ne dites pas n'importe quoi, Oscar. C'est évident.

— Il n'y a rien d'évident dans cette affaire, Arthur. Je commence à me dire qu'elle n'a peut-être rien à voir avec Agnès et tout avec Breakspear.

— Avec Breakspear ? répétai-je, interloqué.

— Je me demande si ce n'est pas cette montagne de chair qu'est le cardinal Felici qui aurait envoyé ces extraordinaires colis à Sherlock Holmes.

— Felici ? Dans quel but ?

— Pour vous attirer – *vous*, Arthur Conan Doyle, créateur de Sherlock Holmes – à Rome, au Vatican, dans un but bien précis : révéler la duplicité de votre prétendu condisciple, le soi-disant Nicholas Breakspear.

— Pourquoi diable voudrait-il faire une chose pareille ?

— Parce que Felici pense que Breakspear est un imposteur, mais il ne peut pas le prouver.

— Mais Breakspear est chapelain résident à Saint-Pierre depuis l'époque de Pio Nono. Il est cardinal et jésuite, c'est incontestable. Il a fréquenté le collège anglais. Il connaissait le cardinal Newman.

— Bien sûr, tout cela ne fait aucun doute, mais avant, *avant* de venir à Rome, *avant* d'attirer sur lui l'attention du pape précédent, qu'était-il ? *Qui* était-il ? Toute sa carrière est-elle bâtie sur un mensonge ? Il affirme avoir été à l'école avec vous, mais vous ne vous souvenez pas de lui, n'est-ce pas, Arthur ?

J'hésitai. Je me sentais désarçonné par le tourbillon de paroles d'Oscar.

— Je n'en suis pas sûr.

— Exactement ! *Vous n'en êtes pas sûr*. À l'instant où vous avez posé les yeux sur lui, vous vous êtes défié de lui. Et il y a quelque chose en lui qui ne m'incite pas à plus de confiance. Or, je ne le connais que depuis cinq jours. Felici, qui le côtoie depuis quinze ans, se défie encore de lui.

— Si le cardinal Felici a eu des doutes durant toutes ces années, pourquoi n'agir que maintenant ? Pourquoi pas plus tôt ?

— Peut-être ses doutes sont-ils récents, ou peut-être n'avaient-ils pas d'importance jusqu'à maintenant. Ou peut-être que rien n'a changé, sauf la situation. Tout à coup, Breakspear, de dix ans son cadet, se trouve sur le point de devenir cardinal-évêque… Pour Felici, c'en est trop. L'envie est un péché capital, mais il n'est qu'un homme : il peut y succomber autant qu'à la gourmandise ou à l'orgueil. Il lui faut découvrir la vérité sur Breakspear. S'il est un imposteur, il doit le démasquer. Ce n'est pas chose facile, car il ne possède aucune preuve. Il n'a que ce sentiment de malaise que vous avez vous-même éprouvé cette semaine lorsque Breakspear vous a accueilli avec tant de familiarité – et que j'ai moi-même ressenti quand j'ai appris qu'il ambitionnait de goûter à toutes les espèces animales et qu'il avait fait de ces deux garçons de la colline ses chasseurs. Il y a quelque chose chez Breakspear qui sonne faux. Avant qu'il ne soit trop tard, avant que le jeune cardinal Breakspear, favori de l'ancien pape et confesseur du nouveau, n'accède à un rang qui le rendrait intouchable, Felici est déterminé à découvrir tout ce qu'il peut sur son compte… Il n'y a peut-être rien, mais il y a peut-être quelque chose.

— Mais pourquoi faire intervenir Sherlock Holmes ?

— Qui mieux que lui pourrait l'aider dans cette entreprise ? Felici peut difficilement se tourner vers la garde suisse ou la police romaine. En quoi cela les intéresserait-il ? Par ailleurs, Felici ne soupçonne pas nécessairement Breakspear d'être un criminel. Il l'a toléré à ses côtés pendant des années. Ce n'est qu'aujourd'hui, en voyant cet homme plus jeune sur le point de le dépasser sur l'échelle ecclésiastique, que lui vient la nausée. Breakspear est un mystère et un admirateur de Sherlock Holmes. Il se vante même d'avoir été au collège avec son créateur. Ne serait-il pas idéal d'engager Sherlock Holmes pour découvrir la vérité sur Nicholas Breakspear ? Utiliser un être de fiction pour en démasquer un autre ?

— Oscar, c'est tout à fait hypothétique, et vous ignorez l'indice le plus révélateur de tous ceux adressés à Holmes : le brin de laine d'agneau. Cet élément pointe inexorablement vers Agnès.

Oscar écarta son verre et mon chapeau. De sous les deux livres ouverts devant lui, il tira le troisième.

— Regardez ce que, par le plus grand des hasards, j'ai ici avec moi, Arthur.

Il examina le dos du mince volume.

— *Une étude en rouge* d'un certain Arthur Conan Doyle. Un exemplaire de l'édition originale, publiée en juillet 1888 par Ward, Lock and Co. Vous en avez peut-être entendu parler.

— Où l'avez-vous trouvé ? demandai-je.

— Je l'ai emprunté dans la sacristie hier.

Il soutint mon regard réprobateur.

— Je le rendrai. Je sais que j'aurais dû demander…

Je hochai la tête et fit claquer ma langue.

— J'entends votre tss-tss, mon ami, poursuivit-il en me servant une moue ridicule de pauvre enfant perdu. Mais je crois que c'est le destin qui l'a voulu, car regardez, sur la page de garde, inscrites au crayon, les lettres NB-O. Je gage que cela signifie : « Nota Bene, Oscar ». Et, en effet, je prends bonne note, Arthur.

Il feuilleta l'ouvrage jusqu'à trouver le chapitre 7, puis il posa le doigt sur une ligne précise.

— À présent, soyez attentif, Arthur. Voici un *aperçu** du grand Sherlock Holmes. Je suis tombé dessus hier soir et j'ai été frappé par sa pertinence. Veuillez lire à haute voix, s'il vous plaît.

Je saisis le livre et lus la phrase qu'il avait indiquée :

— « Lorsqu'un fait semble contredire une longue série de déductions, c'est invariablement qu'il possède une autre interprétation. »

Je levai les yeux sur mon ami. Il souriait. Il avait à la main son portefeuille, d'où il tira la petite enveloppe qui renfermait le brin de laine.

— Qu'essayez-vous de me dire, Oscar ?

— Qu'encouragé par Holmes en personne, rien de moins, je regarde à présent cet indice sous un jour différent. Ce n'est peut-être pas de la laine d'*agneau*, Arthur, mais de la laine de *mouton*, destinée non pas à nous aiguiller vers un innocent « agneau de Dieu », mais vers l'« ennemi intime », le faux prophète contre lequel saint Matthieu nous met en garde : le loup ravisseur qui vient à nous en vêtement de brebis.

18

Le tombeau des papes

Nous déjeunâmes à l'*Hôtel de Russie*. James Rennell Rodd y prenait également son repas, mais, lorsque nous passâmes près de sa table, il se mit à étudier avec une extrême attention l'étiquette du vin qu'on lui servait, ce qui lui permit de ne pas avoir à nous saluer.

— Il vous évite, glissai-je à Oscar tandis que le *maître d'hôtel** nous conduisait à travers d'exubérants palmiers en pot vers une alcôve située tout à l'extrémité de la salle à manger.

— J'en suis soulagé, répliqua celui-ci, qui se laissa tomber sur une banquette de cuir en s'épongeant le front avec son mouchoir jaune.

Sur la piazza, la chaleur était devenue étouffante.

— Il fut une époque où James Rennell Rodd était un garçon charmant. Ses mauvais vers étaient plutôt joliment tournés. On les aurait presque crus traduits du français. Et puis il a perdu sa beauté, s'est laissé pousser la moustache et s'est engagé dans une carrière de diplomate. Jadis nous étions amis. Jadis il avait du panache. Aujourd'hui, il est terne, et je crains que ce ne soit irrémédiable. Il finira certainement à la Chambre des lords. Il est de ces tempéraments que leur terrible faiblesse rend insensibles à toute influence.

Enchanté de son bon mot, mon ami me sourit, ouvrit tout grand ses yeux larmoyants et déclara :

— Je crois que nous devrions boire un vin exceptionnel pour accompagner notre déjeuner aujourd'hui, Arthur. Lady Windermere a les moyens de nous accorder ce plaisir.

Je lui répondis que je serais content, quelque plat et quelque boisson qu'il choisirait. Il dit au garçon qu'en dépit du temps il souhaitait du dahu – « bien cuit, avec sa garniture traditionnelle ». L'homme s'excusa, mais il n'y avait pas de dahu au menu. Oscar insista.

— Cela fait des jours que nous le chassons, expliqua-t-il très sérieusement.

Il réitéra la boutade en anglais, en français, en allemand et en italien, puis il déclara que son père avait raison : « Il ne faut jamais plaisanter avec les serveurs » – et il commanda des asperges, suivies d'une truite farcie de raisins secs, courgettes, ail, cerfeuil et aneth. Il demanda au sommelier de nous servir le vin qu'il lui plairait et ce qu'il nous choisit nous plut énormément.

Tout en mangeant, nous parlâmes de choses et d'autres, excepté de notre affaire.

— Un repas sérieux demande une conversation frivole, affirma Oscar.

Il paraissait, en particulier, très désireux de m'interroger sur les jeunes femmes que j'avais connues au cours de ma vie, « avant d'avoir rencontré votre épouse – et après ».

— Il n'y en a pas eu après, répondis-je. Je peux vous le certifier.

— Quel dommage ! déplora-t-il. Vous avez tant à offrir, Arthur.

— Ce que vous dites est inconvenant, Oscar.

— J'ose parler franchement. Il n'y a qu'une seule tragédie dans la vie d'une femme. Son passé, c'est toujours son amant, et son avenir, c'est invariablement son mari.

Après que nous eûmes ri (beaucoup), bu et mangé (sinon avec sagesse, du moins excessivement bien) et qu'Oscar eut observé à travers le feuillage qui entourait notre alcôve Rennell Rodd tandis qu'il quittait le restaurant, il annonça qu'il allait rejoindre son lit pendant une heure ou deux afin de se préparer pour la messe à la chapelle du Saint-Sacrement.

— Je vais lire *La Vie des saints* de Butler.

— Quant à moi, je vais essayer d'avancer dans ma correspondance, répliquai-je. Après tout, c'est pour ça que je suis venu. Touie escomptera que je l'aie fait.

— Ne travaillez pas ! s'écria Oscar. Couchez-vous avec Mark Twain. Lisez sa description de l'église capucine de l'Immaculée Conception. Nous devons la visiter. La crypte mortuaire était le repaire favori du marquis de Sade.

Il me plaça l'ouvrage entre les mains.

— Ou bien, si vous l'avez, lisez *Le Signe des quatre*. L'intrigue est trépidante et c'est parfois même assez profond. « La première preuve de la grandeur de l'homme réside dans la perception de sa propre petitesse. » Une phrase que je n'ai pas fini de méditer.

Oscar monta dans sa chambre pour sa sieste, quant à moi, je ne rejoignis pas la mienne. Je confiai les livres qu'il m'avait laissés au concierge et je choisis de sortir Via del Babuino pour une promenade. J'envisageais de m'aventurer jusqu'à la fontaine de la Piazza di Spagna, voire d'aller plus loin et de gagner les jardins du Pincio en empruntant l'escalier espagnol, mais, au moment où je passais devant l'église anglicane d'All Saints, je remarquai que la porte principale était grande ouverte, et, sur l'inspiration du moment, je décidai d'y entrer.

Il était trois heures de l'après-midi : de l'autre côté de la rue, la cloche de Sant'Atanasio dei Greci sonnait. Au-dehors, la Via del Babuino était brûlante comme un four ; à l'intérieur de l'église plongée dans la pénombre, il faisait merveilleusement frais. Tout en remontant la nef, contemplant la charpente au-dessus de moi et le vitrail qui dominait l'autel, je humais le parfum tout anglican de la cire d'abeille et des fleurs fanées, et je fus saisi d'un puissant désir de rentrer chez moi.

Je trouvai Catherine English et son frère ensemble au pied de la chaire. Elle lui caressait le front de la main droite.

— Il y a quelqu'un ? fit-elle en se retournant au son de mes pas.

— Je vous demande pardon, dis-je.

— Mais pourquoi donc ? me demanda-t-elle.

Elle me sourit.

— L'église est toujours ouverte, précisa le révérend English, qui toussa pour s'éclaircir la gorge, puis se passa avec embarras les doigts dans sa chevelure bouclée.

« Et moi, je suis toujours en retard. J'ai quelque chose à faire… Je dois y aller.

— Tu n'es jamais en retard pour les vêpres, mon ami.

— À tout à l'heure, alors, dit-il.

Il toussa de nouveau et, avec une grimace amicale, me salua d'un signe de tête tout en prenant la direction de la porte de la sacristie.

— Pauvre Martin, soupira Catherine English.

Elle avait les traits tirés.

— Son sermon n'a pas été du goût de tout le monde. Sa dévotion à la Vierge Marie est un peu trop fervente pour la sensibilité anglicane.

Elle rit tristement.

— Je vous remercie d'être venu me voir, dit-elle en me prenant la main.

— Votre frère a laissé un message…

— Je sais.

— Vous vouliez me voir ?

— Oui.

Je ne dis rien.

— Je voulais vous voir, reprit-elle, en s'écartant de moi pour faire quelques pas en direction des marches de l'autel. Mais ce n'était que pour de mauvaises raisons.

Elle pivota et me regarda droit dans les yeux.

— Je voulais une épaule sur laquelle pleurer. Je voulais une personne compatissante avec qui partager mon chagrin.

Je souris maladroitement.

— Eh bien, me voici.

— Merci, dit-elle.

Elle prit une profonde inspiration et ouvrit les bras.

— Et j'ai tant de travail. Je dois changer la disposition des fleurs. Ça non plus, ça ne leur a pas plu. « Beaucoup trop chargé », m'a-t-on dit.

— Puis-je vous être utile ?

— Vous êtes un homme, Dr Conan Doyle. Vous pouvez me regarder faire.

Je l'observai réarranger les bouquets. Je l'aidai également, lorsqu'elle m'y autorisait. Et j'écoutai ses malheurs. J'entendis ses espoirs et ses craintes. Son histoire me toucha profondément et, avant de partir, je lui tendis un chèque de quarante livres.

À cinq heures, Oscar et moi étions assis dans la basilique Saint-Pierre, à l'extrémité ouest de la nef centrale, au fond de la chapelle du Saint-Sacrement. Nous n'étions pas seuls. En ce dimanche d'été, les bancs étaient pris d'assaut par les touristes et les pèlerins, ainsi que par ceux que le cardinal Tuminello nous avait décrits comme « les fidèles parmi les fidèles : les veuves et les personnes très âgées ». Vêtu d'une lourde chasuble blanc et or, le cardinal, qui semblait avoir recouvré sa pleine vigueur, célébra la messe avec brio. Son style théâtral était plus du goût d'Oscar que du mien. Malgré son teint bilieux et son visage profondément ridé, sa voix était chaude et vibrante, sa stature imposante et, quand résonna le Sanctus, et qu'il éleva le corps et le sang du Christ haut devant lui, ses yeux flamboyaient avec une intensité inquiétante. Oscar fut très impressionné par la foi palpable du prélat, tellement inflexible et implacable. Je me montrai pour ma part plus réservé.

« Catholique un jour, catholique toujours », dit-on. Eh bien, je dois confesser que ce n'est pas mon cas. J'ai été éduqué chez les jésuites – pour ceux que j'ai connus, des hommes fervents, droits et sincères, avec parmi eux quelques brebis galeuses, mais pas beaucoup. J'ai un grand respect pour ce que propose l'Église catholique : ses traditions, son rituel immuable et solennel, la beauté et la vérité de nombre de ses pratiques, son appel poétique à l'émotion, le charme sensuel de la musique, de la lumière et de l'encens, sa puissance comme instrument de la loi et de l'ordre. Pour tenir lieu de guide dans un monde dépourvu de raison et d'éducation, on peut, à bien des égards, difficilement trouver mieux... Mais je ne manque ni de raison ni d'éducation : je suis un homme de science doté de son jugement propre. Croire aveuglément n'est pas pour moi. Lorsqu'elle se trouve contrainte de déclarer sa foi inébranlable dans l'Immaculée Conception ou la transsubstantiation, par exemple, mon intelligence se cabre. Jamais je n'accepterai quoi que ce soit qu'on ne puisse me prouver.

Une fois la célébration terminée, et les fidèles partis, nous demeurâmes à nos places au fond de la chapelle. Oscar, qui avait troqué son costume citron vert pour du noir olive, me regardait de biais d'un œil bienveillant.

— Vous avez hérité de tout cela à votre naissance, Arthur, et vous n'en voulez pas. Moi, c'est tout l'inverse. Que le monde est mal fait !

— Bon après-midi, messieurs ! lança le cardinal Tuminello, qui avait soudain fondu sur nous, les mains tendues.

Son visage jaunâtre et parcheminé s'auréolait d'un sourire.

— Je suis ravi de vous voir, grogna-t-il.

Il avait quitté sa chasuble, qu'il avait remplacée par un surplis blanc si ample qu'il semblait presque l'engloutir et qui lui donnait l'air d'un troll déguisé en ange.

— Merci d'être venu, Dr Conan Doyle, dit-il en me fixant avec intensité. Merci à tous les deux.

Nous nous levâmes.

— Si je suis *de trop**..., murmura Oscar d'un ton contrit.

— Non, non, insista le cardinal. Vous pouvez tous deux entendre ce que j'ai à dire. Chaque Holmes doit avoir son Watson. Nous avons tous besoin de scribes et d'acolytes. Qu'aurait fait notre Seigneur sans les apôtres ? S'il vous plaît, suivez-moi.

Son surplis flottant autour de lui, il leva la main gauche et, tout en saluant gaiement le sacristain qui passait près de nous, rapportant la patène à la sacristie, il nous entraîna hors de la chapelle par une porte dérobée. Nous le suivîmes le long d'un bref couloir bordé des restes tronqués d'antiques colonnes de marbre avant de franchir une porte de fer, puis de descendre un abrupt escalier de pierre jusqu'à ce qui nous apparut comme une autre chapelle – moins richement décorée, mais plus vaste et plus ténébreuse que celle du Saint-Sacrement au-dessus. Aucune lumière naturelle n'y pénétrait.

Dans cette obscurité sépulcrale, nous perdîmes de vue le cardinal Tuminello qui marchait devant nous.

— Nous sommes dans l'ancienne basilique, expliqua-t-il dans la pénombre. Dans les grottes sacrées. C'est ici que se trouvent les tombeaux des papes. En tant qu'exorciste du Vatican, j'en suis responsable. Hormis en certains jours particuliers, le public n'est pas autorisé à venir jusqu'ici. Nous pouvons parler librement. C'est mon domaine. Vous pouvez fumer.

Il gratta une allumette, et, un instant, son visage illuminé sembla nous narguer comme une citrouille d'Halloween. Il alluma un petit cigare.

— Si le Tout-Puissant a créé le tabac, c'est pour que nous en profitions, dit-il.

— Je suis heureux de vous l'entendre dire, approuva Oscar, qui chercha aussitôt son propre étui à cigarettes.

— Le vin aussi, ajouta le prélat avec entrain.

Peu à peu, ma vue s'adaptait à l'obscurité. Le cardinal se tenait à un yard de nous environ, derrière une arche de pierre grise et à côté d'un sarcophage de marbre noir. Son cigare incandescent coincé entre les dents, il se pencha et, d'une niche discrètement aménagée dans la base du mur, il sortit deux calices dorés. Il les brandit avec une expression triomphante.

— Or pur, rubis d'exception, émeraudes, le tout rapporté en Europe par Hernán Cortés en personne. Pie VI y buvait. Ils sont sortis de l'inventaire à présent. Nous en avons des *centaines* d'autres dans la sacristie, tout aussi magnifiques. Cesare Verdi n'est pas très regardant sur ce que nous empruntons.

— J'ai pu m'en apercevoir, observa Oscar, qui prit un des calices en main et l'examina avec admiration.

Le cardinal Tuminello me tendit le deuxième.

C'était un objet d'une beauté extraordinaire et bien plus léger que son apparence ne le laissait présager. De sa cachette, le cardinal tira pour lui-même un troisième calice – également en or, également incrusté de pierreries – et une bouteille déjà débouchée.

— Du vin de messe pas encore consacré. *Vitis vinifera ordinario*, je le crains, mais il fait l'affaire.

Tout en tirant avidement sur son cigare, il servit le vin. Je remarquai que ses mains tremblaient et qu'il avait un tic à l'œil gauche. Il reposa la bouteille et leva sa coupe.

— À Joachim Bechetti, dit-il. Puisse-t-il reposer en paix.

— *Amen*, fit Oscar d'un ton solennel.

— En effet, marmonnai-je.

— Mais il *reposera* en paix, c'est certain. C'était un homme bon, qui fut brillant en son temps et courageux dans l'adversité. Vous avez pu voir ses tableaux. C'était un grand peintre.

— Je crois savoir qu'il va être enterré à Capri, notai-je.

— Oui, confirma Tuminello environné d'un nuage de fumée. Il y était né, mais je ne crois pas qu'il y était retourné depuis trente ans. Frère Matteo va accompagner le corps, qui n'a pas été embaumé.

— Un choix que vous n'approuvez pas ? interrogea Oscar.

— Étant donné la chaleur, c'est une erreur. Mais frère Matteo est végétarien, avec tout ce que cela implique. Pour lui, la naturalisation est une pratique « contre nature ». Il affirme que saint François d'Assise l'a dénoncée. C'est inexact, mais je suis trop vieux et trop fatigué pour en débattre. Et frère Matteo s'est bien occupé du père Bechetti de son vivant. Nous devons le laisser faire à son idée maintenant qu'il est mort.

— Frère Matteo est quelqu'un de bon, estima Oscar, pensif.

— Sans aucun doute, acquiesça le cardinal Tuminello. Frère Matteo est un modèle de bonté. *Lui* met en actes ce que nous, nous *prêchons* en paroles. Il méprise le péché, mais il s'efforce d'aimer le pécheur. Il consacre ce qu'il a de meilleur à ce que nous avons de pire.

L'exorciste but une gorgée de vin.

— Frère Matteo est presque un saint, certes, mais il est aussi terriblement naïf, comme le sont souvent les saints. L'embaumement ne pose aucun problème. J'ai assisté à celui de Pio Nono. Ce fut un moment magnifique, un privilège pour tous ceux qui y ont participé.

— Pio Nono est-il ici ? demanda Oscar tout en scrutant les ténèbres autour de lui.

— Il l'était. Mais il a été transporté à San Lorenzo fuori le mura – Saint-Laurent-hors-les-murs. De nouveau, je considère que c'est une erreur, mais il en avait exprimé la volonté.

Le cardinal Tuminello ouvrit grand les bras, cigare dans une main, calice de vin dans l'autre.

— Les papes devraient tous être ici, ensemble, *en lieu sûr*, aux côtés de saint Pierre. Leur place est ici.

— Qui est-ce ? demandai-je en indiquant le sarcophage noir.

— Grégoire V, lâcha Tuminello avec dédain. Un Allemand. Nous avons eu trop de papes allemands.

Il sourit.

— Trop d'Italiens aussi.

Il tendit son calice dans notre direction.

— Et pas assez d'Anglais.

— Un seul, releva Oscar. Nicholas Breakspear.

— Oui, fit le cardinal qui déposa sa coupe sur le sol et contourna le tombeau. Adrien IV.

Il frotta une deuxième allumette et l'éleva au-dessus d'une autre sépulture. Avant qu'elle meure, nous pûmes deviner dans la lueur fragile de la flamme un reflet de porphyre rouge et les contours d'un crâne de bœuf et de deux têtes de Méduse.

— Il est ici, intact, grâce à l'art des embaumeurs. Quand nous avons ouvert le tombeau, nous avons découvert que ce n'était qu'un petit bonhomme qui portait de minuscules pantoufles turques et une énorme émeraude montée sur un anneau d'or rose. Cesare Verdi a promis la bague à Breakspear quand il deviendrait cardinal-évêque.

— Quelle est la probabilité de cette promotion ? s'enquit Oscar.

— Elle est certaine, et ne tardera pas. Il faut que ce soit un Anglais et le choix de Breakspear s'impose. Il serait cruel de le lui refuser. Il est dévoré par l'ambition.

— Et vous, Éminence ? demanda Oscar en tendant son calice au vieux cardinal pour qu'il le remplisse de nouveau. N'êtes-vous pas dévoré par l'ambition ?

— C'est vrai, admit-il. Mais pas pour moi, plus maintenant. C'est pour quelqu'un d'autre que je brûle d'ambition, quelqu'un qui le mérite bien plus. Agnès. Notre petit agneau de Dieu.

— Vous l'aimiez ? demandai-je.

— Tous ceux qui la connaissaient l'aimaient. Elle était l'amour incarné.

— Qui l'aimait le plus ? interrogea Oscar.

Le cardinal Tuminello rit.

— Pio Nono, sans aucun doute. Il était le pape et personne au monde ne se comporte tout à fait normalement en présence du pape… sauf Agnès, et le Saint-Père la chérissait pour cela. Ils priaient ensemble – ils *jouaient* ensemble. Quand il marchait d'un pas incertain dans les couloirs, elle gambadait autour de lui. Ils étaient si à l'aise l'un avec l'autre… C'était un bonheur à regarder : le vieux pape, le vénérable berger, et son petit agneau de Dieu.

— Ils étaient comme père et fille ?

— Non, comme grand-père, voire arrière-grand-père, et petite-fille. Pio Nono était *très* âgé. Il avait quatre-vingt-cinq ans à sa mort. Agnès en avait treize ou quatorze. C'est le père Bechetti qui était plus pour elle comme un père. C'était lui qui veillait sur elle. Il ne voulait pas la voir gâtée par toutes les attentions dont elle faisait l'objet. Il redoutait qu'on ne s'occupât trop d'elle.

— Et pourtant il a peint son portrait. Ne craignait-il pas que cela n'alimente sa vanité ?

— Agnès en était dépourvue, et puis le père Bechetti ne l'a pas fait poser. Il l'a peinte de mémoire. Ce qui lui a joué des tours. C'est lorsque nous l'avons perdue qu'il a commencé à perdre la tête, mais c'est arrivé très lentement. Le portrait de la sacristie, il ne l'a entamé qu'un an environ après sa disparition. Pour ma part, je ne le trouve pas très ressemblant. Je pense que Felici a raison. Il ressemble plus à la Vierge Marie de la *Pietà* de Michel-Ange qu'à notre petite Agnès.

— Pourquoi a-t-il fait son portrait ?

— Parce que nous le lui avons demandé. Nous voulions quelque chose qui nous la rappelle. Nous l'*adorions* tous : les chapelains, les cardinaux, les nonnes de la lingerie, les frères lais qui travaillaient aux jardins et aux chantiers... Agnès était libre comme l'air : elle allait et venait comme bon lui semblait. Pio Nono lui accordait à l'intérieur du Vatican une liberté dont personne d'autre ne jouissait – absolument personne. Et elle n'a jamais cherché à en tirer profit. Tous ceux qui connaissaient la petite Agnès la portaient dans leur cœur.

— Y compris frère Matteo ?

— Il était comme un frère pour elle. Breakspear aussi. Ils étaient alors plus jeunes l'un et l'autre. C'est moi qui ai appris à Agnès à lire et à écrire, mais frère Matteo lui a fait découvrir la nature – les fleurs et les plantes, les oiseaux et les animaux sauvages – et Breakspear, loué soit-il, a essayé de lui enseigner l'anglais ! Il était très bon avec elle. Très patient. Il lui apprenait des berceuses de son enfance.

— Et le cardinal Felici ?

Le cardinal Tuminello demeura silencieux et contempla le fond de son calice désormais vide.

— J'imagine que s'il y avait une personne qui l'aimait moins que les autres, ce devait être Felici. Il n'aime pas grand monde en dehors de lui-même.

Le prélat releva les yeux sur nous et sourit.

— Quand Pio Nono nous a taquinés en nous désignant chacun par l'un des sept péchés capitaux, il lui a attribué la paresse. Il disait de Felici qu'il était trop fainéant pour se détourner de son miroir. La seule personne dont Felici se soit jamais soucié, c'est lui-même.

Tuminello gloussa, puis fronça les sourcils et hocha la tête, plongeant de nouveau son regard dans son calice.

— Que Dieu me pardonne, balbutia-t-il. Ce n'était pas charitable – et c'est injuste. Felici tenait à elle lui aussi. Il la préparait pour sa première communion. Il était son confesseur. Il la connaissait bien et il l'aimait tendrement. Comme nous tous.

Le vieux cardinal retourna auprès de la niche pour y récupérer la bouteille.

— Pas pour moi, fis-je. Merci.

Il partagea les dernières gouttes de vin avec Oscar. Il nous considéra tour à tour et, de nouveau, son visage s'éclaira d'un sourire.

— Elle accomplissait des miracles, vous savez ? Pio Nono souffrait d'épilepsie jusqu'à ce que la petite Agnès survienne dans son existence. Elle l'a guéri.

Je levai un sourcil.

— Je sais que c'est elle, insista le cardinal.

— En avait-elle conscience ? demanda Oscar.

— Non. Ce n'était qu'une enfant. Elle n'avait pas plus de six ou sept ans quand on l'a recueillie. Elle était parfaitement innocente. Elle n'était que simplicité et modestie. Mais elle a opéré des miracles, et elle continue.

— Et ces miracles sont indispensables pour qu'elle soit déclarée sainte…

— Il en suffit de deux. Deux seulement.

— Ainsi, reprit Oscar d'un ton détaché, tout en me tendant sa coupe afin de pouvoir allumer une autre cigarette, c'est par rapport au procès en canonisation de la petite Agnès que vous avez sollicité l'aide de Mr Sherlock Holmes…

— Du Dr Conan Doyle, précisa le cardinal Tuminello. Oui.

Il se tourna vers moi. Je lus dans ses yeux un mélange d'imploration et d'enthousiasme. Je ne savais que dire.

— Je ne suis pas expert en matière de miracles, commençai-je. Tout au contraire, je…

Oscar leva la main pour m'intimer le silence et regarda le cardinal Tuminello droit dans les yeux.

— Pouvez-vous affirmer avec certitude, Éminence, que cette enfant est morte ?

— Oui, répondit le prélat. Je le sais. J'ai entendu sa voix. Elle œuvre déjà aux côtés des anges.

— Vous savez qu'elle est morte parce que vous avez entendu sa voix dans l'au-delà ? demandai-je.

— C'est ma profession, Dr Conan Doyle. Oui, j'ai reconnu la voix d'Agnès dans l'au-delà.

Oscar éleva de nouveau la main pour m'empêcher de répondre.

— Vous êtes certain de sa mort, dit-il en s'adressant au cardinal, mais vous n'en avez pas été témoin, n'est-ce pas ?

— Je ne l'ai pas vue le jour où c'est arrivé. Je ne l'avais pas vue depuis un jour ou deux. J'étais au chevet du Saint-Père à ce moment-là. Nous y étions tous. Nous savions que la fin était proche. J'ai assisté à la mort de Pio Nono, mais pas à celle d'Agnès. Dieu les a rappelés l'un et l'autre auprès de Lui le même jour, le 7 février 1878. Il les a emmenés ensemble.

— Vous y voyez l'œuvre de Dieu ? demandai-je, perplexe.

— Tout est l'œuvre de Dieu, Dr Conan Doyle.

— Vous n'avez pas été témoin de la mort d'Agnès, insista Oscar, mais avez-vous vu son corps ce jour-là ?

— Non, avoua le cardinal Tuminello, qui termina son vin. Mais je sais que le cardinal Breakspear l'a vu. Il a trouvé Agnès dans la sacristie, étendue sur la banquette des larmes.

— Il vous l'a dit ? s'étonna Oscar. Breakspear m'a juré n'en avoir parlé qu'à Cesare Verdi, et à personne d'autre.

— Breakspear ne m'a pas tout raconté. Un jour, il y a de cela quelques années, j'ai surpris une conversation qu'il avait avec Verdi à ce sujet. Il n'est pas facile de garder des secrets dans la sacristie. Les murs sont épais, mais les portes ne ferment pas à clé. Ayant entendu ce qu'il disait, j'ai interrogé Breakspear, mais il n'a pas voulu m'en révéler plus. Il affirmait que cela ne servirait à rien. Il refusait absolument d'en parler. Je sais que sa conviction est qu'Agnès s'est suicidée.

— Et si elle a mis fin à ses jours – quelle qu'en soit la raison –, elle n'est plus digne d'être canonisée, c'est ça ?

— C'est ça, Mr Wilde. Les règles sont strictes. Elles sont impératives. Un saint doit mourir en état de grâce.

Il rit.

— Le cardinal Bellarmin, vous savez, était en bonne voie d'être béatifié, mais, lorsque nous avons ouvert son cercueil, nous avons découvert qu'il avait un doigt dans la bouche. Cela a soulevé une question : le malheureux avait-il été enterré vivant ? Si tel était le cas, qui pouvait savoir quelles avaient été ses dernières pensées ? Pour qui aspire à rejoindre le catalogue des saints, la façon de mourir est aussi importante que la façon de vivre.

— Êtes-vous le postulateur de la cause d'Agnès ?

— Oui, c'est moi qui serai son avocat. Je suis en train de préparer son dossier. C'est devenu le but de ma vie.

— Qui est au courant ? s'enquit Oscar.

— Personne pour le moment – en dehors de vous, messieurs. Je dois d'abord rassembler tous les éléments, ou la requête ne sera pas recevable.

— Pourquoi faites-vous cela ? demandai-je.

— Parce que je l'aimais et qu'ainsi j'honore sa mémoire. Aux yeux de Dieu, elle est déjà une sainte. J'accomplis simplement le travail du Seigneur sur terre. Au cours de son procès, je serai l'avocat de Dieu – *advocatus Dei*.

— Et une fois votre dossier prêt, que se passera-t-il ?

— Je le soumettrai à la considération du Saint-Père. Ensuite, ce sera lui qui transmettra les éléments à la Congrégation des rites, qui nommera le promoteur de la foi, autrement dit l'avocat du diable – *advocatus diaboli* –, un expert en droit canonique qui étudiera la cause jusque dans les moindres détails. Il exigera la preuve formelle qu'Agnès a vécu et qu'elle est morte de façon si pieuse et exemplaire qu'elle est à présent au plus haut des cieux.

— Il étudiera chaque aspect de son existence ?

— Chaque aspect. Le procès peut durer des années et l'examen est minutieux. Une cause peut se gagner ou se perdre sur le détail le plus anodin. Il y en a une qui est, en ce moment, en cours d'instruction, celle du chanoine Gaspare del Bufalo, un missionnaire et un très saint homme. Mais l'avocat du diable a trouvé trois choses contre lui : apparemment, il demandait à son domestique d'acheter de gros poissons au marché, sa mère avait coutume de lui friser les cheveux, et il aimait beaucoup la crème au chocolat. Son postulateur peut écarter les deux premières charges. Étant de santé fragile, il avait besoin de manger correctement. Il avait besoin de ces forces pour accomplir l'œuvre de Dieu. Et sa mère lui frisait les cheveux car, à son époque, les ecclésiastiques portaient les cheveux longs et *ne pas* les avoir bouclés aurait été une marque d'ostentation. Mais comment surmonter l'obstacle de la crème au chocolat, voilà la question !

Oscar et moi-même nous joignîmes au rire guttural du cardinal Tuminello – Oscar avec enchantement, moi avec incrédulité.

Oscar tira une bouffée de sa cigarette.

— Nous pouvons supposer que la petite Agnès, malgré son jeune âge, n'était pas excessivement amatrice de crème au chocolat.

— Lorsqu'il faisait chaud, quand Pio Nono faisait acheter des glaces pour les chapelains et les cardinaux, Agnès en choisissait toujours une au chocolat, qu'elle donnait ensuite au cardinal Felici.

— Ah, fit Oscar. Naturellement, le cardinal Felici était susceptible de succomber à une tentation coupable, mais pas Agnès.

— Personne ne pourrait accuser Agnès de tentation coupable. Personne ne peut mettre en doute sa bonté, sa vertu ou sa foi. Cela, j'en suis certain.

— Et les miracles ? demandai-je.

— Depuis son enfance, Pio Nono souffrait d'épilepsie. C'est de notoriété publique. Il a eu des crises toute sa vie, ce qui lui occasionnait une grande détresse personnelle et, parfois, quelque embarras en public… Et puis Agnès est arrivée… Après sa première communion, Pio Nono a prié avec elle, à côté d'elle et, de ce jour, les crises ont cessé. Il n'en a plus jamais eu.

— Vous en avez la *preuve* ? insistai-je.

— J'ai le dossier médical du Saint-Père. Les rapports des médecins. Adulte, Pio Nono a connu au moins une crise d'épilepsie par an jusqu'en 1871, l'année où Agnès s'est installée au Vatican. Je possède tous les détails. Il y a suffisamment de preuves. Agnès a guéri un pape de l'épilepsie !

— Mais il vous faut deux miracles, objecta Oscar.

— Je détiens la preuve d'un second, et celui-ci, le Dr Munthe peut s'en porter garant.

— Munthe connaissait Agnès ? m'exclamai-je.

— Non, je ne crois pas. Il n'est pas à Rome depuis suffisamment longtemps. Mais l'homme qui a bénéficié de l'intervention miraculeuse d'Agnès est l'un de ses patients.

— Qui est-ce ?

— Personne d'important. Un pauvre hère, un vieillard qui vit sur la colline, dans les bois derrière la pyramide. Il récupère des os dans toute la ville pour les vendre à un fabricant de colle. Dans le temps, il venait au Vatican chaque vendredi avant le lever du jour avec sa charrette pour se faire donner les os aux cuisines. Il connaissait Agnès. Elle lui offrait du pain et du café pour son petit déjeuner. Il l'appelait son « petit ange », et sa disparition lui a été très douloureuse. Lorsqu'il a compris qu'elle devait être morte, il s'est mis à la prier.

— Et le miracle ?

— L'homme était infirme. Il était né avec un pied bot. Il marchait en traînant la jambe. Je l'ai vu de mes yeux. Puis il a prié Agnès et elle l'a guéri. Le Dr Munthe pourra le certifier.

Oscar finit son vin et rendit le calice au cardinal Tuminello. Celui-ci replaça les coupes vides dans leur cachette.

— Je dispose de tout ce dont j'ai besoin, reprit-il. Sauf d'une bonne compréhension des circonstances de la mort d'Agnès.

Je voulais jeter sur les miasmes de la « foi » la lumière de la raison.

— Si elle a mis fin à ses jours…, commençai-je.

— Alors la cause est sans espoir, Dr Conan Doyle, coupa Tuminello. Mais elle ne s'est pas suicidée, ajouta-t-il en me regardant droit dans les yeux. J'en suis certain.

— Comment le pouvez-vous ? persistai-je. La petite était toute dévouée au Saint-Père, dites-vous ?

— C'est exact.

— Et combien avait-elle au moment de sa mort ? Treize ou quatorze ans ? À cet âge, les filles se laissent entraîner par leurs émotions, Éminence. N'importe quel médecin vous le dirait. Elles sont dans une période où les changements qui s'opèrent dans leur corps provoquent chez elles une certaine instabilité affective. C'est bien connu. Dans un tel contexte, l'angoisse causée par la mort de Pio Nono a pu conduire Agnès à commettre un acte désespéré.

Le cardinal Tuminello me sourit. Il avait écrasé ce qui restait de son cigare et se tenait à présent les mains jointes devant lui, presque comme en prière.

— J'entends vos arguments, Dr Conan Doyle. Au cours des semaines qui ont précédé la disparition du Saint-Père, alors qu'il était mourant dans son lit, Agnès est venue le voir dans ses appartements. Et, en effet, elle est apparue profondément bouleversée par ces dernières visites. Elle retenait ses larmes en présence de Pio Nono, mais pas devant nous.

— Lui en avez-vous parlé alors ?

— Non, je n'étais pas son confesseur. C'était le rôle de Felici. Il a passé du temps avec elle, beaucoup de temps. Ce qui m'a surpris. Ordinairement, le cardinal Felici n'accorde pas beaucoup d'intérêt à autrui. Je crois qu'il l'avait prise en pitié. Peu de temps avant la mort du pape, il l'entendait en confession tous les jours.

— Et qu'avait-elle à « confesser » ?

— Le secret de la confession est sacré, Dr Conan Doyle.

— Vous le savez bien, Arthur, murmura Oscar sur le ton du reproche.

— Oui, Oscar, répondis-je calmement. Mais je sais aussi, d'après tout ce que j'ai pu entendre, que, dans cette affaire, la possibilité du suicide n'est pas à écarter. Je pense que cela, le cardinal Tuminello peut l'admettre.

— Je l'admets ! s'écria sans amertume le prélat, qui m'adressa un sourire presque angélique. Le suicide est une possibilité, pas une probabilité, cependant. Agnès a pu être affectée, mais elle avait toujours la foi. Le suicide est un péché. Le désespoir est un péché. Agnès était sans tache. Je le sais.

Oscar regardait à présent autour de lui, quelque peu distraitement. Je compris qu'il était en train de se demander s'il oserait écraser sa cigarette sur le tombeau du pape Grégoire V. (Oscar avait la curieuse manie de détester jeter une cigarette qui ne fût pas éteinte.) Comme il s'y résolvait finalement, il jeta par-dessus son épaule :

— Peut-elle avoir été assassinée ? Est-ce une possibilité ?

— Ce serait une bénédiction, déclara franchement le cardinal Tuminello.

— Une bénédiction ? m'exclamai-je.

— Je comprends, fit Oscar en se retournant pour nous faire face. Ainsi, elle serait morte en martyre. Cela pourrait l'aider à accéder à la sainteté.

— Mais si elle était aimée de tous ceux qui la connaissaient, observai-je en hochant tristement la tête, alors par qui aurait-elle été tuée ? Et pourquoi ?

— Exactement, appuya le cardinal Tuminello. Elle était universellement adorée.

— Et pourtant, Éminence, souffla Oscar en approchant son visage de celui du prélat, vous avez envisagé cette hypothèse, n'est-ce pas ?

— C'est vrai.

— Et pour quelle raison ?

— À cause de quelque chose qu'a dit Agnès, il n'y a pas longtemps.

— Il n'y a pas longtemps ? *Après* sa mort ?

— C'était au début de cette année. En janvier. Je me suis trouvé en présence de son esprit lors d'un exorcisme.

— Vous êtes sûr que c'était elle ? demanda Oscar.

— Oh oui. Elle a prononcé son nom suffisamment distinctement.

— Et elle s'est adressée à vous ?

— Non, elle combattait un démon qui s'était emparé de l'âme torturée d'une des sœurs qui travaillent à la lingerie.

— Et qu'a-t-elle dit ?

— Elle parlait de la lutte entre la vie et la mort. Et elle a évoqué la sienne – une mort brutale. Il était question d'une main sur son cou et d'un doigt pressé sur ses lèvres. De violences et d'un secret qu'elle n'avait pas révélé.

— Et ?

— C'était suffisant. Cela m'a troublé, mais ma détermination s'en est aussi trouvée renforcée. C'est à cette époque, en janvier dernier, que j'ai su que je ne connaîtrais pas de repos tant que je n'aurais pas découvert tout ce que je pourrais sur la façon dont elle est morte.

— Non seulement sur la façon, mais aussi sur l'endroit où elle est morte, et sur ce qu'il est advenu de son corps, ajouta Oscar.

— Nous ne savons que ce que nous en a dit le cardinal Breakspear, notai-je. D'après son témoignage, sa dépouille a été vue pour la dernière fois à dix heures du soir, le 7 février 1878. Moins d'une heure plus tard, elle avait disparu. Qui l'a emportée ? Et où l'a-t-on amenée ?

— « Éliminez toutes les autres possibilités, et celle qui reste doit être la bonne », récita le cardinal Tuminello. Une des maximes préférées de Mr Sherlock Holmes, il me semble.

— La phrase m'est familière, concédai-je.

— Je sais ce qui est arrivé, affirma le cardinal sans me quitter des yeux. Dieu a pris son corps. Agnès est montée au ciel.

Je claquai des mains et fermai les yeux.

— Pardonnez-moi, Éminence, soupirai-je. Mais c'est grotesque.

— Il y a des précédents, remarqua le prélat sans élever la voix. Toutefois, cette question ne me préoccupe pas outre mesure. Ce qui me préoccupe – et ce qui préoccupera l'avocat du diable –, c'est la nature de la mort d'Agnès. Je dois découvrir toute la vérité à ce sujet, et pour cela, il me faut de l'aide.

Le cardinal Tuminello posa une main sur mon épaule.

— Franchement, j'ai besoin des services d'un bon détective, aussi sceptique soit-il.

Oscar rit.

— Et c'est pour cela que vous avez attiré le Dr Conan Doyle à Rome, n'est-ce pas ? Vous vouliez que le cerveau qui se cache derrière Sherlock Holmes vienne à votre secours.

Le cardinal rit également mais avec moins de naturel. Il baissa les yeux.

— Non, se défendit-il faiblement. J'espère simplement profiter de la présence du Dr Conan Doyle. Qu'il soit venu à Rome et que nous nous soyons rencontrés est un heureux hasard.

— Ce n'est pas un heureux hasard, Éminence. Vous avez fait en sorte qu'il se produise et vous vous y êtes pris admirablement. Je dois vous féliciter.

Oscar plissa les yeux et scruta les ténèbres autour de lui.

— Et auxquels de ces regrettés pontifes appartenaient la main et le doigt que vous avez envoyés à Mr Holmes ? Avant que nous prenions congé, vous devez nous le dire.

19

Capri

— Et il vous l'a dit ? demanda Axel Munthe.

Tout en se frottant les yeux de ses poings serrés, le médecin avait réprimé un bâillement en posant la question.

— Mais oui ! s'écria Oscar avec enthousiasme. La main était à Léon XII et le doigt à Benoît XIV.

Oscar laissa flotter un silence dramatique.

— Ou était-ce l'inverse ?

Mon ami, les yeux agrandis par l'excitation, chercha mon aide du regard – en vain. Il se retourna vers Munthe et haussa théâtralement les épaules.

— Ça n'a pas d'importance. Selon Tuminello, ni l'un ni l'autre n'avait de grand mérite à faire valoir, excepté une dépouille facilement accessible et représentative de l'excellence des embaumeurs ecclésiastiques.

Il était à présent dix heures du soir et – suivant les instructions que Munthe m'avait laissées dans son message le matin même –, nous nous étions présentés au domicile de Keats, à côté de l'escalier espagnol. Le docteur nous avait demandé de monter chez lui, mais il ne nous avait pas débarrassés de nos chapeaux, ni ne nous avait proposé de nous asseoir. Étant donné que nous étions là à son invitation, il paraissait étrangement embarrassé par notre présence. Il était manifestement très las. Il avait ôté ses lunettes teintées. Dans ses yeux pâles et ternes, son regard était vide, hanté.

Oscar semblait ne pas s'en être aperçu.

— J'ai expliqué au cardinal Tuminello que je l'avais soupçonné d'être celui qui nous avait attirés au Vatican dès notre première rencontre, lorsqu'il s'était immédiatement trouvé mal en découvrant Conan Doyle dans le réfectoire de la sacristie. C'était le choc de l'avoir reconnu et la surprise de voir un rêve impossible se réaliser.

Oscar parcourut la pièce des yeux : il inspecta le bureau de Munthe, la table, le buffet, la commode. J'étais habitué à ce manège : mon ami espérait qu'on lui offrirait un verre. Il n'en fut rien. Il chercha dans sa poche son étui à cigarettes.

— Ensuite, reprit-il, je me suis laissé bêtement distraire par l'idée que ce pouvait être *Felici* qui avait écrit à Holmes, afin d'obtenir de l'aide pour démasquer Breakspear !

— Le cardinal Breakspear a-t-il besoin d'être démasqué ? demanda Munthe, incrédule, tout en se retenant de nouveau de bâiller.

— Oui, et ce sera fait. Conan Doyle est sur l'affaire.

Cigarette à la main, Oscar s'approcha d'une des bougies de la cheminée.

— Je n'aurais pas dû m'égarer ainsi, dit-il en portant sa cigarette à ses lèvres et en inclinant son visage au-devant de la flamme. L'histoire de Tuminello est logique.

— Si l'on admet qu'un homme puisse entendre parler les morts, grinçai-je, sarcastique.

— Même si l'on n'y croit pas, répliqua-t-il avec fermeté.

Il n'était pas d'humeur à tolérer la contradiction.

— Tout ce que fait Tuminello est parfaitement cohérent. Le cardinal – l'*exorciste* – est obsédé par Agnès. Pour lui, elle est déjà une sainte. Mais pour le prouver au monde, il lui faut pouvoir répondre aux questions que posera – il le sait – l'avocat du diable. Il doit découvrir *précisément* comment elle est morte. À l'époque de sa disparition, des recherches minutieuses avaient été menées, mais elles n'ont rien révélé de significatif. Breakspear affirme avoir vu son corps, mais il refuse d'en dire plus. Que fait Tuminello ? Pendant des années, rien. Il rumine, il *imagine*, il boit, il fume, mais il ne *fait* rien. Et puis, le 21 janvier dernier, il entend sa voix ! *Agnès parle* – et dans ses propos, il est question d'une mort violente et d'un secret, d'une main sur sa gorge et d'un doigt sur ses lèvres…

— Tuminello a-t-il précisé que c'était le 21 janvier ? demandai-je, surpris. Il a mentionné le mois, mais pas la date.

— Bien vu, Arthur, fit Oscar en tirant avec enthousiasme sur sa cigarette. Vous avez un sens holmésien du détail. La date exacte n'est qu'une supposition de ma part. Tuminello a expédié le premier paquet à Sherlock Holmes le 22 janvier.

Ceci, nous en sommes certains car nous disposons du cachet de la poste sur l'emballage que vous avez gardé. Mon hypothèse est qu'il a entendu la voix la veille, le 21 janvier, le jour de la Sainte-Agnès.

Je souris.

— Sans doute vais-je devoir faire rédiger à Holmes une monographie sur le recours à l'hagiographie dans l'élucidation des meurtres.

Oscar tendit le bras droit et me pressa gaiement l'épaule.

Le Dr Munthe nous considéra de ses yeux bouffis.

— Mais d'abord, pourquoi diable a-t-il cherché à contacter Sherlock Holmes ?

— Il était désespéré. Il s'en est remis à la chance. Durant l'hiver, semaine après semaine, le petit *circolo inglese* du Vatican avait savouré les aventures du premier détective consultant au monde. Dans ce moment difficile, Tuminello s'est dit que lui aussi aurait besoin de ses services. Le livre était là. Il n'avait qu'à recopier l'adresse de Baker Street. L'exorciste envoie son premier indice. Il s'agit d'un simple brin de laine d'agneau.

Oscar pointa triomphalement sa cigarette vers Munthe.

— Vous l'avez tout de suite vu, docteur.

— Vraiment ?

— Oui, confirmai-je en riant. Je crois me souvenir qu'Oscar était convaincu qu'il s'agissait d'une boucle de cheveux prise au front d'un adonis blond.

Oscar était trop joyeusement en verve pour se laisser freiner dans son élan.

— Naturellement, nous avons fini par comprendre ce que nous aurions dû voir tout de suite : que la laine d'agneau symbolisait Agnès, le « petit agneau de Dieu » de Pio Nono.

Il se tourna vers la cheminée et fit tomber quelques cendres de sa cigarette dans la paume ouverte du défunt ouvrier d'All Saints.

— Deuxième indice, envoyé à Holmes six semaines plus tard par un Tuminello de plus en plus désespéré, la main n'était pas celle d'une femme, comme nous l'avions d'abord cru, mais celle, petite et délicate, d'un pontife inaccoutumé aux travaux manuels. Il s'est trouvé que c'est ce paquet-là que nous avons ouvert le premier. Et il a assurément attiré notre attention. Le dernier indice, bien sûr, était le doigt. C'est lui qui nous a indiqué la direction du Saint-Siège, grâce à l'anneau d'or rose…

— Dérobé, ajoutai-je, de l'aveu même de Tuminello, sur la main de feu Pie IX. Le cardinal Tuminello a assisté à l'embaumement de Pio Nono et il a gardé sa bague en souvenir.

— Oui, fit pensivement Oscar en laissant échapper de ses narines deux panaches jumeaux de fumée. Des sept anneaux que possédaient jadis les « sept péchés capitaux » de Pio Nono, le seul que l'on n'ait pas encore retrouvé est celui du père Bechetti. Où est-il, le Ciel seul le sait.

Il se tenait le buste droit, la tête haute, le torse bombé, dos à la cheminée de Munthe. De la main droite, il tapotait sa veste à la place de la poche intérieure.

— J'ai toujours celui de Pio Nono dans mon portefeuille – ce sera mon souvenir –, mais, avant de quitter Saint-Pierre, nous avons replacé les membres amputés dans leurs sarcophages respectifs. Arthur les a généreusement rendus, quoique le cardinal Tuminello ait affirmé qu'ils ne manqueraient à personne. Nous avons accompagné d'une prière la restitution de la main et du doigt à leurs propriétaires légitimes.

— Vous les avez remis en place ? fit Munthe en souriant à Oscar. J'avais éventuellement espéré les ajouter à ma collection. La main d'un pape, fût-il mineur, est une pièce de choix.

Tandis que nous riions, un fracas de casseroles nous parvint de derrière le rideau de brocart. Oscar se retourna avec empressement.

— Allons-nous dîner ? demanda-t-il.

— Faites comme vous voulez, messieurs, dit Munthe en remettant ses lunettes. Pour ma part, je dois calmer mon amie, et ensuite, j'irai me coucher. Je dois me lever à cinq heures. J'ai promis à frère Matteo que j'accompagnerais avec lui le cercueil du père Bechetti jusqu'à Capri. Nous prenons le train de Naples à six heures moins le quart.

— Il faut que nous venions avec vous, lança Oscar avec exaltation. Capri en juillet, ce doit être splendide.

— Nous convoyons un mort, nous partons à l'aube et nous revenons à la tombée de la nuit. Ce ne sont pas des vacances à la mer.

— Peu importe, nous vous accompagnons quand même, si vous n'y voyez pas d'objection, docteur.

— Absolument aucune, répondit distraitement Munthe.

Il s'était dirigé vers la commode située au fond de la pièce. Y étaient disposés un crâne humain et un plateau en métal dans lequel il avait pris une petite seringue. Il la manipulait avec précaution.

— Qu'est-ce que ce sera ce soir ? demanda Oscar. Morphine ou cocaïne ?

Munthe leva mollement les yeux de la pointe de l'aiguille et dévisagea Oscar.

— Cocaïne, dit-il. Une solution à sept pour cent. Vous voulez essayer ?

— Merci, fit Oscar. Nous prendrons plutôt des sandwichs et une bouteille de barbaresco à l'hôtel. Vous devriez vous aussi manger quelque chose, docteur. Vous joindrez-vous à nous ?

— Si vous voulez bien m'excuser, dit-il. J'ai déjà dîné, mais je n'ai pas dormi de la journée.

Il se tenait devant nous, seringue à la main. Il était clair que notre visite touchait à sa fin.

— Je vous demande pardon, docteur, bafouillai-je précipitamment. Nous ne serions pas venus si dans votre message de ce matin vous ne nous l'aviez proposé en nous précisant que vous alliez vous reposer.

— C'est ce que je vous ai écrit, en effet, mais je n'ai pas pu. Je n'ai pas dormi depuis vendredi soir. À mon retour du chevet du père Bechetti, ce matin, j'ai aussitôt été appelé. Pour un autre cas.

— Le jour se lève, un homme se meurt, dit Oscar en souriant.

— En l'espèce, oui, acquiesça Munthe. Mais cette fois, je suis arrivé trop tard pour être utile. Je n'ai participé en rien à la mort du patient. Le pauvre homme s'est tué lui-même – lentement, année après année.

— Ah, soupira Oscar. Le démon de l'alcool…

— Oui. La boisson l'a détruit peu à peu. Sur la fin, ce n'était plus qu'un être pathétique. Il habitait sur la colline, près du cimetière protestant, non loin de l'endroit où Keats, votre idole, est enterré. Ses fils souhaiteraient qu'il y repose.

— Ses fils ? fit Oscar en se penchant en avant avec intérêt. Il était le père des deux gamins qui vivent sur la lande derrière la pyramide ?

— Les dépravés ? ajoutai-je.

— Oui, ceux-là mêmes contre lesquels je vous avais mis en garde. Leur père était un trafiquant d'ossements et un alcoolique. Cela faisait plusieurs années qu'il n'était plus bon à rien ni à personne. Il est mort à présent. C'est arrivé la nuit dernière, d'après les garçons.

— Comment le savez-vous ? demanda Oscar d'un ton pressant. Vous leur avez parlé ?

— J'ai passé une grande partie de la journée avec eux. Ils l'ont découvert ce matin alors qu'ils lui apportaient son repas. Ils ont immédiatement compris qu'il était mort. Le corps était dur et froid comme de la pierre. Ils se sont précipités en ville, où ils ont croisé le chapelain anglican et Rennell Rodd à qui ils ont rapporté ce qui s'était passé. Puis ils sont venus ici me trouver. C'est une triste affaire, mais les garçons vont s'en sortir. Leur père ne l'était plus pour eux depuis des années. Il leur était devenu un fardeau. Aujourd'hui, sa disparition leur cause du chagrin ; bientôt, ils en concevront du soulagement.

Derrière le rideau de brocart résonna le bruit métallique de couverts qu'on entrechoquait. Oscar sursauta.

Munthe rit.

— Avant que vous ne partiez, messieurs, laissez-moi vous présenter mon amie. Vivre avec elle n'est pas de tout repos, mais je l'aime trop. Elle s'appelle Cléopâtre. C'est vers cette heure-ci, le soir, qu'elle réclame mon attention – et sa cocaïne.

Le Dr Munthe traversa la pièce et écarta prudemment le lourd rideau, révélant ainsi la cuisine qui se trouvait au-delà. Là, assis les jambes croisées sur la cuisinière éteinte et s'y balançant d'avant en arrière, se tenait un superbe babouin d'Arabie.

À cinq heures quarante-cinq le lendemain matin, Oscar Wilde et moi grimpions précipitamment dans le *Roma-Napoli diretto* à l'instant même où il démarrait. Nous étions arrivés à la gare avant cinq heures et demie mais Oscar avait refusé de se rendre sur le quai avant d'avoir pris un café – et le cafetier de la gare n'était pas du genre à se presser. (Il s'avéra que son café n'était pas non plus du genre à être bu. « Il est froid et il a un goût de noix rance, coassa amèrement Oscar. C'est notre punition. Dieu n'aime pas les gens qui se lèvent tôt. »)

Le saumâtre liquide aussitôt relégué au caniveau, nous traversâmes en hâte le hall de la gare pour rejoindre notre train. Courant au milieu des claquements de portières, des mugissements de vapeur et des coups de sifflet, nous remontâmes le quai et finîmes par apercevoir Axel Munthe renfoncé dans le coin d'un compartiment de seconde classe. Nous nous jetâmes à l'intérieur alors que le train s'éveillait en s'ébrouant et se mettait lourdement en route. Vêtu de son habituel costume de toile, coiffé de son habituel chapeau, mouchoir à la main, le médecin suédois était occupé à nettoyer minutieusement les verres de ses lunettes. Relevant les yeux, il nous regarda entre ses paupières plissées pénétrer en trébuchant, hors d'haleine, dans le wagon et nous laisser choir, pantelant, sur la banquette face à lui.

— Ah, messieurs, vous voilà ! s'exclama-t-il avec un sourire.

— Nous voilà, dit Oscar, peinant à reprendre son souffle. De justesse. Comment allez-vous ? Comment va votre singe ?

— Je vais bien, et Cléopâtre est un babouin, pas un singe, mais je vous remercie de prendre de ses nouvelles. Quand je l'ai quittée, elle dormait comme un bébé.

Le médecin remit ses lunettes et replaça élégamment son mouchoir dans sa poche.

— Elle n'a que dix-huit mois, ce qui fait qu'elle n'est guère plus que cela. En captivité, les babouins peuvent vivre jusqu'à quarante-cinq ans, vous savez ? Ils se portent bien mieux apprivoisés que dans la nature. Je préfère de beaucoup les animaux aux humains, pas vous ?

— C'est une question trop profonde pour un homme qui n'a pas encore bu son café matinal, marmonna Oscar.

Il renifla et scruta avec attention le compartiment, puis se retourna vers Munthe.

— Où est votre cadavre ? demanda-t-il.

— Le cercueil du père Bechetti est dans le fourgon à bagages. Frère Matteo s'y trouve également. Il lui semblait devoir le surveiller. Il est la bonté faite homme.

— C'est ce qu'on dit, murmura Oscar.

Ses yeux lourds glissèrent du Dr Munthe vers la jeune femme assise à côté de lui. Je l'avais déjà saluée d'un sourire et d'un silencieux « Bonjour ». C'était Catherine English, plus jolie que jamais malgré l'heure indue. Elle portait une robe d'été du rose le plus pâle à grands poignets et col montant de fine soie blanche. J'étais surpris de la voir. Manifestement, Oscar aussi.

— Regardez dans quel état nous sommes, Miss English, s'excusa-t-il. C'est une honte. Je ne suis ni rasé ni coiffé.

Il me jeta un regard ostensiblement dégoûté.

— Arthur non plus ne s'est probablement pas rasé – c'est difficile à dire avec son absurde moustache. Si nous avions su que nous aurions l'honneur…

Il se leva à demi pour s'incliner devant la jeune femme.

— J'ai vu le Dr Munthe hier et il a parlé de ce voyage à Capri, expliqua-t-elle. Comme je n'y suis jamais allée, je lui ai demandé à pouvoir l'accompagner. Je ne vous gênerai pas, c'est promis. Je me ferai aussi petite qu'une souris.

Elle avait des formules adorables et s'exprimait de façon délicieuse : dans le ton de sa voix se mêlaient clarté et détermination, douceur et intelligence.

Oscar détailla son vêtement rose.

— Vous n'assisterez pas à l'enterrement ?

— Aucun d'entre nous n'y assistera, intervint Munthe. À moins, bien sûr, que vous ne souhaitiez rester. Nous ne faisons que convoyer le cercueil jusqu'à l'église. Comme c'est moi qui ai signé le certificat de décès, que j'accompagne le défunt sur l'île simplifiera les démarches au port. Si tout se passe bien, nous serons de retour à Rome tard dans la soirée.

— Je me confondrai avec le décor, dit Catherine English en baissant les yeux. J'ai apporté mon livre.

Oscar leva un sourcil.

— Les *Chants de l'Ancienne Rome* ?

— Non, répondit-elle gracieusement. *Le Signe des quatre* d'Arthur Conan Doyle. Je raffole des bonnes histoires criminelles.

Oscar renifla de nouveau, réprimant un éternuement.

— Le Dr Munthe vous a-t-il parlé de l'enquête que nous menons actuellement ?

La jeune femme tourna un œil hésitant vers le docteur.

— J'ai tout raconté à Miss English, déclara ce dernier. Sans enfreindre le secret médical, naturellement.

— Naturellement, approuva Oscar. C'est parfait. Dans ce cas, nous pouvons parler librement. Il y avait quelque chose que je souhaitais demander hier soir au Dr Munthe, mais nous n'en avons pas eu le temps.

— Nous l'avons à présent, fit aimablement le médecin.

Oscar s'avança sur son siège pour amener son visage tout près de celui de Munthe. Il baissa la voix : il nous fallut tendre l'oreille pour entendre ce qu'il disait au milieu des grondements et des gémissements du train.

— Le cardinal Tuminello est-il *fou* ? demanda-t-il.

— Fou ? répéta le médecin.

— Ces histoires d'exorcisme… C'est de la démence, n'est-ce pas ?

— Je n'en suis pas sûr, répondit prudemment Munthe, qui, s'adossant à la banquette, s'écarta d'Oscar. En tant que médecin et ami du cardinal Tuminello, j'ai assisté à sa demande à nombre de ses exorcismes. Il parvient incontestablement à apaiser des âmes tourmentées. Ce qu'il accomplit avec seulement des paroles, de l'huile et de l'eau bénite, je ne le réussis qu'avec une seringue et une solution à sept pour cent.

— Comment les choses se déroulent-elles ? demandai-je en me tournant vers Munthe. Comment fonctionne l'exorcisme ?

— C'est un rituel. Rien de plus.

J'insistai.

— Que se passe-t-il, précisément ?

Il me regarda franchement.

— Ça dépend, mais ça commence toujours de la même façon. Le prêtre brandit un crucifix et s'adresse à la victime, au « possédé », en prononçant les mots : « *Ecce crucem Domini* – Voici la croix du Seigneur. » Puis il touche le sujet avec l'ourlet de son étole et lui appose les mains sur la tête. Le but de l'opération, selon Tuminello, est d'entrer en contact avec les « démons intérieurs », de les inciter à le combattre et de les vaincre. C'est une lutte à mort.

— Et ces « démons », intervint Oscar, comment se manifestent-ils ?

— Ils parlent à travers leur victime – en général, par des cris. Ils avouent leur identité : « Je suis Satan, je suis Lucifer, je suis Belzébuth. » Parfois, ils se révèlent lentement, subrepticement ; plus souvent, par des éclats violents et soudains. Un jour, j'étais avec Tuminello lorsqu'il pratiqua un exorcisme sur un garçon d'une dizaine d'années. L'enfant était incontrôlable. Il proférait des paroles haineuses et d'une incroyable grossièreté. Ce n'était qu'un gamin chétif, mais il fallait quatre hommes solides pour le maintenir. Et ils avaient du mal. La scène était fascinante. Tuminello avait une explication très simple : il affirmait que le garçon avait « la force du diable » qui se trouvait en lui.

— Pouvait-il y en avoir une autre ? demandai-je.

— Peut-être, mais inconnue de la science à ce jour.

Oscar se redressa et considéra Munthe.

— Et comment l'exorciste s'y prend-il pour vaincre ces forces diaboliques ? lui demanda-t-il.

— Avec difficulté… et détermination. Tuminello se montre merveilleusement méprisant à leur égard. « Le secret, c'est de trouver leur point faible », dit-il. Apparemment, certains démons ne supportent pas un signe de croix tracé avec l'étole sur une partie douloureuse du corps ; pour d'autres, il suffit d'un simple souffle sur le visage ; d'autres peinent à résister à une bénédiction à l'eau bénite. Selon le cardinal, la « délivrance » est toujours possible, mais, dans certains cas, débarrasser quelqu'un de ses démons peut nécessiter plusieurs exorcismes sur plusieurs années. Il semblerait que, pour quitter un corps et retourner en enfer, un esprit maléfique doive mourir à jamais. J'ai entendu l'un de ces démons à l'agonie hurler : « Je me meurs, je me meurs. Tu m'assassines, Tuminello. Tous les prêtres sont des assassins. »

— Extraordinaire, murmurai-je.

— En effet, acquiesça Munthe. Si je n'avais assisté qu'une seule fois à tout cela, j'aurais cru à une supercherie, mais je suis un homme de science et, en compagnie de Tuminello, j'ai été le témoin d'innombrables exorcismes. Ce n'est pas du charlatanisme.

— Admirez-vous le cardinal Tuminello ? lui demandai-je.

— Il apporte le soulagement à ceux qui en ont besoin. Je le respecte pour cela. Ce n'est pas un homme ordinaire.

Il nous regarda, Oscar et moi, d'un air engageant.

— Et j'aime les hommes qui sortent de l'ordinaire.

— Pensez-vous qu'il parviendra à faire canoniser la petite Agnès ? interrogea Oscar.

Munthe rit et ôta ses lunettes pour les essuyer de nouveau.

— C'est cela son ambition ? Faire de la gamine une sainte ? Cela me navre. Franchement, sans corps et sans miracle, il n'a aucune chance.

— Il affirme qu'elle a guéri Pie IX de l'épilepsie, dis-je.

— Certaines personnes estiment que le pape est mort *à cause* d'une crise d'épilepsie ! Avec l'âge, les attaques dont était victime le Saint-Père étaient peut-être moins aiguës et moins fréquentes, mais je ne crois pas qu'il en ait jamais été complètement guéri.

— Et l'homme qui vivait dans les bois, derrière la pyramide, votre patient, le trafiquant d'os ? demandai-je.

— Il est mort.

— Il souffrait d'un pied bot, précisa Oscar. Jusqu'à ce qu'il prie Agnès.

Munthe sourit et hocha la tête.

— C'était un alcoolique et un bon à rien. S'il traînait la patte, c'était pour inspirer pitié. Et s'il a cessé de le faire, c'était pour attirer l'attention. Même si ce misérable coquin était encore en vie, et ne serait-ce qu'à moitié cohérent, son témoignage n'aurait aucune valeur.

Notre voyage jusqu'au port de Naples dura trois heures, durant lesquelles nous parlâmes de nos cardinaux et des miracles. Munthe respectait Luigi Tuminello (« Il connaît son affaire »), se montrait réservé au sujet de Nicholas Breakspear (« Il m'a demandé s'il pouvait faire *rôtir* Cléopâtre ») et éprouvait ce qu'il appelait une « singulière affection » pour Francesco Felici.

— Felici vit l'instant, *pour* l'instant. Je trouve étrangement désarmante sa façon de ne pas cacher sa voracité.

— Voracité, ou simple appétit de vivre ? demanda Oscar.

— Dieu seul le sait, fit Munthe en cillant de manière charmante derrière ses lunettes.

Sur le petit vapeur métallique qui nous emporta, à travers la baie de Naples, jusqu'à l'île de Capri, nous convînmes unanimement que si quelqu'un méritait une béatification immédiate, c'était frère Matteo. En matière de sainteté, le capucin nous semblait exemplaire. Grand et mince, beau et barbu, avec ses cheveux blancs clairsemés, ses yeux gris et bienveillants, son simple habit marron à la capuche rejetée en arrière, il incarnait le personnage à la perfection. Nous nous étions tous les quatre contentés de regarder pendant qu'avec amabilité et humour, pieds nus, il avait surveillé la descente du cercueil du père Bechetti du fourgon à bagages, trouvé des porteurs pour l'apporter, en traversant les voies, jusqu'à l'embarcadère, et aidé à le charger sur le pont réservé aux marchandises du navire qui nous attendait. Frère Matteo avait environ soixante ans. Tout ce qu'il faisait, il le faisait avec dignité et sans tapage.

— Je remarque que personne ne s'attend qu'il distribue des pourboires et qu'il ne semble pas prêt à le faire, souffla Oscar (avec, il me sembla, une pointe de jalousie).

— Il dégage une autorité naturelle, déclara, admirative, Catherine English. Il impose le respect.

— L'habit monastique, certainement, murmura Oscar, et la présence d'un cercueil.

Quand Munthe et moi lui offrîmes notre aide, frère Matteo nous lança :

— *Grazie tanto ! Non è necessario !*

Et il reprit son occupation. Par la suite, lorsque Munthe fut brièvement retenu par un conclave administratif à la capitainerie, le moine apparut sur le quai avec un plateau chargé de cafés chauds et de sandwichs au jambon.

— C'est *vraiment* un saint ! s'émerveilla Miss English.

Oscar accueillit la collation avec reconnaissance – nous n'avions encore rien mangé ni bu de la journée – et, comme frère Matteo s'éloignait, il me glissa à l'oreille :

— Il est si bon qu'il se doit absolument d'être notre meurtrier. C'est ce à quoi vos lecteurs s'attendraient, Arthur.

Sur le vapeur, tandis que nous partagions à quatre une banquette en bois sur le pont supérieur, abrités du féroce soleil de midi par un auvent de toile à bâche, au-dessous de nous, sur le pont des marchandises, frère Matteo, exposé aux éléments, montait la garde auprès de la dépouille du père Bechetti. La traversée dura deux heures. Frère Matteo resta à son poste tout du long, sa main gauche ne quittant jamais le couvercle du cercueil. Pendant le voyage, Oscar somnola, puis s'endormit tout à fait. Munthe feuilleta distraitement l'exemplaire d'Oscar de *La Vie des saints* de Butler avant de s'endormir à son tour. Assis côte à côte, Miss English et moi conversâmes – de ses peines et de mes ambitions. La mer était calme, mais, lorsqu'une houle occasionnelle agitait le navire, elle posait sa main sur la mienne et cherchait du réconfort dans mon regard.

Alors que nous approchions de Capri, Munthe s'éveilla, se leva et nous invita à l'imiter pour admirer la beauté de l'île. Cela ne nous fut pas difficile. Le littoral offrait une variété merveilleuse et, au-dessus de l'impressionnante succession de falaises et de rochers, de criques et de grottes, s'élevaient de hautes collines couvertes de myrtes, de cyprès et de plantations de citronniers. La lumière méditerranéenne était idéale et le paysage indéniablement enchanteur.

— C'est ici que je veux vivre ! annonça Munthe, les bras ouverts face à la côte.

— C'est ici que le père Bechetti voulait être enterré, fit Oscar, songeur. Je me demande pourquoi.

— Parce que c'est le paradis ! s'écria le Suédois.

— Je préférerais vivre au paradis qu'y être enterré, répliqua tranquillement Oscar.

Du pont inférieur, frère Matteo nous interpella :

— *Barca a remi !*

— Il n'y a pas de port, ici, expliqua Munthe. Le vapeur ne peut pas aller plus loin. Nous devons conduire le cercueil à la rame jusqu'au rivage.

— Comment allons-nous revenir ? demanda Oscar avec inquiétude.

— Le bateau va nous attendre. Nous ferons demi-tour dès que nous aurons déposé notre cargaison.

Aidés de frère Matteo, de Munthe et de moi-même, quatre hommes d'équipage descendirent avec des cordes le cercueil du père Bechetti le long de la coque du navire jusque dans la chaloupe. Le moine, deux marins et moi prîmes les avirons. La plage n'était pas très éloignée, mais l'eau, quoique peu profonde, était agitée et le courant fort. Ramer était difficile et en rien facilité par les commentaires enjoués (et incessants) d'Oscar. Tandis que nous progressions vers la côte, mon ami pensa nous distraire en comparant nos efforts héroïques à ceux des équipes d'Oxford et de Cambridge lors de la régate universitaire de 1877, année qui les avait vues finir ex aequo et au cours de laquelle Oscar avait écrit son *Sonnet composé en approchant de l'Italie*, qu'encouragé par Miss English il entreprit de nous réciter !

Comme nous tirions avec peine la lourde embarcation sur les galets, Oscar s'excusa.

— Mes nerfs me jouent des tours lorsque je suis trop près de l'eau.

Son visage pâle et bouffi était noyé de transpiration. Se protégeant les yeux d'une main tremblante, il leva le regard vers le ciel d'un bleu limpide. Un faucon pèlerin planait au-dessus de nous.

— Vous voyez, les oiseaux de proie se rassemblent. Mon angoisse était peut-être justifiée.

Catherine English et Munthe rirent avec indulgence, mais pas moi. J'avais les bras endoloris et la tête qui bourdonnait.

— Ça suffit ! coupai-je. Nous sommes ici pour accomplir une tâche solennelle.

Frère Matteo sourit.

— *Andiamo in chiesa*, dit-il en désignant l'âne et la charrette qui attendaient au bord du chemin en haut de la plage.

À première vue, je n'étais pas certain que nous fussions attendus, mais à côté de l'attelage se tenaient deux hommes d'un certain âge, mal rasés, vêtus de pantalons rapiécés et de chemises en loques. Lorsque nous fûmes à portée de voix, l'un d'eux nous lança :

— *Capri ? Funerale ?*

— *Sì*, répondit frère Matteo. *Chiesa Sant'Anna*.

Les deux gaillards descendirent sur la plage pour nous aider à porter le cercueil jusqu'à la carriole. J'ordonnai à Oscar de nous prêter main-forte.

— Il faut de temps en temps que vous affrontiez les dures réalités de la vie, mon vieux, lui dis-je.

J'avais remarqué que, depuis que la bière et frère Matteo avaient émergé du fourgon à bagages dans le port de Naples, Oscar avait consciencieusement évité de poser son regard sur la caisse de chêne.

— Ce n'est pas de la vie que je me tiens à l'écart, répliqua-t-il. C'est de la mort.

Malgré tout, mon camarade à la délicatesse d'esthète soupira et, à six – les deux vieux autochtones, frère Matteo, Axel Munthe, Oscar et moi-même –, nous hissâmes le cercueil hors de la chaloupe et le chargeâmes sur nos épaules.

Tandis que nous le transportions, en équilibre précaire, sur les galets en direction du chemin, nous n'étions pas seuls. Huit à dix jeunes garçons – tous pieds nus et certains d'entre eux presque entièrement dévêtus – avaient accouru sur la plage pour voir ce qu'il s'y passait. En apercevant le cercueil, ils avaient tous fait silence et ils regardaient à présent la scène avec fascination, yeux écarquillés et bouche bée.

Une fois le cercueil déposé sur son modeste corbillard, nous le suivîmes le long du chemin jusqu'au sommet de la colline, traînant derrière nous notre escorte de gamins dépenaillés.

— Je n'oublierai jamais cette procession funèbre, murmura Oscar. Je suis content d'être venu.

Marchant à côté de l'âne, frère Matteo conduisait notre cortège. Lui comme l'animal semblaient savoir où nous allions.

— Nous nous rendons à l'église Saint'Anna, expliqua Munthe. C'est celle de la paroisse de l'île et elle est très ancienne. C'est là que le père Bechetti a été baptisé.

— Sainte Anne est la patronne des femmes enceintes, nota Oscar.

Munthe tira *La Vie des saints* de la poche de sa veste et la rendit à Oscar.

— Vous n'ignorez rien d'elle, naturellement.

— En effet, reconnut Oscar en se saisissant de l'ouvrage. Mais je savais déjà tout. C'était la mère de la Vierge Marie, la *grand-mère* de notre Seigneur. Son destin est bien connu, docteur.

— Vraiment ? fit Munthe. Je suis suédois et protestant, et non pratiquant qui plus est.

Oscar rit et fourra le livre dans la poche de côté de sa veste. Pour lui faire de la place, il dut transférer son étui à cigarettes dans une poche intérieure.

— Je suppose que je ne suis pas autorisé à fumer en ces douloureuses circonstances ? demanda-t-il en jetant un regard torve au cercueil du père Bechetti. J'aurais bien besoin d'une « sèche », comme disent les personnages de gredins d'Arthur. Par cette chaleur, le naturel est une pose très difficile à tenir.

Comme nous approchions du village, les garçons à demi nus commencèrent à s'égailler. Lorsque nous pénétrâmes dans l'église, nous n'étions plus que sept, les six porteurs du cercueil et Catherine English qui nous suivait à distance. Le vieil édifice – construit, selon Munthe, au XIIIe siècle avec des pierres empruntées aux ruines de villas datant de l'apogée de l'Empire romain – était délicieusement frais. Et calme. Et sombre.

À l'évidence, nous étions attendus, car immédiatement en face de nous, au bout de l'allée centrale, juste devant les marches de l'autel, était disposé un simple catafalque de bois à l'extrémité duquel était posé un lourd chandelier en laiton où brillait un unique cierge. Sur la droite, assise seule sur le banc du premier rang, se trouvait une religieuse vêtue d'un vêtement de serge bleue. Elle avait la tête baissée. Sa silhouette aurait pu être celle d'une jeune femme. Lorsque nous eûmes déposé le cercueil sur le catafalque, je me tournai vers elle et je constatai que son visage était profondément ridé et qu'elle avait les yeux caves et bordés de cernes noirs.

Alors que nous nous écartions de la dépouille, frère Matteo souffla quelque chose en italien à l'oreille de Munthe.

— Sœur Anna, nous traduisit le médecin. Elle ne parle pas. Elle pleure et elle prie.

Catherine English était restée au fond de l'église. Axel Munthe, Oscar et moi la rejoignîmes sur le banc où elle avait pris place. Au moment où nous nous asseyions, la nonne se leva et vint dans l'allée centrale. Elle fit une génuflexion en direction de l'autel, se signa et s'agenouilla sur le rude sol dallé au pied du cercueil du père Bechetti, le dos droit, les mains jointes devant son visage. Frère Matteo se tenait derrière le cierge, sur les marches, tourné vers l'imposant autel. Il exécuta une lente génuflexion avant de se retourner pour inviter la petite assemblée à la prière.

— *In nomine Patris et Filii et Spiritus Sancti. Amen.*

Il traça le signe de la croix au-dessus du cercueil, puis sourit à la religieuse.

— *Requiem æternam dona Joachim Bechetti, Domine ; et lux perpetua luceat ei. Requiescat in pace. Amen.*

Durant vingt minutes, nous demeurâmes au fond de l'église à écouter les litanies de frère Matteo et les sanglots de la vieille femme.

— *Gloria Patri, et Filio, et Spiritui Sancto. Sicut erat in principio, et nunc, et semper, et in sæcula sæculorum. Amen.*

Une fois qu'il eut terminé, et après nous avoir bénis, le capucin descendit les marches de l'autel et s'approcha du pied du cercueil. Il posa doucement ses mains sur les épaules de la religieuse et lui enjoignit de se relever. Il la fit pivoter et la prit dans ses bras. Elle leva vers lui son visage baigné de larmes et se reposa sur sa poitrine. Il la serra contre lui et, avec une grande tendresse, embrassa le sommet de sa coiffe. Puis il la reconduisit, pleurnichant misérablement, jusqu'à son banc. Quand elle eut recouvré son calme et abaissé de nouveau la tête, il la quitta et descendit l'allée centrale pour venir nous rejoindre.

Oscar se leva pour l'accueillir.

— *De profundis clamavi ad Te, Domine*, récita-t-il d'une voix claire, visiblement ému.

— *Domine, exaudi vocem meam*, répondit le capucin en lui prenant les mains.

— « Du fond de l'abîme, je T'invoque, ô Éternel », reprit Oscar. C'est le psaume que je préfère.

Frère Matteo dit quelque chose en italien à Munthe, qui nous traduisit :

— Sœur Anna était la dernière parente du père Bechetti. Elle va attendre ici jusqu'à l'enterrement. Ce sera demain. Les gens du village y assisteront.

— Nous ne pouvons pas rester, fit Oscar. Il nous faut rentrer à Rome. Nous devons repartir tout de suite, insista-t-il en regardant Munthe.

— C'est ce qui est prévu, déclara celui-ci. Nous pouvons y aller maintenant. Nous avons fait ce que nous avions à faire ici.

— Frère Matteo nous accompagne ?

— Il rentrera demain, après la cérémonie.

— *Domani*, confirma le moine. *A Dio piacendo*.

— Sans doute, maugréa Oscar. Qui est en sécurité à présent, je m'interroge… Il nous faut rentrer à Rome.

— Alors en route, fit Munthe. Rien ne nous retient.

Tandis que nous prenions la direction de la sortie, Oscar se détacha de nous en s'excusant :

— Pardonnez-moi un instant. Je voudrais dire un mot à la sœur.

— Elle a fait vœu de silence, l'informa Munthe. Il lui est impossible d'adresser la parole à un étranger.

— C'est moi qui parlerai. Attendez-moi ici.

Nous abandonnant dans une flaque de soleil non loin de la porte de l'église, Oscar remonta la nef. Je fis un pas hors de la lumière pour le regarder. Lorsqu'il fut parvenu auprès du banc sur lequel était assise sœur Anna, il attendit un instant, comme pris d'une hésitation. Il sortit son portefeuille, l'ouvrit, puis, avec précaution, toucha l'épaule de la religieuse. Elle leva les yeux et, ne le reconnaissant pas, se détourna aussitôt de lui. Il lui toucha de nouveau l'épaule et l'appela par son nom :

— Anna, dit-il, la couvant du regard. *Il sua anello.*

De son portefeuille, il avait tiré la petite enveloppe contenant l'anneau d'or rose et le brin de laine d'agneau et qu'il portait sur lui depuis que nous avions quitté Hombourg. Il la tendit à la nonne, s'inclina et fit demi-tour. La vieille femme avait saisi l'enveloppe sans comprendre.

Il descendit l'allée et nous rejoignit.

— *Avanti !* lança-t-il. Nous devons être rentrés à Rome avant qu'il ne soit trop tard. S'il le faut, je prendrai les rames.

Devant l'église, nous saluâmes le capucin en lui promettant de le revoir dès qu'il serait de retour à Rome – « *Immancabile*, dit Oscar avec empressement. Sans faute ». Tandis que nous redescendions de la colline en direction de la plage, je me rapprochai de mon ami.

— Eh bien, que se passe-t-il ?

— Vous ne voyez pas ? s'écria-t-il. Vous ne pouvez pas ne pas avoir compris, Arthur.

Il s'arrêta net et me contempla avec stupéfaction.

— Je crains que non, avouai-je.

— Je sais qui c'est.

— Sœur Anna ?

— Oui. Et je sais qui était Agnès.

— Mais la nonne n'a pas dit un mot !

— C'était inutile. Il est des secrets enfouis trop profondément pour se dire.

20

L'appel du devoir

Il importe de ne jamais oublier qu'Oscar Fingal O'Flahertie Wills Wilde était fondamentalement un homme de théâtre. Son nom lui-même avait une emphase toute dramatique. Sa vie, de son propre aveu, fut une pièce en cinq actes qui passa de la comédie à la tragédie. Ce sont ses *pièces*, et non ses poèmes ou sa prose, qui lui valent sa réputation littéraire. Les hommes avec lesquels il se trouvait le plus à son aise avaient tous quelque chose de théâtral ; les femmes qu'il admirait le plus étaient toutes des actrices – à l'exception de la reine Victoria. Oscar était fondamentalement un homme de théâtre, et, par conséquent, pour lui, l'*effet* comptait par-dessus tout.

Il ne fait aucun doute qu'il était sincère quand il déclara, sur le seuil inondé de soleil de l'antique église Sant'Anna, qu'il prendrait les rames s'il le fallait. Mais une fois revenus à la chaloupe, après que Munthe et moi nous fûmes hissés à bord, Oscar ne fit rien d'autre qu'aider Catherine English à s'installer face à nous et discourir sur la beauté du coucher de soleil. Il avait le don de la formule de l'auteur et le sens de l'à-propos du metteur en scène. Il adorait « retenir l'instant », comme il disait, garder le spectateur « en suspens, au bord de son siège ». Il refusa catégoriquement de nous révéler ce qu'il avait découvert cet après-midi-là dans l'église avant d'y être prêt.

— Et ce sera après l'entracte, annonça-t-il. Quand nous serons en sécurité dans le train de Rome, une flûte de champagne à la main.

Non loin de la gare du port de Naples, il dénicha une auberge et fit l'acquisition auprès de son propriétaire de trois bouteilles de champagne, déjà rafraîchies, de quatre verres et d'un panier de fruits de la région : du raisin, des pêches et des fraises. Mais même une fois installés dans notre compartiment – en première classe, cette fois, grâce à la générosité de Lady Windermere –, nos flûtes remplies, et le train lancé à pleine vitesse, il sembla réticent à parler.

— Jouez-vous avec nos nerfs, Oscar ? lui demandai-je comme il versait dans mon verre le vin pétillant et doré, qui déborda et se répandit sur ma main. Est-ce le courage qui vous manque, mon vieux ? Ou avez-vous changé d'avis ?

— Je joue certes, mais avec des idées. En tant que détective, je ne suis qu'un amateur, mais, comme pour vous, Arthur, écrire est mon métier. Nous, les écrivains, ne manions-nous pas des idées ? N'est-ce pas là notre rôle – les saisir et les agiter au vent, les laisser échapper, les reprendre, les colorer de tous les feux de la fantaisie et leur prêter les ailes du paradoxe ? Je n'arpente pas les rues de Londres, chaussures crottées, en compagnie de votre inspecteur Lestrade de Scotland Yard ; je parcours pieds nus les collines de Capri pourchassant la Vérité à la robe teinte du jus des grappes et au front ceint de lierre – je suis là où elle danse comme une bacchante, reprochant au lent Silène sa sobriété. Les Faits fuient devant elle comme les hôtes effarés d'une forêt. Dans le vaste pressoir où siège le sage Omar, ses pieds blancs foulent les grappes dont le jus déferle en vagues rouges et bouillonnantes contre ses jambes nues, et se brisent en écume de feu contre les flancs noirs, trempés et glissants de la cuve.

— Oh, pour l'amour de Dieu, Oscar, qui est sœur Anna ? m'écriai-je. Si vous le savez, dites-nous !

Oscar rugit de plaisir.

— Je vais vous le dire, annonça-t-il. Il y a trente ans, sœur Anna a été la maîtresse du père Bechetti. Elle se considérait comme sa fiancée. Agnès, le « petit agneau de Dieu » de Pio Nono, était le fruit de leur union illicite.

Axel Munthe opina du chef et sirota une gorgée de champagne.

— J'en avais envisagé la possibilité, dit-il.

— Pauvre femme, murmura Catherine English.

— Faire une *supposition* est une chose, en avoir la *preuve* est une tout autre affaire, protestai-je. Comme savez-vous cela avec certitude, Oscar ?

— Je ne sais pas cela « avec certitude », comme vous le formulez sommairement. Mais j'en ai la conviction.

— La conviction ? *D'où* la tirez-vous ?

— Du fait que je suis un écrivain, et que les écrivains lisent. Je connais l'histoire de sainte Anne et de son mari – comment il fut rejeté du temple pour ne pas avoir d'enfant, comment Anne a prié Dieu et enduré des sacrifices jusqu'à ce qu'un ange lui apparaisse et lui annonce que Dieu lui accorderait ainsi qu'à son mari le bébé qu'ils désiraient –, et je sais aussi que cet enfant fut conçu en dehors du péché. Tout cela, je le savais, mais jusqu'à cet après-midi, jusqu'à ce que je feuillette *La Vie des saints* de Butler lorsque j'étais assis au fond de l'église, j'avais oublié que le mari de sainte Anne était saint Joachim.

— Ce ne sont là que de vieilles légendes sur des saints mythologiques, Oscar, m'insurgeai-je.

— Oui, et sœur Anna de Capri et le père Joachim Bechetti étaient des êtres de chair et de sang. Ils n'étaient que trop humains. Quand ils se sont connus, il y a de cela trente ans, ou plus, et qu'ils sont tombés amoureux l'un de l'autre, elle était déjà entrée dans les ordres et lui était déjà prêtre. Il leur était impossible de se marier, bien sûr, mais il leur était tout aussi impossible de nier leurs sentiments. Leur vint un enfant, dont ils savaient cependant dans leur cœur – et ils priaient pour que Dieu en jugeât ainsi – qu'il avait été conçu en dehors du péché.

Je secouai la tête.

— Ce n'est qu'une coïncidence de noms.

— Sans doute, acquiesça Oscar. Mais *nomen est omen*. Elle leur a servi d'excuse, de justification.

Assise à côté de moi, Catherine English pressa sa main sur la mienne.

— L'amour et la ferveur religieuse poussent parfois les hommes et les femmes à faire de curieuses choses, Dr Conan Doyle, dit-elle d'une voix douce. Je le sais.

Oscar trouva ses cigarettes et en alluma une.

— Agnès, leur petit agneau de Dieu, était leur secret et leur fardeau. Un secret et un fardeau qu'ils partagèrent, d'abord, je suppose, avec les consœurs d'Anna au couvent de l'île, puis dont ils purent se décharger lorsque Agnès parvint en âge d'être envoyée à Rome pour y être élevée comme une orpheline par les nonnes de la blanchisserie du Vatican. La petite n'a jamais su qui étaient ses parents. Elle n'en avait pas besoin : elle a toujours été entourée d'amour. Bébé, elle a vécu parmi les religieuses, à Capri, sous l'œil attentif de sa mère. Petite fille, elle s'est retrouvée avec celles du Vatican, cette fois sous la surveillance de son père, et avec rien de moins que Sa Sainteté le pape en guise de grand-père honoraire. Elle a été élevée comme si elle était le fruit de l'innocence, comme un modeste présent de Dieu. Elle a grandi presque à la manière d'une sainte – et il semble qu'elle se comportait comme si elle l'était réellement.

Je souris tandis qu'Oscar, après avoir empli le compartiment d'un nuage de fumée, me resservait de champagne.

— Charmante histoire, mon cher, commentai-je.

— Ça se tient, estima Munthe.

— Je lui trouve un accent de vérité, renchérit Catherine English.

— Mais est-ce la vérité ? demandai-je. Avez-vous quoi que ce soit à soumettre à un homme de science ? Le moindre *indice* ? Quelque chose de plus que votre « élan d'imagination » ?

— Ses larmes étaient celles d'une veuve, je ne les ai pas inventées. Et puis il y a sa bague. Quand elle priait, vous avez remarqué l'alliance qu'elle portait à l'annulaire.

— Toutes les religieuses en portent une, il me semble, pour montrer qu'elles sont les fiancées du Christ.

— Ce n'était pas une alliance ordinaire, Arthur. C'était l'un des anneaux d'or rose…

— L'anneau manquant ?

— Celui de Bechetti, en effet. Sœur Anna le portait à l'annulaire.

— Et celui que vous lui avez remis était celui de Pio Nono ?

— Oui.

— Comprendra-t-elle ce que cela signifie ?

— Elle verra qu'il est identique à celui que Bechetti lui avait donné il y a des années. Elle pourrait en conclure que les dernières pensées de son amant de jadis ont été pour elle et qu'il souhaitait qu'elle eût le deuxième anneau – en guise de cadeau d'adieu.

— Mais c'est faux ! protestai-je.

— Oui, c'est faux, reconnut Oscar. Mais cela aurait pu être vrai. Si j'avais été à sa place, c'est ce que j'aurais fait.

Le silence se fit. Le train filait à toute vapeur. Il était à présent dix heures du soir et un voile de nuit et de fumée enveloppait notre compartiment. Oscar tira sur sa cigarette dont l'extrémité rougeoya dans la pénombre.

— Reste-t-il du champagne ? demanda Axel Munthe.

— Voici, fit Oscar en brandissant la dernière bouteille.

— Je me posais une question…, commença évasivement le médecin en tendant sa flûte à Oscar qui était occupé à déboucher la bouteille.

Il reprit d'une voix posée et réfléchie :

— Je me demandais… Pensez-vous que le père Bechetti ait pu tuer sa propre fille pour protéger son coupable secret ?

Oscar rit.

— Que le cardinal Felici ait séduit l'enfant, puis l'ait tuée pour cacher sa honte, me paraît plus probable.

Je m'avançai sur mon siège, stupéfait.

— Vous croyez que c'est possible ?

Oscar me dévisagea. Je devinai son sourire à travers l'obscurité.

— Une fois que vous avez lu *La Vie des saints*, tout vous paraît possible !

Il cala la bouteille contre le panier de fruits à côté de lui et sortit de la poche de sa veste le livre qu'il présenta à Axel Munthe.

— Avez-vous lu l'histoire de sainte Agnès de Rome, la vierge martyre, la sainte patronne de la chasteté ? C'est épicé.

Les yeux plissés, il tourna les pages jusqu'à trouver celle qu'il cherchait.

— La voici. Sainte Agnès est morte le 21 janvier de l'an 304, sous le règne de l'empereur Dioclésien.

La malheureuse n'avait que treize ans, soit le même âge que notre petite Agnès au moment de sa mort.

— Qu'est-il arrivé à sainte Agnès ? interrogea Munthe. Je ne l'ai pas lu.

— Elle refusa d'épouser le fils du préfet romain Sempronius et elle fut condamnée à mort pour cette insubordination. Mais comme la loi romaine interdisait que l'on exécutât les jeunes filles vierges, on l'a traînée dans les rues jusqu'à un lupanar pour y remédier.

— Quelle horreur ! murmura Catherine English.

— N'est-ce pas ? fit Oscar, qui referma l'ouvrage et posa la main sur la couverture. Toutefois, dans son malheur, il semble qu'Agnès se soit tournée vers Dieu et que le Tout-Puissant, dans Son infinie miséricorde, lui ait épargné un destin pire que la mort. Elle a perdu la vie, mais pas sa vertu. Elle fut tuée avant d'être enlevée.

— Comment est-elle morte ? demandai-je.

Oscar rangea le livre dans sa poche.

— Les spécialistes diffèrent sur ce point. Il y a de nombreuses versions contradictoires. Certaines affirment qu'elle a péri sur le bûcher ; d'autres, décapitée ; dans l'une, elle tente de s'enfuir et un soldat romain la saisit par le cou et la poignarde à la nuque.

— C'est épouvantable, souffla Miss English.

— Le meurtre est épouvantable, nota Oscar. Et les hommes ne sont pas bons.

— Certains le sont, Mr Wilde, j'en suis sûre, affirma-t-elle, sa main cherchant mon bras dans l'obscurité.

— Non, répliqua Oscar. Ils sont tous pareils, plus ou moins. Ce n'est qu'une question de degré.

Son œil se posa sur moi.

— Les hommes deviennent vieux, mais ils ne deviennent jamais bons, conclut-il.

— N'ai-je pas déjà entendu cela quelque part, Oscar ? demandai-je.

— Je l'espère ! s'écria-t-il. C'est dans *L'Éventail de Lady Windermere*.

Ce jour-là, par voie de terre et de mer, nous passâmes pas moins de seize heures à voyager. Longtemps avant d'arriver à Rome, nous étions trop épuisés pour parler. Durant la dernière heure du trajet, Oscar et Munthe dormirent tandis que Catherine English et moi échangions d'autres souvenirs d'enfance avant de tomber dans un agréable silence. Je me sentais à l'aise en sa compagnie.

À l'aise, je le fus moins, pour être honnête, lorsque, en descendant du train à Rome, nous découvrîmes son frère, le révérend Martin English, qui nous attendait sur le quai. J'interprétai sa présence comme une sorte de reproche. Il était plus grand que moi, la mine plus maussade, et, hormis son col de clergyman, il était vêtu entièrement de noir. Son apparence ce soir-là m'apparut hostile en plus d'être intimidante.

— Je peux vous assurer que nous avons pris grand soin de votre sœur, dis-je avec raideur tandis que Miss English tendait la joue à son frère pour qu'il l'embrasse.

Il m'adressa un signe de tête.

— Je n'en doute pas, monsieur, répliqua-t-il, non sans politesse.

— Le Dr Conan Doyle s'est consacré avec assiduité à ses devoirs de gentleman, ajouta Oscar avec un sourire matois.

— Capri est magnifique, Martin, s'enthousiasma Catherine English en prenant le bras de son frère. Je suis ravie d'y être allée. Nous avons vu des chênes verts sur les coteaux, des euphorbes tout le long de la côte et, à notre arrivée, un faucon pèlerin a plané au-dessus de nos têtes.

— Je suis content que tu aies passé une bonne journée, lui dit-il en lui souriant.

— Évidemment, elle n'a pas été que gaie, puisqu'il s'agissait de convoyer le cercueil du père Bechetti. Merci d'être venu me chercher, Martin, ajouta-t-elle en fixant les yeux noirs du pasteur au-dessus d'elle. Comment as-tu su par quel train nous arriverions ?

— C'était le dernier, répondit-il. J'ai supposé que vous prendriez celui-là. Mais, pour être franc, ce n'est pas toi que je suis venu chercher, mais le Dr Munthe.

Celui-ci soupira.

— Que se passe-t-il ? Les gamins des bois ?

Il serra la main du révérend.

— Non, répondit-il.

— Le cardinal Tuminello ? demanda Oscar.

— Oui, confirma Martin English.

— Que s'est-il passé ? demandai-je.

— L'exorciste du Vatican est mort, Arthur, lâcha Oscar, qui serra à son tour la main du pasteur. N'est-ce pas, Mr English ?

— Comment le savez-vous ? s'étonna celui-ci. Felici vous a envoyé un câble ?

— Non, fit Oscar en hochant la tête avec désespoir. Je craignais une telle éventualité.

De rage, il frappa du pied la pierre froide du quai.

— Nous arrivons trop tard. À partir du moment où il avait révélé ce qu'il était en train de faire, c'était inévitable.

Il se tourna vers moi, l'air furieux.

— C'est notre faute, Arthur.

— Je ne vous suis pas, balbutiai-je. Je ne comprends pas.

Oscar regarda Martin English droit dans les yeux.

— Comment le cardinal Tuminello a-t-il été assassiné ? A-t-il été poignardé dans le dos ou bien l'a-t-on empoisonné ?

Le révérend fut secoué d'un rire nerveux.

— Le cardinal Tuminello n'a pas été assassiné, Mr Wilde. Il a eu une crise cardiaque.

— Poison, donc, fit tranquillement Oscar.

— Il s'est effondré pendant la messe. C'était un vieil homme.

— Il avait soixante ans et il a été assassiné, martela Oscar. C'est une certitude.

Le révérend English paraissait à présent aussi perplexe que nous tous.

— À ma connaissance, Mr Wilde, le cardinal Tuminello a été victime d'un malaise cardiaque cet après-midi, durant l'office. Je n'en sais pas plus. Le sacristain m'a fait porter un message me demandant de ramener le Dr Munthe au plus vite. C'est la raison de ma présence ici.

— Le cardinal Tuminello célébrait la messe ? insista Oscar.

— Oui.

— Seul ?

— Je l'ignore. Sans doute. Je n'y étais pas. Cela s'est passé à la chapelle Sixtine et je me trouvais à All Saints.

— Et il s'est effondré, dites-vous, pendant l'office ?

— Oui. C'est ce qu'affirme Verdi.

— Oui, mais quand *précisément* ? Avant ou après la communion ?

— Vraiment, je ne saurais vous le dire, Mr Wilde.

Oscar poussa un profond soupir.

— Bien sûr, admit-il. Toutes mes excuses, Mr English. Je suis en colère contre moi-même car je suis responsable.

Munthe ôta ses lunettes et se frotta les yeux.

— Je ferais mieux d'aller immédiatement au Vatican, dit-il.

— Oui, approuva Oscar. Il le faut. Vous étiez son médecin. Vous devez y aller. Nous partagerons une voiture jusqu'à la Piazza del Popolo.

Il était minuit passé, mais nous découvrîmes un attelage qui attendait, solitaire, dans la file réservée aux fiacres devant la *stazione termini*. Nous grimpâmes à bord et, sans un mot, nous traversâmes les rues désertes de Rome dans le fracas des roues. Parvenus devant l'église anglicane de la Via del Babuino, Catherine et Martin English nous saluèrent de la façon la plus laconique. Tandis qu'elle descendait du fiacre au bras de son frère, Miss English appuya sa main sur mon genou.

— Bonsoir, messieurs, dit-elle. Et merci pour cette mémorable journée.

— Bonsoir.

Quand nous arrivâmes à notre hôtel, Oscar paya le cocher (trop, j'en suis certain : c'était dans ses manières) et lui ordonna de suivre les instructions du Dr Munthe.

— Bonsoir, docteur, fit-il. Ce fut une longue journée – et pour vous, elle n'est pas finie.

— L'appel du devoir, expliqua Munthe, qui retint un instant Oscar par l'épaule. Merci pour m'avoir accompagné aujourd'hui, et pour le champagne.

— Pouvons-nous nous voir demain matin, sur la piazza, dès votre réveil ? demanda Oscar.

— D'accord. Je vous raconterai tout demain matin. Pour le moment, je ferais mieux d'y aller.

— Vous allez constater un meurtre, affirma Oscar en descendant de la voiture. Cela ne fait pour moi aucun doute. Et un meurtre catholique, qui plus est.

— Qu'entendez-vous par là ? demandai-je.

— Qu'il n'aurait sûrement pas pu avoir lieu dans une église anglicane.

— Je ne vous suis pas, Oscar, marmonnai-je en le suivant hors du fiacre.

— Vous verrez, Arthur. Vous verrez.

— Et s'il s'agit *en effet* d'un meurtre, demanda Munthe en passant la tête par la portière, faut-il que je prévienne la police ?

— Pas encore, docteur, pas ce soir… si ça ne vous dérange pas.

— Je suis médecin, pas policier, et il est très tard. Ça ne me dérange pas.

Je me tenais avec Oscar sur le pavé à côté de la voiture. Munthe me tendit la main.

— Vous n'avez pas votre trousse avec vous, remarquai-je.

— Le patient est mort, répliqua Munthe. Ce soir, je n'en ai pas besoin.

De la main droite, il tapota la poche de sa veste.

— J'ai un certificat de décès sur moi. J'en ai toujours un, au cas où.

— Naturellement.

Oscar referma la portière.

— Bonsoir, Dr Mort !

21

Meurtre à la messe

Le lendemain matin, il était presque midi lorsque j'ouvris les yeux. Ce fut la femme de chambre, en tambourinant à la porte, qui m'arracha à mon sommeil et, autant que je m'en souvienne, à un rêve troublant dans lequel Mycroft Holmes et moi étions engagés dans une lutte à mort contre un faucon pèlerin de Capri et un rat géant de Sumatra ! Ainsi que je l'ai déjà dit, j'aime respecter mes habitudes, et lorsque celles-ci se trouvent bousculées, cela m'est fort désagréable.

À peine éveillé, je me levai, m'habillai en vitesse et constatai aussitôt qu'Oscar n'était pas dans sa chambre. Le portier de l'hôtel m'informa que mon ami avait depuis longtemps pris son petit déjeuner, récupéré son courrier – et le mien –, et s'était rendu Piazza del Popolo, où je le trouverais à son point d'eau habituel.

Il y était. Je l'aperçus dans le coin le plus reculé de la place, assis à l'extérieur du café que dominait la porte de la ville. Au centre de la piazza, entre les antiques obélisques, un musicien de rue accompagné d'un petit chien danseur interprétait de vieux airs populaires sur son orgue de Barbarie sous l'œil des deux garçons de la colline. À mon passage, ils me sourirent et me saluèrent de la main. Hésitant sur l'attitude à adopter, je m'arrêtai, redémarrai, puis fis volte-face pour aller à leur rencontre. Comme je m'approchais d'eux, pour la première fois, je regardai directement leurs visages crasseux. Ils devaient avoir au plus quinze ans. Ils me souriaient de toutes leurs dents d'un blanc étincelant, mais je remarquai que leurs yeux pétillants étaient bordés de pus jaunâtre, soulignés de cernes noirs, et que des traces de larmes maculaient leurs joues. Je leur glissai à chacun une pièce en marmonnant gauchement « *Condoglianze* ». Ils se fendirent d'un joyeux « *Grazie !* », empochèrent l'argent, et tendirent aussitôt la main pour m'en réclamer davantage. Je ris et répliquai « *Basta* » avant de reprendre mon chemin.

Oscar ne remarqua pas mon arrivée avant que je fusse parvenu à sa table. Vêtu de son costume de toile vert et mon chapeau de paille sur la tête, il était installé au soleil, plongé dans l'une de ses lectures. Il avait son livre ouvert devant lui, un verre de champagne posé à côté, et tenait une cigarette dans une main et une pêche entamée dans l'autre. L'ombre que je projetai sur sa table lui fit lever les yeux. Il me sourit.

— Je ne demande rien de plus que des livres, du vin français, des fruits, du beau temps et un peu de musique jouée dans le lointain par quelqu'un que je ne connais pas…

— Une aspiration satisfaite, dis-je. Bonjour, Oscar.

— Mais pas très originale, je le crains.

Son visage s'assombrit.

— Keats. Il a tout dit le premier. Et mieux.

Il mit le morceau de pêche dans sa bouche, posa sa cigarette, prit le livre et me le tendit.

— La correspondance de Keats, publiée, amusante coïncidence, en 1878, l'année de la mort de Pio Nono et de la disparition de la petite Agnès.

Je tirai une chaise et me joignis à mon ami. Je constatai qu'il avait demandé un second verre qui m'attendait. Il glissa le bras sous la table, sortit une bouteille de champagne d'un seau à glace qui s'y trouvait à l'ombre et me servit.

— Vous vous souvenez des dernières paroles de Keats, Arthur, n'est-ce pas ?

— Je ne les ai jamais connues, Oscar, répondis-je en souriant. Je suis médecin, pas poète.

— Ne vous apprend-on donc *rien* à Stonyhurst qui ne soit postérieur à Alexander Pope ? se lamenta-t-il. Les derniers mots de John Keats, prononcés à moins d'un quart de mile d'ici, énoncés dans l'appartement même qu'Axel Munthe partage aujourd'hui avec un singe opiomane… Ces ultimes paroles, Arthur, qui méritent d'être immortelles !

— Oui, fis-je en levant mon verre. Et quelles sont-elles ?

— « Que mes amis se partagent ma bibliothèque ! »

— De nouveau un sentiment élevé, remarquai-je en posant mon verre pour examiner le volume avec admiration.

— Les livres sont tout, Arthur. Ce sont nos amis les plus fidèles. Quand je mourrai, je vous léguerai une partie des miens.

— Merci, fis-je, touché par cette attention.

Il saisit les autres ouvrages qui se trouvaient sur la table.

— Ceux-là vous reviendront à coup sûr. *La Vie des saints* de Butler et *Le Voyage des innocents* de Mark Twain, précisa-t-il en me les présentant. À eux deux, ils ont résolu notre affaire.

Je le regardai, puis éclatai de rire.

— Une fois de plus, je ne vous suis pas, Oscar. J'en suis encore à essayer de déchiffrer l'énigme d'hier soir. Le pauvre cardinal Tuminello meurt – il s'effondre à l'autel, évidemment victime d'une crise cardiaque – et, sans plus de réflexion, vous criez au meurtre !

— Bien sûr ! s'exclama-t-il. Il s'agit forcément d'un meurtre. Je n'avais pas besoin d'un livre pour parvenir à cette conclusion. C'est évident.

— Pas pour moi, Oscar.

— Allons, Arthur. Tuminello nous confie son secret de longue date – qu'il sera l'avocat de Dieu lors du procès en canonisation de la petite Agnès – et, quelques heures à peine après cette révélation, il meurt. Ni vous ni moi ne l'avons tué, alors qui ?

— Pourquoi faut-il que quelqu'un l'ait tué ?

— Parce que ce qu'il aurait dit pour défendre la cause d'Agnès aurait inévitablement entraîné une enquête approfondie sur les circonstances de sa mort, et le meurtrier du petit agneau de Dieu de Pio Nono, quel qu'il soit, n'y tenait pas…

— Selon vous, celui qui a assassiné cette pauvre enfant il y a quatorze ans a aussi assassiné le cardinal Tuminello hier ?

— Indubitablement. Tuminello nous a expliqué qu'obtenir la canonisation de la petite Agnès était devenu le but de sa vie. Une fois connue, sa détermination à découvrir la vérité sur sa mort a scellé la sienne. Dimanche, ou bien quelqu'un l'aura vu nous parler, ou bien l'aura entendu, à moins, peut-être, qu'il ne se soit innocemment confié à l'un de ses collègues… Quoi qu'il en soit, lundi, on l'avait tué.

Oscar leva son verre, comme en hommage à la mémoire du cardinal.

— Je me demande qui sera le prochain…

— Vous pensez que le tueur ne s'en tiendra pas à Tuminello ?

— Quiconque cherche à découvrir la vérité sur la fin de la petite Agnès constitue une menace pour son assassin. Cet homme – car je *suppose* qu'il s'agit d'un homme – a tué une enfant sans défense, Arthur. Et son secret, qu'il croyait à l'abri, risque d'être découvert. Pour le protéger, il ne reculera devant rien.

Je parcourus du regard la piazza baignée de soleil. L'orgue de Barbarie jouait encore mais je remarquai que les sauvageons avaient disparu. Les remplaçant, deux religieuses, en robe noire et cornette amidonnée, regardaient, bras dessus, bras dessous, le chien danseur tourner sur lui-même à la poursuite de sa propre queue.

— Donc nous serions nous aussi en danger ? fis-je sans cesser de contempler cette charmante scène.

Oscar se pencha vers moi par-dessus la table.

— Nous sommes venus ici à la demande de Tuminello pour l'aider dans son enquête. Nous sommes *plus que quiconque* en danger, Arthur. Pourquoi croyez-vous que nous buvions du champagne ? C'est un breuvage doublement cher en Italie, mais on débouche la bouteille devant moi et je ne la quitte pas des yeux jusqu'à ce qu'elle soit terminée, aussi suis-je sûr qu'il n'a pas été trafiqué. C'est la seule façon.

Il vida les dernières gouttes de champagne dans mon verre.

— Pelez vous-même vos pêches et, cette nuit, assurez-vous que vous avez bien fermé votre porte à clé. Nous n'aimerions pas vous trouver assassiné dans votre lit. On ne sait jamais qui frappe à la porte.

— Ne devrions-nous pas prévenir la police ?

— Les gardes suisses ou les *carabinieri* ?

— Les uns ? Les autres ? Les deux ?

— Si l'on en croit les autochtones, on ne peut se fier ni aux uns ni aux autres, et ils sont tout aussi incompétents. Et, même en italien, je ne pense pas qu'ils seraient intéressés par la lecture de *La Vie des saints* ou du *Voyage des innocents*, vous ne croyez pas ?

— Soyez sérieux, Oscar.

— Je le suis. Il nous faut mener seuls cette affaire à son terme. Et c'est ce que nous allons faire. Dans moins de vingt-quatre heures, dès que le frère capucin sera rentré de Capri. J'ai un plan. Vous serez de retour à South Norwood avant la fin de la semaine, mon cher.

Il fouilla dans la poche intérieure de sa veste et en tira quelques télégrammes. Il me tendit l'un d'entre eux.

— Je l'ai ouvert par inadvertance. Je m'en excuse. Votre chère épouse se languit de vous.

Je pris le télégramme de Touie et le dépliai pour lire son bref et tendre message.

— J'ai pu voir qu'elle vous appelait le « compagnon de son âme », déclara Oscar, qui me jaugeait du regard, la tête inclinée sur le côté. Un autre sentiment élevé, mais une lourde responsabilité.

— Oui, fis-je, empochant la missive et m'en retournant à mon verre.

— Le mariage est une lourde responsabilité.

— Oui.

— Pour éduquer l'intelligence et en faire une âme, un monde de douleurs et de tracas est très nécessaire, ne croyez-vous pas ?

— Je ne sais pas, balbutiai-je. Ça ne manque pas de profondeur. Est-ce vous et le champagne qui parlez, Oscar, ou John Keats ?

— Je ne m'en souviens pas... mais c'est assez juste, vous ne trouvez pas ?

— C'est de Keats, déclara Axel Munthe d'une voix ferme. Et il s'agissait en effet d'un meurtre, Mr Wilde. Vous aviez raison.

Le médecin prit une chaise à une table voisine et s'installa face à nous, penché en avant, de sorte que mon ombre s'étendait sur lui et lui couvrait les yeux. Il croisa les mains et les appuya sur les livres d'Oscar.

— Bonjour, messieurs, dit-il en nous saluant chacun d'un signe de tête.

— Un meurtre, hein ? murmura Oscar. Je suis navré, mais aussi ravi, de l'apprendre. Il est toujours agréable d'avoir raison.

Il laissa tomber le mégot de sa cigarette dans son verre vide.

— Le cardinal Tuminello célébrait-il la messe seul ?

— Oui.

— Avec l'aide d'un ou deux enfants de chœur, mais sans autre prêtre ?

— C'est exact.

— Dans la chapelle Sixtine ?

— Oui.

— À l'autel principal, devant une poignée de fidèles ?

— Oui.

— Et c'est à la fin de la célébration, avant l'envoi, qu'il a été victime de cette « crise cardiaque » ? Il s'est cambré en se dressant sur les talons, puis il est tombé en avant en s'étreignant la poitrine ?

— C'est exactement ça. Qui vous l'a dit ?

— Personne.

— Alors comment l'avez-vous deviné ?

— Je ne l'ai pas « deviné », déclara Oscar, indigné. Je m'autorise de temps en temps un « élan d'imagination », mais jamais je ne « devine ». Comme vous le dirait Holmes, l'ami d'Arthur, élaborer une théorie avant d'avoir réuni les données est une erreur capitale. On se met insensiblement à tordre les faits pour les accorder à la théorie, au lieu de faire l'inverse.

— Dans ce cas, comment avez-vous su ? interrogea Munthe.

— Mon père était médecin. J'ai grandi dans une maison pleine de traités médicaux. J'aime lire. Je suis familier des symptômes d'un empoisonnement à la strychnine. Car je gage que c'est de cela qu'il s'agit.

— Je le crains, reconnut Munthe.

— Et elle a été mélangée au vin de messe ?

— Oui. Quand je l'ai examiné, il avait encore au fond de la gorge des traces abondantes de vin empoisonné.

Oscar se tourna vers moi, sa large face ornée d'une expression de satisfaction et d'un sourire suffisant qui révélait ses dents inégales.

— Ingénieuse méthode pour tuer un prêtre catholique, hein, Arthur ? Essayez le même truc dans une église anglicane et c'est toute la congrégation que vous assassinerez. En ce qui concerne le saint sacrement, l'Église d'Angleterre est des plus libérales : tous les communiants reçoivent le pain et le vin. En revanche, lors d'une messe catholique, seul le célébrant boit le vin. Par conséquent, si le meurtrier connaît l'identité du prêtre, il peut verser le poison dans la burette qui renferme le vin consacré à n'importe quel moment avant le début de l'office et se trouver à des miles de là lorsque sa victime désignée porte le calice à ses lèvres et que s'accomplit son funeste dessein…

Visiblement d'humeur à célébrer l'événement, il chercha des yeux le garçon pour commander une deuxième bouteille de champagne. Je m'adressai à Axel Munthe :

— Je compte donner à mon personnage de Sherlock Holmes un frère aîné et Oscar en sera le modèle. Je le camperai dans son club, dans un fauteuil dont il ne bougera jamais…

— Comme Diogène de son tonneau ? railla Oscar, qui venait d'intercepter le regard du serveur.

— Exactement. Et de là, de son club, de son fauteuil, je laisserai ce sage sédentaire élucider tous les crimes qui lui seront présentés.

— Je bougerai demain, affirma Oscar en reportant son attention vers nous. Vous aussi, Arthur. Nous allons organiser un traditionnel thé anglais dans l'église capucine de l'Immaculée Conception.

— Pourquoi là ? demandai-je.

— Parce que, selon Mark Twain, c'est un lieu « incontournable » pour quiconque visite Rome, et parce que frère Matteo est un capucin et l'un des acteurs clés du drame qui se déroule sous nos yeux.

— Frère Matteo sera présent ?

— Il faut que tout le monde soit là, Arthur : frère Matteo, le grand pénitencier, le maître des cérémonies pontificales, le sacristain, le révérend English et sa sœur, même le détestable Rennell Rodd. Nous devons leur adresser nos invitations au plus vite.

— Ils viendront ?

— Nous allons les attirer avec la promesse que vous leur lirez votre toute nouvelle aventure de Sherlock Holmes…

— Je ne l'ai pas encore écrite ! me récriai-je.

— Vous avez jusqu'à demain, Arthur, répliqua-t-il d'un ton enjoué tout en saluant d'une courbette étudiée l'arrivée de notre champagne.

Axel Munthe le toisa froidement.

— Vous me paraissez particulièrement gai étant donné la nouvelle que je vous ai apportée. Le cardinal Tuminello a été assassiné, Mr Wilde.

— S'il a été bon de son vivant, il est déjà au paradis, déclara Oscar, qui surveillait le garçon en train de déboucher la bouteille. Il n'y a sans doute pas lieu de pleurer les âmes de nos frères lorsqu'elles sont aux cieux, n'est-ce pas ?

Le serveur offrit à Oscar de goûter le vin. Il le porta à sa bouche avec précaution, en aspira une gorgée, puis la fit rouler autour de sa langue et l'avala avec reconnaissance avant de signifier son approbation d'un signe de tête.

— Et s'il lui restait quelque péché véniel en suspens, il est au purgatoire – les doigts croisés. Dans l'un ou l'autre cas, il y est mieux que dans cette vallée de larmes.

Le serveur s'apprêtait à remplir nos verres ; je couvris le mien de ma main.

— Le cardinal Tuminello est-il mort sur le coup ? demandai-je à Axel Munthe.

— Au bout de quelques instants de convulsions, à ce que j'ai pu comprendre. Il semble que le malheureux ait expiré pendant qu'on le transportait de l'autel à la sacristie.

— Qui s'en est chargé ? demanda Oscar.

— Cesare Verdi et l'un des enfants de chœur.

— Il a donc ingéré une dose mortelle ? insistai-je.

— Ce n'était pas un accident, Dr Conan Doyle.

— Mais toutes les personnes présentes ont cru à une attaque cardiaque ? s'enquit Oscar en posant un verre de champagne devant Munthe.

— Oui, c'est l'impression que cela donnait.

— Et vous ne les avez pas détrompées ?

— J'ai suivi vos instructions.

— Avez-vous pu l'examiner discrètement ?

— Cesare Verdi l'avait déposé sur la banquette des larmes, mais je me suis trouvé seul avec lui un moment. Je n'ai parlé à personne depuis lors.

— Bien, fit Oscar. Merci. Cela devrait nous donner le temps dont nous avons besoin pour réunir les dernières pièces du puzzle.

Il sirota son champagne et, par-dessus le rebord de son verre, fixa intensément les yeux plissés du médecin.

— Ne vous méprenez pas, docteur. Je ne prends pas la mort de Luigi Tuminello à la légère. En cet instant, je ne suis euphorique que parce que nous approchons du moment critique de la pièce, que le rideau est en vue et que j'ai hâte d'entendre les applaudissements du public. Mais je suis également affligé. J'ai mauvaise conscience, et vous le devriez aussi. J'ai ma part de responsabilité dans la mort de Tuminello, comme vous avez la vôtre.

— Quoi qu'il en soit, il n'en avait plus pour longtemps en ce monde, lâcha Munthe, qui se détourna du regard d'Oscar pour contempler son verre. Il n'était pas en bonne santé.

— C'est vous qui lui aviez donné de la strychnine, docteur…

— Oui, admit Munthe en relevant vivement la tête. Mais pas à une dose mortelle, loin de là. Je lui prescrivais très occasionnellement un millième de grain, comme stimulant, et je le lui administrais moi-même.

— Étiez-vous à Rome le jour de la mort de la petite Agnès, le 7 février 1878 ?

Munthe parut réfléchir.

— Le jour de la mort du pape Pie IX ? Oui, il se trouve que j'y étais. J'étais étudiant, j'avais vingt ans et c'était mon premier voyage en Italie.

— Et vous vous êtes rendu au Vatican ce jour-là ?

— Je l'ai fait, par curiosité. Je n'étais pas seul. Le pape était en train de mourir : tout Rome était au courant.

— Donc vous étiez sur place, sur le lieu du crime, quand est morte la petite Agnès.

— J'y étais, mais je ne l'ai pas tuée, se défendit Munthe en riant. Je peux vous le jurer. De même que je n'ai pas tué Tuminello.

— Ne protestez pas trop, docteur. N'êtes-vous pas, comme Keats, et de votre propre aveu, « presque amoureux de la mort apaisante » ?

— Je n'ai pas tué cette enfant. Je n'ai pas tué le cardinal Tuminello.

— Si ce n'est pas vous, qui est-ce ? s'interrogea Oscar, qui porta son verre à ses lèvres et son regard sur la vaste piazza.

Je souris.

— Vous pensez le savoir, n'est-ce pas, Oscar ?

— Je le crois, Arthur. Et, si Dieu le veut, demain après-midi, en prenant le thé dans l'église capucine, tout sera révélé. Et pendant que je dévoilerai le mystère, Arthur, vous pourrez servir les sandwichs au concombre.

22

De vieux os

L'austère et élégante église Santa Maria della Concezione dei Cappuccini a été commandée par le pape Urbain VIII en 1626 à l'instigation de son frère cadet, le cardinal Antonio Barberini, un personnage puissant qui était aussi membre de l'ordre des Capucins. En 1631, à l'achèvement des travaux, Barberini ordonna que les restes de milliers de frères capucins fussent exhumés et transférés de l'ancien monastère de la Sainte-Croix, tout proche, vers la crypte de la nouvelle église de l'Immaculée Conception. Là, au fil du temps, les ossements de plus de quatre mille frères furent déposés dans cinq chapelles souterraines communiquant entre elles. Ils n'étaient ni enterrés ni placés dans un tombeau, mais laissés en évidence afin d'honorer les morts et de servir de rappel aux vivants. Ces os – *des milliers d'os* – formaient aux murs et au plafond de la crypte d'extraordinaires figures, complexes et décoratives. Des squelettes complets, parfois vêtus de l'habit franciscain, se tenaient assis, couchés ou tapis dans des recoins sombres ou des niches individuelles. Dans l'une des chapelles, il était inscrit sur une plaque : « Ce que vous êtes, nous l'avons été ; ce que nous sommes, vous le serez. »

C'est dans ce fantastique ossuaire qu'Oscar avait décidé d'organiser son thé anglais et de mettre en scène le dénouement de ce qu'il appelait la « tragédie des crimes du Vatican ». C'est dans cette galerie mal éclairée, faite d'ossements et de squelettes, qu'il avait insisté pour que je passe à la ronde tasses de thé et assiettes de sandwichs au concombre (tranché fin et légèrement salé). À ma grande surprise, l'église capucine fut heureuse d'autoriser mon ami à réquisitionner la crypte pour son divertissement. En fait, il était possible de la louer à l'après-midi pour un « tarif forfaitaire » et, puisque frère Matteo, un capucin dévoué et un ami de l'église, devait être de la partie, et qu'Oscar était prêt à payer quatre fois la somme demandée, le prêtre responsable ne posa aucune question embarrassante.

Pour mon plaisir, Catherine English accepta de m'aider à m'occuper des rafraîchissements. Les sandwichs ne nous posèrent pas de problème. Il se trouvait qu'elle avait en réserve dans le garde-manger de son logement à l'église d'All Saints du pain qu'elle avait cuit elle-même à la manière anglaise ; quant à moi, j'achetai des concombres au marché aux légumes de la Piazza Barberini et me procurai du darjeeling au salon de thé anglais près de l'escalier espagnol. Enfin, à l'église de l'Immaculée Conception, dans l'office attenant à la crypte, nous trouvâmes un poêle, une bouilloire et de la vaisselle en quantité suffisante.

Les invités étaient attendus à quatre heures et tous se présentèrent, en bon ordre et de bonne humeur – extraordinairement bonne, remarquai-je, étant donné les circonstances.

— Ils sont impatients à l'idée d'écouter votre histoire, me souffla Oscar sur le ton de la plaisanterie.

— Dans ce cas, ils vont être déçus, grommelai-je.

— Un peu décontenancés, peut-être, mais, lorsqu'ils entendront ce que j'ai à leur raconter à la place, je crois qu'ils seront captivés.

Les trois chapelains résidents du Vatican furent les premiers à arriver. Ample, le souffle rauque, mais une étincelle dans le regard, Son Éminence le cardinal Felici, maître des cérémonies pontificales, descendit l'escalier de pierre qui menait à la crypte en s'agrippant au bras de frère Matteo. Celui-ci, aussi volontaire, droit et d'humeur égale qu'à son habitude, ne montrait aucun signe de lassitude bien qu'il ne fût rentré de Capri que le jour même, à l'heure du déjeuner. Quand je l'interrogeai à propos des funérailles du père Bechetti, il opina aimablement du chef et se contenta de répondre :

— *È andato bene, grazie.*

Le cardinal Breakspear fermait la marche, rayonnant de bonhomie.

— J'adore cet endroit, déclara-t-il en ne s'adressant à personne en particulier. Urbain VIII a été éduqué chez les jésuites, naturellement. Il était urbain, *au sens propre*, peut-être le plus civilisé de tous les papes. Ainsi qu'on peut le constater d'après son portrait par le Caravage, il était d'une beauté exceptionnelle. Il avait aussi une grande intelligence et un goût exquis. Il a débattu avec Galilée et l'a emporté. Il écrivait des vers charmants et une très jolie prose.

M'apercevant, Breakspear me sourit.

— Il aurait certainement apprécié votre œuvre, Conan Doyle. Si ce pauvre Tuminello avait encore été parmi nous, il aurait peut-être pu convier son fantôme cet après-midi pour écouter votre histoire.

Je rendis vaguement son sourire au grand pénitencier et lui offris un sandwich au concombre.

— Béni soit le Seigneur, souffla-t-il. Ils ont l'air authentiques.

Il prit une bouchée de son sandwich et regarda autour de lui. Nous nous trouvions dans la « crypte des crânes », surveillés par les orbites vides d'une légion de capucins morts.

— Peut-être que Tuminello *peut* nous entendre, dit-il. Le père Bechetti aussi. Et le pape Urbain…

— Et Pio Nono ? suggéra Oscar en nous rejoignant.

— Vers la fin, Pio Nono était complètement sourd, précisa Breakspear en m'adressant un nouveau sourire. Veillez à lire à très haute voix, Conan Doyle.

Je m'éloignai précipitamment, marmonnant que mes obligations de maître d'hôtel m'appelaient. J'emportai mon plateau de sandwichs vers la « crypte des bassins », où je trouvai, tasse de thé en main, le révérend Martin English, Axel Munthe et James Rennell Rodd, assemblés en demi-cercle, en train de contempler au plafond une rosace formée de sept omoplates disposées dans un cadre de coccyx, de vertèbres et d'os de pieds.

— On ne verrait certainement jamais une chose pareille en Angleterre, murmura Rennell Rodd. Je m'en félicite. Ah, voilà qui est mieux, dit-il en apercevant mon assiette.

À vrai dire, tous les participants semblaient plus intéressés par le thé et les sandwichs que par l'extraordinaire memento mori qui nous entourait. Mais tous, hormis Oscar et moi, connaissaient déjà la crypte.

— C'est une attraction touristique depuis le XVIIIe siècle, expliqua Axel Munthe. Le marquis de Sade, Hans Christian Andersen, Mark Twain : tous ont écrit à son sujet. Après avoir été à Saint-Pierre admirer la *Pietà*, c'est ici qu'il faut venir.

— Les Anglais y viennent, mais il est rare qu'ils y reviennent, estima Rennell Rodd. Ce n'est pas très réjouissant, tout de même.

— Nous, Suédois, y venons et y revenons, répliqua plaisamment Axel Munthe. Nous trouvons cela très apaisant.

À quatre heures et demie, Oscar consulta sa montre et demanda aux participants de se réunir.

— Messieurs, des chaises ont été installées dans la dernière chapelle. Veuillez à présent vous y rendre, s'il vous plaît. Miss English et le Dr Conan Doyle vous y serviront d'autres rafraîchissements. Nous sommes presque tous là, il me semble. Nous n'attendons plus que Cesare Verdi et nous pourrons commencer.

Personne ne se fit prier. Le petit groupe emprunta avec empressement la galerie voûtée qui menait à la dernière salle, la « crypte des trois squelettes », où Oscar avait disposé neuf chaises en rangs face à l'autel.

Sans y avoir été invités, les quatre ecclésiastiques se placèrent au premier rang, frère Matteo à l'une des extrémités, l'aumônier anglican à l'autre, avec, entre eux, en vedette, les deux cardinaux. Une fois que Miss English eut de nouveau servi du thé et moi des sandwichs, nous nous installâmes derrière eux, en compagnie de James Rennell Rodd, qui, au moment où nous le rejoignions, remarqua d'une voix forte :

— Ne laissez pas Wilde accaparer la scène avec ses préliminaires. C'est pour votre histoire que nous sommes venus, Conan Doyle.

— Et c'est une histoire de Sherlock Holmes que vous allez entendre, James, déclara Oscar, qui se tenait devant nous. Mais cette fois-ci, si vous voulez bien me pardonner, c'est moi qui la raconterai, et non Arthur.

— Cet individu est incorrigible, maugréa Rennell Rodd. Je n'aurais pas dû venir.

— Je suis content que vous soyez parmi nous, James, fit Oscar sans s'émouvoir. Vous avez un rôle important à jouer dans ce qui va se passer.

Du premier rang, Nicholas Breakspear leva les yeux vers Oscar et lui demanda avec aigreur :

— Nous allons entendre une histoire de Sherlock Holmes, n'est-ce pas, Mr Wilde ? C'est ce qui nous a été promis.

— C'est par Sherlock Holmes que tout commence, précisa Oscar pour allécher son auditoire.

Il consulta de nouveau sa montre, puis se retourna vers les flammes vacillantes des cierges de l'autel. Il jeta un œil sur les squelettes, les ossements et les vertèbres disposés alentour. Perçant du regard l'obscurité qui nous enveloppait, il sourit alors en voyant Cesare Verdi – mal rasé, vêtu d'un costume de laine hors de saison, melon brun à la main – qui venait d'apparaître sous la voûte.

— Ah, vous voici, fit Oscar.

Verdi leva la main comme pour s'apprêter à parler, mais Oscar l'arrêta.

— S'il vous plaît, prenez place afin que nous puissions commencer, dit-il.

— Oui, marmonna Rennell Rodd. Commençons.

Disposition des sièges dans la crypte des trois squelettes

Entrée de la chapelle

Cesare Verdi

Arthur Conan Doyle – Catherine English – Axel Munthe – James Rennell Rodd

Frère Matteo – le cardinal Felici – le cardinal Breakspear – le révérend Martin English

Oscar Wilde (debout)

Autel

Verdi s'installa dans la pénombre au dernier rang, à proximité de l'entrée. Oscar considéra l'assemblée ainsi réunie avec une évidente satisfaction. Catherine English me sourit et me souffla à mi-voix :

— C'est très excitant.

Elle pressa délicatement ses doigts sur mon bras. J'observai ces visages attentifs tous fixés sur Oscar et je songeai que s'il y avait un assassin parmi nous, soit il était un animal à sang très froid, soit il n'avait pas la moindre idée de ce que mijotait celui-là.

— Le décor est planté, déclara Oscar. Je vais commencer.

Oscar Wilde était un conférencier aguerri, qui avait survécu à plus de trois cents estrades, scènes et salles de concert dans toute l'Amérique du Nord et les îles Britanniques. En cet après-midi de la fin de juillet, dans cette crypte macabre, il commandait l'attention de son petit auditoire avec une autorité naturelle. Il commença son récit simplement, sur le ton de la conversation, sans user d'effets rhétoriques.

— Arthur Conan Doyle et moi-même sommes arrivés à Rome il y a une semaine, attirés par trois étranges missives, adressées au 221b, Baker Street, Londres, à Mr Sherlock Holmes, le premier détective consultant au monde.

— Je suis content d'entendre prononcer son nom, marmonna Rennell Rodd.

Oscar sourit.

— Sans Sherlock Holmes, nous ne serions pas ici, mais nous y sommes à sa place, car Holmes, bien entendu, est un personnage de fiction, alors que ces lettres étaient tout à fait réelles. L'appel au secours qu'elles formulaient n'était que trop humain. Ainsi que nous le découvrîmes, elles avaient été expédiées du Vatican par l'un des chapelains résidents de

Sa Sainteté le pape, en l'occurrence l'exorciste du Saint-Siège, un certain cardinal Luigi Tuminello.

— C'est mieux qu'une fiction, murmura le cardinal Breakspear au premier rang.

— Et pire à la fois, ajouta Oscar sans s'interrompre. Car c'est la réalité.

Mon ami se tourna de nouveau vers les cierges de l'autel. Je savais qu'il était en train de se demander s'il oserait sortir son étui à cigarettes. En tant que conteur, je sais qu'il a toujours considéré une cigarette allumée comme un accessoire qui ajoutait un petit quelque chose à prestation. Je l'observai résister à la tentation, puis, l'œil brillant, revenir à son public.

— Cette histoire est une intrigue criminelle, reprit-il. Et au cœur de l'affaire, se trouve le meurtre d'une jeune fille prénommée Agnès, une enfant dont j'ai jadis entendu le pape Pie IX dire qu'elle était « l'innocence pure – un agneau de Dieu ». Cette enfant, qui n'avait pas plus de treize ou quatorze ans, a disparu le jeudi 7 février 1878 de la sacristie de la chapelle Sixtine de la basilique Saint-Pierre, ici, à Rome. Que lui est-il arrivé ? Qu'est-elle devenue ? Hélas, elle n'a pas été aspirée par les cieux ainsi que l'espérait le cardinal Tuminello. Elle a été assassinée – mais par qui ? Et quand, précisément ? Et comment ? Et pour quelle raison ?

Oscar laissa durer l'instant. S'il avait eu à la main une cigarette, il aurait choisi ce moment pour en tirer une voluptueuse bouffée, puis il aurait pris le temps de contempler les deux minces volutes de fumée s'échapper lentement de ses narines. Au lieu de cela, le pesant silence fut interrompu par le cardinal Felici qui fit observer d'une voix enrouée :

— Si Agnès a été assassinée, comment se fait-il que l'on n'ait jamais retrouvé son corps ?

— Il a été retrouvé, répondit simplement Oscar.

— Quand ? demanda Felici.

— Le soir où elle a été tuée.

— Où ?

— À l'endroit où elle a été tuée – dans la sacristie, sur la banquette des larmes.

— Mais ensuite il a disparu, intervint Nicholas Breakspear en s'avançant sur son siège.

— Oui, reconnut placidement Oscar. On l'a apporté ici.

— Ici ? s'exclama Breakspear. Dans cette église ?

— Dans ce lieu même, affirma Oscar.

Il pivota lentement et, de l'index de la main droite, désigna un squelette en position assise sur le sol, tout à côté des marches de l'autel. Il se tenait le crâne penché en avant, les bras croisés sur la cage thoracique, les jambes allongées, et ses petits pieds reposaient sur un monticule de clavicules noircies.

— La voici, déclara Oscar. Nous avons là, je pense, tout ce qu'il reste du petit agneau de Dieu de Pio Nono.

Nous demeurâmes silencieux, les yeux braqués sur le squelette devant nous. Je me levai à demi pour mieux voir.

— Pouvez-vous en être sûr, Oscar ? demandai-je d'une voix à peine plus audible qu'un murmure.

— Non, Arthur, je ne peux pas, concéda Oscar. Tout ce que je peux vous dire, c'est ce que Mark Twain a écrit sur cette chapelle dans *Le Voyage des innocents*, publié neuf ans avant la mort d'Agnès. Il y décrit en détail cet autel et ce qui l'entoure. Il ne fait nulle part mention de ce petit squelette – si fin, si élégant –, ce qui m'incline à penser qu'il ne se trouvait pas là à l'époque. De plus, il s'agit bien d'un *petit* squelette, ce qui m'incline à penser que c'est celui d'un enfant. Enfin, ses os sont beaucoup plus pâles que tous les autres alentour, ce qui m'incline à penser qu'il n'est pas ici depuis très longtemps… Je ne peux pas avoir la certitude qu'il s'agit de la dépouille d'Agnès, mais j'en ai la conviction. J'en mettrais ma main à couper…

Il sourit.

— Peut-être frère Matteo peut-il nous dire si j'ai raison ?

— *Sì*, souffla le frère capucin de façon presque imperceptible. *Sì*, répéta-t-il en baissant les yeux. *Mea culpa*.

— C'est un homme bon ! s'écria le cardinal Felici en tournant son imposante masse vers le moine aux pieds nus effondré à côté de lui. Si Matteo a tué cette enfant, c'est qu'il devait avoir ses raisons. Laissez-moi prendre sa défense.

Oscar rit et hocha la tête.

— Frère Matteo n'a pas tué Agnès. Il ne ferait pas de mal à une mouche, nous le savons tous. Non, il n'a pas tué Agnès, mais il croyait savoir qui l'avait fait.

Oscar posa son regard sur le visage gras et rubicond de Francesco Felici : des gouttes de sueur perlaient désormais sur les joues et le front du prélat.

— Je suppose que personne à la sacristie n'ignorait qu'Agnès était la fille du père Bechetti. Vous n'en parliez jamais, mais vous saviez.

— Je n'y ai jamais cru, grogna Breakspear.

— Je l'avais presque oublié, marmotta Felici.

— C'est parfois la meilleure chose à faire, remarqua Oscar. Les hommes oublient, les femmes pardonnent. S'il n'en était ainsi, comment survivrions-nous ? Mais frère Matteo n'a pas oublié. Il savait qu'Agnès avait été conçue sur l'île de Capri, par un prêtre et une nonne épris l'un de l'autre. Il savait qu'Agnès était pour Bechetti l'incarnation de sa condition de pécheur. Quand frère Matteo a découvert le corps d'Agnès gisant sur la banquette des larmes, il a pensé qu'elle avait été assassinée par son propre père. Ce n'était pas le cas, mais c'était ce qu'il croyait – et, chez vous, hommes de Dieu, croire est ce qu'il y a de plus important.

— *Mea culpa*, répéta le frère capucin, qui se tordait à présent misérablement les mains, balançant la tête de droite à gauche, les yeux violemment fermés.

— Peut-être vous demanderez-vous pourquoi, au cours des années qui ont suivi, frère Matteo a montré tant de sollicitude envers le père Bechetti s'il le tenait pour un meurtrier. La réponse est simple. Comme Son Éminence le cardinal Tuminello me l'avait rappelé, « frère Matteo est un modèle de bonté. Il méprise le péché, mais il s'efforce d'aimer le pécheur ». C'était presque comme si frère Matteo se sentait obligé d'aimer plus encore le père Bechetti parce qu'il le croyait un assassin ! De plus, quel dessein valable aurait-il servi en amenant Joachim Bechetti devant la justice civile ? En définitive, Dieu serait son juge – et meilleur en cela que tous ceux que pourraient appointer les tribunaux italiens. Par ailleurs, pourquoi attirer un scandale inutile sur les chapelains résidents et la honte sur la mémoire de l'innocente Agnès ? Quel bien y aurait-il eu à cela ? Mieux valait laisser le malheureux Bechetti se débattre avec sa conscience sur le chemin amer de la rédemption et la pauvre Agnès reposer en paix.

— *Questo è quello che è successo*, bredouilla le moine au désespoir.

— Le lendemain matin de la mort d'Agnès, frère Matteo a apporté son corps ici. Où il l'a dissimulé durant la nuit, je l'ignore. Dans sa cellule, peut-être, ou derrière l'autel, dans l'obscurité de la chapelle Sixtine. En revanche, je suis sûr de ceci : aux premières heures du vendredi 8 février 1878, il a traîné en secret jusqu'ici le cadavre de l'enfant, enveloppé dans l'habit brun d'un frère capucin. J'imagine qu'il l'a transporté dans une charrette, celle du trafiquant d'os qui se présentait aux cuisines du Vatican tous les vendredis matin. Il a apporté le corps jusqu'ici et l'a tenu caché jusqu'à ce que, avec le temps, il ne soit plus en chair, mais en os. Il a alors pu le disposer d'une manière convenable, c'est-à-dire dans un lieu approprié étant donné les circonstances, un lieu de prière, une chapelle dédiée au repos.

Nicholas Breakspear s'avança tout au bord de son siège.

— Je me dois d'intervenir, dit-il. Je ne peux pas laisser passer cela, Mr Wilde. Qu'Agnès fût ou non sa fille, le père Bechetti l'aimait sincèrement. Les portraits qu'il a faits d'elle après sa disparition vous le montrent. Il ne l'a pas assassinée.

— Et comment savez-vous cela, Éminence ? demanda Oscar.

— Je ne peux pas vous le dire, mais je le sais, répondit Breakspear d'un ton solennel.

— Vous ne pouvez pas me le dire, Éminence, parce que le secret de la confession est sacré. Vous ne pouvez pas violer la sainteté du confessionnal. C'est cela ?

Breakspear ne répondit pas.

— Vous soutenez que le père Bechetti n'a pas tué Agnès parce que vous pensez savoir qui l'a fait.

Breakspear demeura muré dans son silence.

— Vous croyez que c'est Luigi Tuminello qui a assassiné cette enfant. Vous le croyez parce que, dans le confessionnal, il vous a semblé que l'exorciste du Vatican vous l'avait fait comprendre !

Oscar se tenait dans une posture triomphante, tête haute, jambes écartées, mains sur les hanches. (Il reconnaissait qu'il aimait parfois « prendre une pause ».) Breakspear leva les yeux sur lui et sourit. Le grand pénitencier s'exprima d'une voix ferme :

— Quand je reçois une confession, Mr Wilde, je le fais en tant que serviteur de Dieu. Les paroles qui sont prononcées sont destinées à Ses oreilles, pas aux miennes. Je ne suis qu'un simple intermédiaire. Vous comprenez cela, j'en suis sûr.

— Je le comprends.

— En tant que grand pénitencier, et confrère chapelain, j'ai souvent entendu Son Éminence le cardinal Tuminello. Un jour ou deux avant sa mort, j'ai recueilli ce qui s'est avéré sa dernière confession. Je ne peux pas vous répéter ce qu'il m'a dit, mais je peux vous affirmer ceci : il n'a pas confessé le meurtre de la petite Agnès.

— Non, fit d'un ton détaché Oscar, qui s'était écarté de Breakspear et l'observait de ses yeux mi-clos.

Puis il reprit en choisissant soigneusement ses mots à mesure qu'il les énonçait :

— Non, mais vous pensez néanmoins qu'il a pu l'avoir tuée… parce qu'elle lui avait dit quelque chose qui l'avait conduit à penser qu'elle, la petite innocente, avait été souillée.

Breakspear ne dit rien.

— Agnès avait parlé à Tuminello de « violences et d'un secret qu'elle n'avait pas révélé ».

De ma place tout au bout de la deuxième rangée, j'observai Breakspear. Presque imperceptiblement, il opina du chef.

Oscar reprit le cours de son exposé :

— Quand Tuminello vous a rapporté les propos d'Agnès, vous avez cru comprendre que la pauvre enfant avait été prise charnellement. Quand il a ajouté qu'elle avait évoqué une main sur son cou et un doigt sur ses lèvres, puis quand, débordant de passion et de détresse, il a évoqué sa mort brutale, vous avez craint le pire… Connaissant l'obsession de Tuminello pour l'innocence et la pureté d'Agnès, vous en avez conclu qu'ayant découvert que son innocence avait été profanée et sa pureté salie il avait décidé d'envoyer lui-même son ange au ciel avant que le monde ne puisse apprendre sa honte.

Breakspear, le visage très pâle, contemplait Oscar avec effarement.

— Tout cela, Tuminello vous l'a confié il y a quelques jours à peine, continua Oscar. Mais dites-moi, Éminence : l'exorciste du Vatican vous a-t-il dit de quand datait cette « conversation » avec Agnès, quand, précisément, elle lui avait parlé de « violences et d'un secret qu'elle n'avait pas révélé » ? Non ? Il ne l'a pas fait. Par conséquent, vous avez supposé, naturellement, que c'était il y a quatorze ou quinze ans, peu de temps avant la mort de la malheureuse.

Oscar se pencha en avant et approcha son visage de celui du cardinal.

— Ne supposez jamais, Éminence. Comme vous le dirait Sherlock Holmes : c'est une règle d'or. Dimanche soir dernier, dans la crypte de Saint-Pierre, entre les tombeaux des papes, Luigi Tuminello nous a rapporté, à Conan Doyle et moi-même, cette conversation qu'il a eue avec Agnès. Elle n'a pas eu lieu en 1877 ou en 1878, mais cette année – oui, en 1892 –, le 21 janvier pour être précis, jour de la Sainte-Agnès de Rome. Elle lui a parlé à l'occasion d'un exorcisme. Elle s'est identifiée par son nom. Elle était très agitée et ce qu'elle lui a dit l'a considérablement troublé. C'est ce qui l'a poussé à appeler au secours, à envoyer, dès le lendemain, le premier de ses messages à Sherlock Holmes. Mais se pourrait-il que le cardinal Tuminello ait fait ce qu'il nous arrive à tous de faire de temps à autre : aurait-il enfreint la règle d'or et fait une fausse supposition ? Qu'il ait cru que la voix qu'il a entendue durant l'exorcisme était celle d'Agnès, l'agneau de Dieu de Pio Nono, ne fait aucun doute ; mais ne s'agissait-il pas plus probablement de sainte Agnès de Rome, venue évoquer, le jour de sa fête, le jour anniversaire de son martyre, ses souffrances entre les mains d'hommes cruels et violents il y a mille six cents ans ?

— Croyez-vous aux anges, Mr Wilde ? demanda tranquillement le révérend Martin English de sa place au premier rang, à côté de Breakspear.

— Je crois qu'il y a bien plus de choses au ciel et sur terre que n'en rêve ma philosophie. Je crois aussi qu'une dose de strychnine prescrite pour stimuler un cœur défaillant peut produire chez le patient des hallucinations.

Le regard d'Oscar glissa de Martin English vers Axel Munthe, assis juste derrière lui. Le médecin demeura impassible.

— Alors qui a tué cette fille ? s'impatienta Rennell Rodd.

Oscar regagna sa place centrale, devant l'autel. Je constatai qu'en l'absence de cigarette il ne savait que faire de ses mains. Un peu gauchement, il croisa les bras tandis qu'il reprenait son discours.

— Le père Bechetti n'a pas tué sa propre fille, commença-t-il. Son existence lui rappelait sa honte – mais une honte qui pesait sur lui, pas sur elle. Il aurait été plus logique qu'il mette fin à ses jours plutôt qu'à ceux de son propre enfant, mais il n'a fait ni l'un ni l'autre. Et l'assassin d'Agnès n'est pas non plus le cardinal Tuminello. Même si elle avait été outragée, en aucun cas la faute ne lui aurait incombé. Tuminello avait une confiance absolue dans sa bonté et son innocence. Il n'a peut-être pas entendu sa voix, mais il comprenait son esprit et s'il voulait découvrir la vérité au sujet de sa mort, ce n'était que pour la rapprocher de la canonisation.

Nicholas Breakspear salua cette dernière remarque d'un ostensible hochement de tête. Oscar baissa les yeux sur lui.

— Et ce n'est pas vous non plus qui l'avez tuée, cardinal Breakspear-Owen.

Le grand pénitencier inclina la tête et dévisagea Oscar entre ses paupières plissées.

— Vous ne m'en voulez pas de vous appeler par votre nom complet, n'est-ce pas ? ajouta Oscar.

— Pas le moins du monde, répliqua Breakspear sans montrer le plus petit signe d'embarras. Mais c'est un peu à rallonge. Cela fait des années que je ne l'emploie plus.

— Depuis que vous êtes à Rome, exactement.

— Peut-être, admit Breakspear sans difficulté. Ce n'est pas un crime, que je sache, remarqua-t-il en riant.

— Non, Éminence. En définitive, vous êtes exactement qui et ce que vous prétendez être. C'en est presque décevant. Vous n'êtes absolument pas un imposteur. Comme Conan Doyle ne se souvenait pas de votre nom, je lui ai suggéré d'interroger votre ancienne école à votre sujet. Il a envoyé un télégramme à l'intendant pour lui demander ce qu'était devenu un certain « Nicholas Breakspear ». J'en ai moi-même envoyé un autre de sa part en communiquant les initiales NB-O. Je les avais remarquées inscrites sur la page de garde de votre édition originale d'*Une étude en rouge*.

Oscar me jeta un coup d'œil et produisit une enveloppe de la poche intérieure de sa veste.

— Ce télégramme est arrivé pour vous hier en provenance de Stonyhurst, Arthur. Je sais que je n'aurais pas dû l'ouvrir…

Je fronçai les sourcils mais ne fis aucun commentaire.

Oscar reporta son attention sur Breakspear et posa sur lui un regard perçant.

— Vous êtes un meurtrier, certes, mais à votre manière.

— Vraiment ?

Le grand pénitencier ne parut pas s'émouvoir de cette affirmation.

— Mais oui, et vous vous en vantez. Avec l'aide de ces petits mendiants qui habitent dans les bois derrière la pyramide, vous avez entrepris de goûter à toutes les espèces d'animaux. Ce n'est ni original ni plaisant, mais cela ne fait pas pour autant de vous un assassin aux yeux de la loi.

— Vous m'en voyez soulagé.

— Le pire dont on puisse vous accuser, Éminence, est de pécher par orgueil : abandonner la partie la plus humble de votre patronyme pour avoir la vanité de posséder le même nom que l'unique pape anglais.

— Je plaide coupable, fit Breakspear sans se décontenancer. Je vous sais gré de ne pas me soupçonner de meurtre.

— Qui alors ? demanda le cardinal Felici. Il semblerait que nous soyons tous ici coupables de quelque chose. Et je suis sans doute le plus coupable. Je suis plus gras que la plupart.

Il étouffa un rire et jeta dans son dos un regard vers Axel Munthe.

— Tous, nous luttons contre les tentations de la chair… commença Oscar.

— Parlez pour vous, murmura Rennell Rodd au deuxième rang.

Oscar marqua une pause.

— Vous avez raison de me corriger, James. Frère Matteo n'est pas concerné, j'en suis sûr. Mais le cardinal Felici, en revanche, l'est.

— Est-ce lui votre assassin ? demanda Rennell Rodd avec impatience.

— Non, répondit Oscar. Ce n'est pas lui. Agnès lui donnait ses glaces et il les acceptait. Cela lui coûtera sa canonisation. Le chanoine Gaspare del Bufalo, un missionnaire qui était véritablement un saint homme, a échoué à l'épreuve de la crème au chocolat.

Oscar considéra l'ample silhouette du cardinal : il avait discrètement lissé la ceinture pourpre qui lui ceignait le ventre. Oscar se tourna alors vers Axel Munthe et s'adressa à lui :

— Francesco Felici a tout d'un homme en proie aux appétits de la chair. Rien ne peut cependant nous laisser supposer qu'il y succombe *systématiquement*. Il était le confesseur d'Agnès. Elle était une enfant et se fiait à lui. Je n'ai aucune raison de douter qu'il ne remboursât cette confiance de son respect.

Oscar parut tout à coup fatigué. Il recula jusqu'à l'autel et, poussant un profond soupir et se frottant les yeux de ses poings fermés, il articula lentement :

— Il n'existe aucune preuve d'aucune sorte suggérant que le cardinal Felici – ou toute autre personne – ait eu pour Agnès un intérêt déplacé. Et il n'existe aucune preuve d'aucune sorte suggérant qu'Agnès n'était pas une vierge immaculée au moment de sa mort. Seule la confusion du vieil exorciste entre les deux Agnès a pu nous entraîner sur cette fausse piste.

— Alors qui a tué cette pauvre petite ? insista Rennell Rodd.

— Le meurtrier est dans cette salle, répondit tranquillement Oscar, qui sourit et s'adressa à Catherine English : Oui, Miss English, c'est un homme. Comme la plupart des assassins.

Il prit son étui à cigarettes dans la poche de sa veste et le tint entre ses paumes ouvertes.

— Et ce n'est pas un ecclésiastique. En dehors des romans, il semble que très peu commettent des crimes.

Il fit tournoyer l'objet en argent entre ses doigts.

— Par conséquent, le révérend English est lui aussi hors de cause – du moins, en ce qui concerne ce chef d'accusation.

Il ouvrit l'étui et considéra son contenu tout en réfléchissant à haute voix :

— Il n'y a pas longtemps, j'ai lu dans le *Daily Chronicle* un article selon lequel un assassin sur mille est un homme d'Église, mais un sur dix est fonctionnaire ou diplomate.

— Allons, Wilde, grogna Rennell Rodd du deuxième rang. Un meurtre est un crime des plus graves. Si vous vous apprêtez à en accuser l'un de nous, vous ne pouvez pas faire comme s'il s'agissait d'un jeu de devinettes. C'est une affaire sérieuse.

— Je partage votre avis, James. Merci. Et merci d'être venu. J'aurai besoin de vous pour le dénouement.

— Alors cessez de tergiverser, mon vieux, parce que je dois bientôt partir.

Oscar referma son étui à cigarettes en le faisant claquer et le glissa dans la poche de son pantalon tout en embrassant son public du regard. Une lueur s'était rallumée dans ses yeux. Je sentis que ceci allait être son aria finale et qu'il allait nous l'interpréter *con fuoco*.

— Où a-t-elle été tuée ? Comment a-t-elle été tuée ? Pourquoi a-t-elle été tuée ? Je vais vous le dire. Ella a été tuée sur la banquette des larmes, dans la sacristie de la chapelle Sixtine, en fin d'après-midi, le jeudi 7 février 1878, alors que le pape Pie IX se mourait. Elle s'était rendue là pour y pleurer à son aise. Elle aimait Pio Nono comme un père ou un grand-père. C'est là, sur la banquette des larmes, que Cesare Verdi, le sacristain, l'a trouvée lorsqu'il est venu chercher, vers dix-sept heures, le petit marteau d'argent qui bientôt serait nécessaire pour attester de la mort du vieux pape.

« Cesare Verdi est entré dans la sacristie, sa sacristie, et sur la banquette des larmes, réservée aux larmes pontificales, il a découvert cette pauvre enfant, la favorite de Pio Nono, son petit agneau de Dieu, en train de pleurer à torrents. Quand le cardinal Tuminello nous a appris qu'Agnès, grâce à Pio Nono, disposait "à l'intérieur du Vatican d'une liberté dont personne d'autre ne jouissait – absolument personne", j'ai compris quelle jalousie elle pouvait susciter. Pour Cesare Verdi, Agnès était plus qu'une importune : elle était une usurpatrice. La sacristie était son domaine, son héritage, et pourtant cette gamine pouvait s'y comporter à sa guise, aller où bon lui semblait, s'amuser comme elle le voulait, rien ne lui était interdit…

« En voyant la petite Agnès ainsi étendue, avec tant d'impertinence, en train de sangloter dans son sommeil, Cesare Verdi a décidé que son règne prendrait fin avec celui de Pio Nono et que le nouveau pape, quel qu'il soit, ne serait pas victime de ses charmes pernicieux. Verdi s'est emparé du marteau d'argent et, d'un seul coup sur la nuque, l'a tuée. Et, par précaution, après lui avoir fracassé le crâne, il l'a étouffée avec un coussin. Une fois certain qu'elle était morte, il lui a redressé la tête, fermé les yeux, arrangé les lèvres en un faux sourire de béatitude et placé les pieds sur le coussin. Plus tard, il s'est rendu compte que du sang avait coulé de sa blessure à la tête et taché le velours. La trace y est encore. Elle n'est pas plus grande qu'une marque de doigt. Je ne l'aurais pas remarquée s'il ne me l'avait indiquée. Il m'avait alors expliqué qu'il s'agissait des marques laissées par les larmes de sang qu'auraient versées d'anciens pontifes. Il disait que c'étaient des "stigmates".

« Cesare Verdi a laissé le corps de l'enfant là où il l'avait trouvé et, muni du petit marteau en argent proprement nettoyé, il est retourné au chevet du pape mourant. Comment il se serait débarrassé du cadavre, je l'ignore, mais son problème s'est incidemment trouvé résolu grâce à l'intervention de frère Matteo. Après avoir été abandonné par Verdi, puis brièvement aperçu par le cardinal Breakspear qui se rendait à complies, le corps d'Agnès a été subtilisé dans l'obscurité, enroulé dans un vêtement de capucin et apporté avant le lever du jour en ce lieu, où il repose paisiblement depuis lors.

« Au milieu du drame mondial que constitue la mort d'un pape, la disparition du Vatican d'une petite fille, d'une orpheline, n'a pas compté beaucoup. Des recherches furent organisées, des enquêtes réalisées, mais sans résultat. L'enfant n'a pas été oubliée par ceux qui l'ont connue et aimée, mais la question de sa "disparition", en revanche, a fini par l'être au fil des années… Jusqu'à ce que le cardinal Tuminello conçoive le projet fou de faire canoniser Agnès !

« Dimanche dernier, Cesare Verdi a découvert que Tuminello avait la ferme intention de faire la lumière, toute la lumière, sur la mort de la petite Agnès. Il lui fallait à tout prix l'en empêcher. Le lendemain, Verdi l'assassinait en utilisant de la strychnine dérobée dans la serviette du Dr Munthe. Le docteur ne fait pas attention à sa trousse : je l'ai vu la laisser ouverte et sans surveillance à côté de la desserte de la salle à manger de la sacristie. Pour Verdi, empoisonner le vin de messe ne présentait pas grande difficulté. En tant que sacristain, il a la garde des espèces sacramentelles de la chapelle Sixtine. Pour Agnès comme pour le cardinal Tuminello, la seule personne qui avait le mobile, les moyens et l'occasion de les tuer était Cesare Verdi. Il est notre assassin.

Oscar lissa de ses mains son costume de toile vert et rajusta la rose jaune pâle qui ornait sa boutonnière. Il baissa les yeux et marqua un temps d'arrêt, un peu comme s'il s'attendait à recevoir des applaudissements. Aucun ne retentit. Seule la lourde respiration du cardinal Felici brisait le silence qui régnait dans la salle. Breakspear, Matteo et lui regardaient fixement devant eux. Martin English, sa sœur, Munthe, Rennell Rodd et moi nous étions tous retournés en direction de Verdi. Il était assis, seul, dans le coin de la chapelle, presque immobile, droit, son visage mal rasé trahissant confusion et perplexité.

Oscar releva la tête et s'adressa à Rennell Rodd.

— James, je vous ai demandé de venir dans un but précis. Par sa mère, une cockney, Cesare Verdi est à moitié britannique. Il est né non loin de London Bridge. Je ne connais pas en détail le système judiciaire italien, et je n'y tiens pas, mais je connais et respecte la justice britannique, et je vous connais, vous. J'imagine qu'en tant de premier secrétaire de l'ambassade vous avez autorité pour arrêter cet homme.

Rennell Rodd se leva et pivota pour faire face à Verdi.

— Ne bougez pas, monsieur, dit-il.

— Je n'en avais pas l'intention, répliqua l'homme en se levant à son tour dans une attitude de défi.

Se grattant la tête d'une main et son melon dans l'autre, il chercha Oscar du regard par-dessus Rennell Rodd.

— Qu'est-ce que vous me chantez-là, Mr Wilde ? Je suis anglais à cent pour cent. Vous ne vous souvenez pas de moi ? Gus Green, de chez *Willis*, à St James's. Je ne suis ni mon frère, ni chargé de le surveiller. Je suis venu à cause de votre télégramme, celui où vous me disiez que Cesare était mort. J'étais à l'instant au Vatican et ils m'ont envoyé ici. Où est-il ? Que se passe-t-il ?

Oscar blêmit.

— Je ne vous ai pas envoyé de télégramme, Mr Green.

Il vacilla et ferma les yeux.

— J'ai été possédé, murmura-t-il, presque pour lui-même. Joué par plus malin que moi.

Puis il se mit à rire. C'était un rire amer, un jappement qui n'avait rien de son rire habituel. Enfin, lentement, il rouvrit les yeux et, les posant sur le petit squelette étendu à côté de l'autel, déclara doucement :

— Je m'excuse auprès de vous tous, mais plus particulièrement auprès de l'esprit d'Agnès, le petit agneau de Dieu de Pio Nono. Elle n'était qu'innocence.

Il parcourut du regard la chapelle enténébrée.

— Son assassin doit être à mi-chemin d'Istanbul à l'heure qu'il est. Nous ne reverrons jamais Cesare Verdi.

Il ne se trompait pas.

Épilogue

Nous ne revîmes jamais Cesare Verdi. Cependant, au cours des années suivantes, en dînant à Londres, chez *Willis*, avec Oscar, il m'arrivait parfois d'apercevoir de l'autre côté de la salle bondée la silhouette du *maître d'hôtel* * à son pupitre et de m'interroger : est-ce Gus Green ou bien son frère ?

Oscar m'avait dit :

— Je me suis brièvement demandé s'ils pouvaient ne faire qu'une seule et même personne, mais je sais que ce n'était pas le cas, car, une fois, durant les années quatre-vingt, je les ai vus ensemble au restaurant. Côte à côte, ils paraissaient assez différents, et l'un était plus grand que l'autre, quoique je ne me souvienne plus lequel. Ils n'avaient pas de liens, sauf par leur mère. J'imagine qu'en ce funeste dimanche de juillet 1892, quand Verdi nous a vus nous rendre discrètement au tombeau des papes en compagnie de Tuminello, il a compris que ses affaires se gâtaient. Il a décidé de réduire Tuminello au silence et de disparaître, en emportant de la sacristie suffisamment de trésors pontificaux pour vivre confortablement jusqu'à la fin de ses jours, mais pas assez pour que le Vatican estime nécessaire de lancer les gardes suisses à ses trousses. Je suppose qu'il a envoyé à son frère ce télégramme à mon nom lui annonçant sa « mort » pour des raisons sentimentales. Il tenait à ce que son frère vienne à Rome prendre ses effets personnels, comme souvenirs pour sa *mama*. Vous savez comment sont les Italiens avec leur mère…

Nous quittâmes Rome dans les vingt-quatre heures qui suivirent la conclusion de cette affaire. La sacoche remplie de lettres que j'avais emportée de Hombourg dix jours plus tôt rentra avec moi à South Norwood, et j'avais toujours à m'en occuper ! Malgré l'insistance de Felici et de Breakspear, nous ne restâmes pas pour les obsèques du cardinal Tuminello. Le Dr Axel Munthe accepta aimablement de nous représenter.

— Je n'ai pas beaucoup de talent pour les enterrements, expliqua Oscar. La mort est plus du ressort de Munthe que du mien.

Au cours des quelques années qui suivirent, je correspondis occasionnellement avec le Dr Munthe – pour l'essentiel sur des sujets littéraires : nous partagions le même éditeur –, mais je ne l'ai jamais revu. Oscar, il me semble, l'a rencontré une dernière fois chez lui, à Capri, vers la fin de l'été 1897, peu après sa sortie de la prison de Reading. Ils parlèrent, à ce que me rapporta Oscar, de la mort, de Keats et des singes – ainsi que du prix de l'amour.

Le jour de notre départ de Rome, Munthe nous avait promis de venir nous saluer à la gare, mais, finalement, il préféra se rendre auprès d'une nouvelle patiente qui le faisait demander. Il s'agissait de la princesse héritière Victoria de Suède et j'ai cru comprendre qu'elle devint sa maîtresse et le resta de nombreuses années. Malgré le désordre de ses habitudes, Axel Munthe était un homme bon. Le matin de notre départ pour Londres, au moment de lui dire au revoir, je l'informai du pus que j'avais remarqué aux yeux des deux gamins des bois. Il me répondit qu'il l'avait également noté, que les garçons souffraient de trachomes et qu'ils seraient bientôt soignés – aux frais de James Rennell Rodd.

J'appris que Rodd avait aussi payé pour les funérailles de leur père et qu'il avait pris des dispositions, avec Martin English, pour que ses cendres fussent dispersées dans le cimetière protestant voisin de la pyramide, ainsi que ses fils le désiraient.

— Rodd est un peu guindé, « *nomen est omen* », certes, mais je l'apprécie, dis-je à Oscar. Et, au fond, vous aussi, n'est-ce pas ? Il est regrettable que lui ne vous aime pas.

— Il ne m'aime pas parce que ce qu'il retrouve de moi en lui l'effraie. Rien ne doit se mettre en travers de sa carrière.

Elle ne rencontra aucun obstacle. L'ascension de James Rennell Rodd au sein l'administration diplomatique fut météorique. Il servit à Rome, Berlin, Athènes, au Caire, à Paris, et il rendit aux Suédois de tels services que le roi Oscar II – fils du parrain d'Oscar Wilde et lui-même parrain de la maîtresse d'Axel Munthe – le fit grand-croix de l'ordre de l'Étoile polaire. En 1908, il retourna à Rome en tant qu'ambassadeur du Royaume-Uni. Au moment où j'écris ces lignes (hiver 1928), il vient tout juste d'être élu membre du Parlement pour la circonscription de St Marylebone. Il ne fait pour moi aucun doute qu'Oscar avait raison et que ce n'est qu'une question de temps avant qu'il reçoive sa couronne de baron.

Nicholas Breakspear n'accéda pas à la dignité de cardinal-évêque. Peu de temps après notre séjour à Rome, il m'écrivit pour m'informer de son intention de se porter candidat au poste de directeur du département des langues à notre ancien collège de Stonyhurst. Il me demandait si j'accepterais de lui servir de référence, ce à quoi je répondis que j'en serais honoré. Comme vous le savez peut-être, il a ensuite signé sous le nom de Nicholas Breakspear-Owen ce que beaucoup considèrent comme la biographie définitive du cardinal Newman. Il est décédé le printemps dernier à Stonyhurst. Il avait soixante-quinze ans.

Son Éminence le cardinal Felici vécut lui aussi au-delà de soixante-dix ans malgré son embonpoint, ses appétits et son goût pour la glace. Il avait un bon médecin en Axel Munthe qui, sans aucun doute, lui ménagea une fin paisible. Quand et où mourut frère Matteo, je l'ignore, mais je suppose que ce doit être il y a de nombreuses années. La dernière fois que j'entendis parler de lui, ce fut par l'intermédiaire de Breakspear-Owen, qui, à l'occasion des funérailles du pape Léon XIII, à Rome, en juillet 1903, s'était rendu en souvenir du bon vieux temps à l'église capucine de l'Immaculée Conception. Il trouva le vieux moine, moins droit mais toujours pieds nus, toujours aussi bienveillant, dans la crypte des trois squelettes, où il entretenait les restes de la petite Agnès.

Et que devinrent Catherine et le révérend Martin English ? Il servit comme aumônier anglican de Rome pendant trente-trois ans. Un journaliste de ma connaissance – le correspondant à Rome du *Times* – estimait qu'English, « quoique jamais pris en défaut, ne s'était jamais vraiment intégré ». Ce fut sur le quai de la gare, le jour de notre départ, que je vis pour la dernière fois Catherine English. Elle était venue nous dire au revoir, adorable dans sa robe d'été rose et sous son ample chapeau de paille. Nous demeurâmes face à face, elle sur le quai, les yeux levés, moi à la fenêtre de mon compartiment, regardant en contrebas, attendant le départ du train. Au moment où retentit le sifflet du chef de gare, elle dressa son visage vers le mien et je perçus le parfum du muguet dans ses cheveux. Elle me murmura quelques mots et m'embrassa une dernière fois.

Alors que j'avais regagné mon siège et que le train prenait de la vitesse, Oscar me demanda :

— Arthur, êtes-vous sûr d'aller bien ? Vous êtes blanc comme un linge.

— Je reste abasourdi par quelque chose que vient de me dire Miss English, répondis-je.

— De quoi s'agit-il ?

— Elle m'a enjoint de retourner auprès de mon épouse et de l'aimer tendrement, tout comme elle-même doit retourner auprès de son époux et l'aimer. Elle est *mariée*, Oscar.

— Ah, fit-il benoîtement en étudiant l'extrémité incandescente de sa cigarette. Ainsi, elle a fini par vous l'avouer. Le révérend English est son mari, pas son frère, mais, comme le poste d'aumônier anglican de Rome n'est ouvert qu'aux célibataires, ils ont choisi de vivre dans le mensonge. Sa formule a été « vivre dans la discrétion » lorsqu'il m'en a parlé. Il disait pouvoir compter sur la mienne.

— Vivre dans le mensonge, répétai-je.

— Oui. Et peut-être y parviendront-ils. Qui sait ? Après tout, ils sont loin de chez eux, dans un pays étranger. N'oubliez pas que, lors de notre première rencontre, j'avais supposé qu'ils étaient frère et sœur. Toute cette affaire n'a été qu'une succession de fausses hypothèses.

Il fit tomber d'une pichenette quelques cendres de cigarette dans sa main en coupe.

— J'ai observé les avances que vous faisait « mademoiselle » English, ainsi que je la croyais alors – lorsqu'elle nous a accompagnés dans notre voyage en ballon, lorsqu'elle s'est invitée à notre expédition à Capri –, et j'ai encouragé cette amitié, en me disant qu'une petite romance estivale vous donnerait quelques couleurs, mais j'ai eu tort. Martin English est un homme faible marié à une femme qui, parce qu'elle est jolie, ne paraît ni forte ni cruelle, ce qu'elle est en vérité.

— Elle m'a menti ? balbutiai-je en hochant la tête avec incrédulité.

— Je le crains, en effet. Sur toute la ligne. Il n'est pas impossible de vivre dans le mensonge et cela a ses avantages. Combien lui avez-vous donné ?

— Soixante livres en tout.

Oscar sourit.

— Je crois que vous ne vous en êtes pas trop mal tiré. Et c'est une leçon qui vous servira. On devrait toujours se méfier d'une femme qui affirme que son passé a disparu dans les flammes de l'incendie d'une école à Peshawar.

Il tira avec satisfaction sur sa cigarette et me dévisagea d'un regard attendri.

— Vous avez envoyé un autre télégramme à Touie, sans doute ? Votre chère épouse vous attendra-t-elle à la gare à Londres ?

— Je l'espère. Je ne la mérite pas, Oscar. Vraiment pas.

Oscar rit.

— Si nous autres, hommes, épousions les femmes que nous méritons, nous en verrions de toutes les couleurs.

Il se pencha en travers du wagon et me tapota le genou.

— En ce monde, Arthur, il n'y a que deux véritables tragédies. La première est de ne pas obtenir ce que l'on désire, et la seconde, de l'obtenir.

— Qui a dit cela ? demandai-je.

Il sourit.

— Ce n'était pas Keats.

Chronologie

1821 : Mort de John Keats à Rome à l'âge de vingt-cinq ans.

1846 : Élection du pape Pie IX, à l'âge de cinquante-quatre ans.

1854 : Naissance d'Oscar Wilde à Dublin (Irlande).

1857 : Naissance d'Axel Munthe à Oskarshamn (Suède).

1859 : Naissance d'Arthur Conan Doyle à Édimbourg (Écosse).

1875 : Première visite d'Axel Munthe à Rome et à Capri.

1877 : Audience d'Oscar Wilde avec le pape Pie IX à Rome.

1878 : Mort de Pie IX à l'âge de quatre-vingt-cinq ans, et élection de Léon XIII, soixante-huit ans.

1879 : John Henry Newman devient cardinal-diacre de San Giorgio in Velabro, à Rome.

1882 : Publication de *Rose Leaf and Apple Leaf*, recueil de vers de James Rennell Rodd, vingt-quatre ans, avec une préface d'Oscar Wilde.

1884 : Oscar Wilde épouse Constance Lloyd.

1885 : Arthur Conan Doyle épouse Louisa « Touie » Hawkins.

1887 : Publication d'*Une étude en rouge*, première apparition de Sherlock Holmes.

1889 : Première rencontre entre Oscar Wilde et Arthur Conan Doyle.

1889 : Des nouvelles d'Axel Munthe et d'Arthur Conan Doyle paraissent simultanément dans le *Blackwood's Magazine.*

1890 : Publication du *Signe des quatre*, deuxième apparition de Sherlock Holmes.

1890 : Axel Munthe ouvre son cabinet à Rome.

1891 : Publication du *Portrait de Dorian Gray*.

1892 : Première représentation de *L'Éventail de Lady Windermere* à Londres.

1892 : Publication des *Aventures de Sherlock Holmes*.

1893 : Publication de *L'Interprète grec*, où apparaît pour la première fois Mycroft Holmes.

1893 : « Mort » de Sherlock Holmes dans *Le Dernier Problème.*

1895 : Première représentation de *L'Importance d'être constant* et arrestation, puis incarcération, d'Oscar Wilde.

1897 : Libéré de prison, Oscar Wilde rend visite à Axel Munthe à Capri.

1897 : Arthur Conan Doyle rencontre Jean Leckie, qui deviendra sa seconde femme après le décès de Touie de la tuberculose en 1906.

1900 : Mort d'Oscar Wilde à l'âge de quarante-six ans.

1902 : Retour de Sherlock Holmes dans *Le Chien des Baskerville.*

1903 : Mort du pape Léon XIII à l'âge de quatre-vingt-treize ans.

1908 : James Rennell Rodd est nommé ambassadeur du Royaume-Uni à Rome.

1924 : Publication de *Memories and Adventures* d'Arthur Conan Doyle, où il relate pour la première fois son amitié avec Oscar Wilde.

1929 : Publication du *Livre de San Michele* d'Axel Munthe.

1930 : Mort de Sir Arthur Conan Doyle à l'âge de soixante et onze ans.

1933 : Sir James Rennell Rodd GCB, GCMG, GCVO, PC entre à la Chambre des lords en tant que premier baron Rennell.

1938 : Publication de *Two English Women in Rome 1871-1900* de Matilda Lucas, où sont évoqués les événements rapportés dans *Oscar Wilde et les crimes du Vatican.*

1941 : Mort du baron Rennell, à l'âge de quatre-vingt-deux ans.

1949 : Mort d'Axel Munthe, à l'âge de quatre-vingt-onze ans.

2000 : Béatification du pape Pie IX.

2010 : Gyles Brandreth dévoile une plaque commémorant la première rencontre entre Oscar Wilde et Arthur Conan Doyle au *Langham Hotel*, à Londres.

Pour plus d'informations historiques et de détails sur les autres volumes de la série, parus et à venir, pour découvrir des critiques, des interviews, des éléments destinés plus particulièrement aux groupes de lecture, etc., rendez-vous sur :

www.oscarwildemurdermysteries.com

MIXTE
Papier issu de sources responsables
FSC® C003309
www.fsc.org

10/18, une marque d'Univers Poche,
est un éditeur qui s'engage pour
la préservation de son environnement
et qui utilise du papier fabriqué à partir
de bois provenant de forêts gérées
de manière responsable.

Impression réalisée par

CPI
BRODARD & TAUPIN

La Flèche (Sarthe), 70270
Dépôt légal : octobre 2012
X05125/01

Imprimé en France